PATRICE MARTINEZ

LA REINE MELLIFÈRE

LA REINE MELLIFÈRE

Propriété intellectuelle © 2023 de Patrice Martinez

Édition : BoD - Books on Demand, info@bod.fr

Impression : BoD - Books on Demand, In de Tarpen 42, Norderstedt (Allemagne)

Impression à la demande

Illustration : Darksouls1 – femme au chapel de fleurs (Pixabay).

ISBN : 978-2-3222-3584-1

Dépôt légal : avril 2023

Du même auteur :

Sous Yan Derupé

LE GRAND PAVOIS – LA PRINCESSE BLANCHE

Sous Patrice Martinez

LA REVANCHE D'IXION
LA TOMBE D'HESTIA
L'UNIVERS-DIEU DE TAU-THÉTIS

Toute autre utilisation d'informations ou de données, et toute reproduction, même partielle, est strictement interdite et constitue un acte de contrefaçon sanctionné pénalement.

1

Le souffle rauque du vent susurrait à ses esgourdes les riches heures de cocagne du planétoïde Tartare, à présent englouties dans les sables mouvants du Temps.

Une bourrasque ankylosait ses doigts, transis par d'austères froidures issues de septentrion ; néanmoins ses pognes s'enfouissaient dans les profondes manches de la cotte de laine, qu'elle trempait dans le cuvier de linge sale des *matines* jusqu'à la *tierce*[1] du jour... Isabeau restait prostrée sur la surface du lavoir, la frimousse empourprée par la fraîcheur d'un potron-minet émergeant lentement des lambeaux de bruines grisailles voilant le soleil levant... Elle discernait le gargouillis du filet de l'eau dévalant sur les galets du déversoir, s'y écoulant sous les lancinantes vapeurs de bruine s'élançant à l'assaut d'un ciel encore sous le joug de l'hiver. Les ridules du bassin de rinçage formaient des replis de bulles, s'agglomérant sous l'effet de tension interne de l'émulsion savonneuse. Le rythme du battoir s'organisait comme les gouttes d'une clepsydre, cadencé par un ouvrage qui prenait des tournures surhumaines au fil des saisons...

Elle n'était plus cette *mignarde* effrontée qui faisait jaillir les fibres acrimonieuses de sa *daronne*, lorsqu'elle s'opposait aux règles strictes de son parent ;

---

[1] Du point du jour jusqu'à 10 h (offices liturgiques).

son corps avait mué au fil des saisons, attirant inéluctablement les regards concupiscents des jouvenceaux, empressés de déshabiller du regard ses affriolantes rondeurs qu'elle lovait sous un ample *chainse*[2] maculé par tant de jours à frotter les *gonailles*[3] des nobliaux ; tantôt repoussant d'un œil ombrageux les avances du *jouvencel*, son esprit chevauchant de sourdes escapades charnelles fourmillant dans l'antre de ses phantasmes. Hélas la belle lavandière possédait un caractère farouche, sous ses formes pulpeuses qu'elle dissimulait sous la cotte, depuis que son corps avait subi la lente efflorescence de la puberté.

Évincée par les diatribes tranchantes de la communauté, Isabeau fut contrainte d'assumer ses nouvelles fonctions de lavandière et de buandière : un lourd tribut qu'elle devait supporter depuis que la pucelle osa affronter les dires réquisitoires de l'échevin Agylus et du révérend Drogon. La *blancheresse* courba l'échine, après avoir contemplé l'œil céruléen de Arimaspe franchir l'éperon encore fumant du mont Ithom, puis abandonna la batte sur le rebord du lavoir afin de s'éponger le front d'un revers de manche, le regard nébuleux errant sur le miroir du plan d'eau du bassin, alors que des mèches rebelles émergeaient du bonnet comme des faisceaux de verges allant flageller son joli minois sous les frasques du vent, pendant que le couvre-chef frémissait dans l'air frisquet d'un Éole un brin taquin ; ses prunelles d'un noir d'onyx glissaient sur le drapé ondoyant de l'eau, le mental immergé dans de sombres pensées. D'un clapotis immuable, le filet d'eau savonneuse se déversait sur le dallage, poli par des décennies de labeurs – avatar hydrique des tourments humains assujettis à ce bas monde.

---

2 Chemises.
3 Les vêtements.

L'esprit embrumé par toutes ces péripéties qu'elle dut affronter pour une jouvencelle, elle releva une nouvelle fois le chef pour balayer du regard le relief tourmenté de la plaine, dont la brume s'y élevait en bras vaporeux sournois pour finir par se délayer sur le dais azuréen du ciel ; en point de ligne de mire du lavoir, le disque bas du soleil Ari s'arrachait paresseusement des massifs tourmentés du mont Ithom, d'où le vaste manteau neigeux enveloppait ses flancs d'une opaline écharpe nacrée – hélas à son zénith, l'étoile demeurait un astre froid, une naine blanche irradiant faiblement son rayonnement calorique sur cette terre destinée à péricliter au fil du temps. Pourtant l'espèce humaine y résidait depuis des lustres, son destin voué à expirer inexorablement tant les mutations génomiques dérivaient de leur cours naturel, piégées par l'abâtardissement de ses propres gènes et l'ardeur atone d'un astre ayant épuisé la plupart de ses ressources thermodynamiques… Tel était le *fatum* de ces créatures à deux pattes, tant il est dit que, tout à un début, un milieu et une fin pour chaque chose en ce bas monde.

Après des heures éreintantes à lessiver les effets d'une partie de la communauté, elle souleva l'amoncellement de vêtements posé sur le banc du lavoir et le déplaça dans la brouette en bois, vermoulue par les larves de charançon, le châssis branlant par des décennies de manutention. Puis elle redressa son échine voûtée, déplia ses *jointures*, souleva les bras de la brouette et s'engagea sur le chemin drapé d'humidité… Elle se dirigea vers le modeste bourg, blotti entre deux contreforts rocheux et niché au fond d'une vallée encaissée où d'immenses champs de phacélies ondulaient sous le souffle frisquet du vent du nord, enclavés par une steppe semi-aride.

— De sitôt ?… répondit-elle d'une voix saccadée. Elle est en avance, cette fois-ci.

La vieille lui jeta un regard brûlant.

— Mon enfant, ne parle pas comme ça, dit-elle en lui lançant un regard sévère, puis jeta un œil rapide derrière son échine voûtée, comme si une horde de démons allait surgir subitement de l'entrée. Dépêche-toi, notre prêtre te jettera un mauvais sort si tu tardes à te présenter, alors que la délivrance est entamée ! …

Betho se déroba subitement à son attention, que la jouvencelle n'arrivait toujours pas à si faire qu'elle puisse se carapater si vite ; mais par quel artifice arrivait-elle à s'éclipser avec tant de vélocité ? en dépit de son âge avancé. Elle épousseta son tablier d'un geste preste, refit à la hâte le chignon et se recoiffa d'une bonnette défraîchie, décousue sur les coutures.

Elle entendit la cloche du beffroi carillonner, annonçant l'heureux événement…

Un long attroupement s'étirait et finissait par obstruer la chaussée menant au parvis de la justice seigneuriale ; la populace (pour la plupart des hommes) se rendait vers la maison communale, pendant que le timbre puissant de la cloche du beffroi bourdonnait en faisant trembler les chaumières branlantes de la bastide. Elle dut faire des coudes afin de franchir le porche du cœur du bourg, et se retrouver sur la placette ceinte de maisons cossues à pans de bois.

Le palanquin révéla son esthétique singulière aux yeux des curieux, escorté du mire[4], de l'apothicaire et de deux matrones ayant la charge de chaperonner la reine, lors de l'accouchement. Quelques citoyens applaudissaient, pendant que d'autres *se désenglaient*[5] sur

---

4 Médecin.
5 Se moquaient.

l'anatomie corpulente de la reine des bourdons. La litière était soutenue par deux grands gaillards de forte corpulence, l'échine éreintée par le poids de la couche et de l'embonpoint hors norme de la reine exhibant une mine anémiée, le masque de grossesse se fardant d'une carnation ivoirine posée sur des pommettes rosacées largement proéminentes. La taille, démesurée, était magnifiquement apprêtée d'une tunique d'un blanc virginal, soulignée d'une mince cordelière d'un rouge écarlate ceinturant son gigantesque bassin. L'un des deux eunuques l'aida à redresser son échine, révélant une plastique dorénavant démesurée, puis elle glissa de la litière, soutenue par le même castrat, et se hissa péniblement sur la chaise obstétricale installée pour l'occasion sous le portique de la maison communale, à la vue de tous. Ce trône de l'enfantement était doté d'un linceul ivoirin, l'assise évidée afin de laisser choir le rejeton dans les mains de la *ventrière,* bien à l'abri des regards fureteurs de l'assistance. D'une main tremblante, elle élimina la suée dégoulinant du visage, empourprée par l'épreuve de la grossesse.

Le prêtre Drogon émergea de l'édifice communal, vêtu d'une robe de bure d'un noir d'onyx. Les globes oculaires s'emplissaient d'une sinistre noirceur, le vieux cureton ployant sous l'âge de son ministère. Il progressait malgré tout à grandes enjambées vers l'autel, tandis que les pans de sa toge feulaient sur le dallage de la terrasse, soulevant un nuage d'escarbilles jaunâtres. Il s'approcha de la cent vingt-deuxième maîtresse des bourdons, lui présenta une fiole, puis inclina avec force dévotion le bec vers les lèvres blêmes de la future mère. Lippe frémissante, elle avala lentement quelques goulées sucrées du nectar sombrant dans ses entrailles comme une nef en perdition. Elle soutint furtivement du regard l'œil oppressant de l'homme de

Dieu, dont la face glabre n'était qu'à quelques doigts de la sienne, puis pivota sèchement sa tête vers le perron de la bâtisse, chassant de sa vue les traits froids et austères du ratichon[6]. Son esprit vacillait sous les contraintes de la parturition, partant à la dérive vers des mondes plus sereins…

  La silhouette bedonnante du maire Agylus émergea entre deux colonnades ; la face rubiconde, mèches au vent, le notable accéda jusqu'en bordure de terrasse, vêtu d'un long surcot d'*escarlate* et d'ébène. Sa chevelure grisonnante retombait coquettement en de fines volutes capricieuses sur des épaules potelées, assujetties à sa voracité atypique de fin gourmet. Une bourrasque fortuite vint sournoisement ébouriffer sa longue tignasse poivre et sel, permettant d'apercevoir une calvitie qu'il voulait garder sous silence… D'un sourire avenant (mais armé d'un regard fourbe), le magistrat disséquait la tenue vestimentaire de la *menuaille*[7] ; tout en dressant facétieusement ses mains replètes vers la populace, il tirait parti de son point de vue afin de scruter finement l'ajustement du pauvre hère ayant eu l'affront de transgresser les règles vestimentaires en vigueur, imposées par le conseil municipal ; il se contentait d'un hochement de tête pour que la maréchaussée interpelle la roturière ayant eu l'*outrecuidance* d'exposer à sa vue quelques épis mutins émergeant du calot, pour la replacer *illico* sur le droit chemin. Brassant l'air de ses grosses paluches, il engagea une prolixe homélie sur les qualités que chaque administré doit disposer au sein de la communauté, avisant que de sévères sanctions frapperaient le contestataire ne se conformant pas aux exigences imposées par le conseil municipal.

---

6 Rat d'église : nom donné à la gent ecclésiastique.
7 La populace.

Ensuite, il rendit grâce à ses adjoints, à ses conseillers et au clientélisme de notables installés confortablement au premier rang, tout ouïe à ses causeries, sans oublier de gratifier la nature vertueuse et miséricordieuse du prélat ; celui-ci lui rendant un sourire fuselé tout en redressant l'échine, laissant paraître une mâchoire édentée et jaunie. Hélas son élocution fleurie détenait un pouvoir hégémonique, où chaque administré ne pouvait qu'acquiescer aux corvées et aux offices que le notable et le prêtre imposaient, s'il ne voulait pas subir de terribles représailles. Il continua sa diatribe : «... Je voudrais à nouveau m'appesantir sur les conséquences des dommages causés par la sécheresse, de cesse vous implorant de modérer votre consommation d'eau et de céréales, car cette terre si jadis fertile se racornit au fil des années – séquelle à une pluviométrie toujours plus déficiente affectant nos rivières et nos cultures maraîchères... Nous avons beau implorer notre astre Ari, afin qu'il daigne répondre à nos attentes, hélas ses *esgourdes* ne semblent point entendre nos suppliques. Sa radiance se réduisant comme peau de chagrin *die* après *die*... »

L'édile jeta un regard de complaisance vers la nouvelle reine, et porta son attention vers la foule compacte, d'où une majorité d'hommes révélait la singularité de la pluralité masculine, tant la gent féminine se réduisait au fil du temps comme peau de chagrin...

« Mes amis, chers administrés. *Hui*[8], notre honorable cent vingt-deuxième reine va en ce jour faire *gésine*... Comme vous le savez, il y a de cela quelques mois nous avons fait appel à notre nouveau bourdon, afin que le lignage de la communauté soit assuré... Le jour de délivrance tant attendu parvient donc à maturité, dit-il d'un ton catégorique, et je ne vous cache pas que

---

8 En ce jour.

ces derniers jours nous ont particulièrement éprouvé, rongeons notre frein à implorer les dieux qu'elle ne fasse une énième fausse couche... »

Il se retourna vers la reine des bourdons sise sur la chaise de travail, puis branla du chef en direction d'un des deux eunuques, placés de part et d'autre du siège d'accouchement. L'homme se retira du tréteau, allant quérir le nouveau bourdon patientant à l'intérieur de la maison communale. Le nouvel étalon émergea sur les tréteaux, le faciès fléchi vers un lendemain incertain. Malgré sa puissante corpulence, il semblait anémié, faiblard, le port de tête moins arrogant que lors de son intronisation, il y a de cela une huitaine de mois. Il s'avança jusqu'à l'autel d'accouchement, la démarche chancelante, le pas confus ; car l'étalon connaissait les tenants et les aboutissants du concordat qu'il avait signé en compagnie de l'échevin et du curaillon, et qu'au terme de cette gésine, le fruit escompté allait lui révéler sous peu...

L'échevin vint à sa rencontre et le héla :

— C'est un courant de joie qui m'anime, cher administré !... fit-il en jetant un regard espiègle vers l'assemblée, tant ce jour nous remémore cette trop longue attente, qu'il faille savourer l'arrivée imminente du fruit de vos deux *entraignes*.

Le jeune homme resta sans voix, tout juste esquissa-t-il un sourire mièvre et leva paresseusement le bras en signe d'acquiescement, suite au sermon qu'il savait sentencieux. Car son destin allait se jouer sous peu !...

La cloche du beffroi vint à tinter, ébranlant la placette jusque dans ses fondations. Son bourdonnement s'étendit tout du long la phase active du travail de la reine, les contractions se faisant plus intenses, la respiration devenant haletante et saccadée à chacune de ses poussées... L'assistance restait sans voix, les yeux rivés sur son ventre gravide tremblotant comme une taupinière soumise à un grand bouleversement géologique. Mine déconfite, l'étalon patientait, qu'en chaque écho du frelon l'issue finale de l'accouchement allait échoir, lui révélant la nature du genre humain saillant des gambettes du nourrisson...

Isabeau joua des coudes, progressant au plus près du perron de l'hôtel de ville ; sa petite stature lui permettant de glisser entre les *gambilles* des gens en toute impunité. La jouvencelle restait toujours stupéfaite par l'impassibilité de la collectivité acquiesçant obstinément aux dogmes moraux de la classe cléricale et celle des édiles du conseil communal. « Tu es l'ivraie de la maison », martelait sans cesse sa mère, en s'apercevant que sa fille s'écartait du droit chemin. Puis elle s'en est allée rejoindre son « homme » vers le monde plus serein des Ombres ; depuis lors, Isabeau fut mise au ban de la société par le conseil du Chapitre, et bien qu'elle eût un oncle, ce dernier rompit les liaisons de la parentèle, le lien familial se résumant à quelques relations épisodiques, voire épistolaires.

Les contractions de la reine s'accéléraient, affectant son bas-ventre en des lames de douleur lancinantes venant la labourer, telles de ténébreuses déferlantes martelant à coups de boutoir le front de mer. Le médecin et les sages-femmes lui apportaient leur réconfort moral, prohibant le recours à la moindre thérapie analgésique – exclusivement des compresses froides que les ventrières déposaient sur sa bedaine afin de soulager ses maux, pendant que le prêtre officiait une litanie en l'honneur du dieu-soleil Ari, lui offrant toute une liste de grâces encensant ses qualités divines...

Dragon, l'œil noir et l'esprit retors, enfournait de temps à autre une mixture dans la bouche de la Mère-matrice, apparemment un philtre sourdant du nectar des fleurs. Toutefois Isabeau, en déposant la cotte de ce dernier sur la table bancale du presbytère, découvrit d'étranges fioles aux noms obscurs fleurir sur l'antique dressoir de la cuisine. Dès l'enfance, son daron l'avait formée aux études primaires. D'une vaste érudition, féru d'histoire, il s'évertua à lui révéler quelques littératures de récits antiques où les humains possédaient de vastes connaissances scientifiques, désormais dépossédées de l'esprit désœuvré de leurs descendants.

Elle bouscula par maladresse un *jouvencin* disgracieux, ses membres ballants se prolongeant bien au-delà de la morphologie lambda de l'espèce humaine ; un candide bâtit sur de grands échalas.

— Désolée, s'excusa-t-elle d'un sourire pincé, tout en redressant son col vers la face du jeune homme.

Sourcils froncés, il l'*esgarda* avec circonspection, alors qu'elle fit mine de l'ignorer, plongeant un regard sombre vers l'autel des sacrifices ; mot inapproprié pour un accouchement.

Isabeau pivota son champ de vision vers le grand gaillard boutonneux.

— Penses-tu que ce sera encore un marmot ? demanda-t-elle d'une mine espiègle, l'œil un brin pétillant.

Le jouvenceau inclina son chef, finissant par lui offrir un sourire timoré.

— Que sûr !… Ce sera encore un morveux, et j'en mets ma main à couper, rajouta-t-il d'un air assuré.

— Il ne faut jamais dire ça, déclara-t-elle, la mine renfrognée.

Une voisine les somma de faire silence, Isabeau la regarda de haut et fit mine de l'ignorer.

Pendant cela, la phase active du travail progressa : les deux accoucheuses enveloppaient la reine de mille soins, l'une s'étant glissée contre le dossier de la chaise, pendant que la seconde s'assit sur un coussin, à hauteur du bassin de la future mère, son fessier positionné vers l'assistance. Les contractions s'accentuaient, son souffle s'intensifiant au fil et à mesure de l'avènement du nourrisson... tandis que le prêtre ne cessait de jaillir ses invocations en l'honneur de Ari, et l'échevin haussant le front devant cette ordalie consacrée à la gésine. La populace restait figée, n'attendant plus que l'instant de délivrance se fasse jour, afin d'ouvrir une nouvelle ère de prospérité...

— Je m'appelle Isabeau, dit-elle, espérant un retour d'attention.

— Oui, j't'connais... de réputation. Ton nom a maintes fois tournoyé autour de la cité... tout en la détaillant d'un œil sommaire. Et moi Ganelon. Puis il détourna sa figure gravelée de pustules de crapaud, les oreilles tout ouïe aux éclats sonores de la jeune reine en train de mettre bas, larme à l'œil en ce si beau jour...

Isabeau fronça les sourcils, sans être inquiétée par les paroles piquantes de la lippe de quelques gens du bourg, qu'ils résident à quelques pas de sa porte ou à l'aboutissant de la bourgade... Son caractère mutin et *dévergoigneuse* la poursuivait, même lorsqu'elle faisait connaissance d'un inconnu ; au bourg, on avait fini par jauger sa nature rebelle, à toujours désapprouver les édits de l'échevin et les sentences pernicieuses du prêtre Drogon. De fil en aiguille, elle portait le joug de son acharnement à rejeter la législation communale et de son aversion à l'ordre clérical... Du coup, elle en payait un lourd tribut : elle devint une paria aux yeux de la communauté !

La reine haleta, son cœur palpitait comme un tambour de procession, lors des jours fastes des cérémonies rurales. On ressentait un frémissement émotionnel engloutir l'attroupement de vilains, de manants et de vils baronnets ; quelques individus tintinnabulaient, d'autres oscillaient leur chef comme le balancier d'une pendule, alors que leur regard se figeait dans l'étreinte d'une expectative fébrile... Les contractions s'accéléraient devant le parterre de la *menuaille* et de quelques notables du coin, toujours à l'affût d'une aubaine pour présenter leur ego flamboyant aux regards des plus miséreux ; des *nobilia*, emplis d'une désinvolte outrecuidance affublés de leur embonpoint manifeste.

Plaquée contre le dossier de la chaise obstétricale, l'une des deux *ventrières* amarrait les épaules de la parturiente de ses bras puissants afin de l'immobiliser durant toute la gésine, pendant que la deuxième plongeait ses larges pognes sous l'assise, ayant la primeur d'accueillir le corps du nouveau-né ; la nouvelle reine s'accrochait aux accotoirs de ses longues serres aux veines émergentes sinuant sur une peau diaphane, sa lippe évacuant d'infernales criailleries d'affliction dans l'aire du siège de la mairie. La fréquence des contractions s'intensifiait au fil des coups de sonnailles, une polyphonie discordante à boucher ses esgourdes de ces harmoniques assourdissantes... À la vision de la jeune femme en couche, une pelote amère et glacée naquit et se boursouffla dans la gorge d'Isabeau : l'air devint subitement lourd, irrespirable. La boule de nerfs coula dans son gosier tel un fétide ophidien s'enfournant dans les tréfonds de son être, laissant sourdre de sa poitrine d'insoutenables frémissements cardiaques, qu'elle finit par apprivoiser en reprenant haleine...

Après un long et suprême travail, la reine parvint à expulser son marmot... Sous l'œil affûté et les pognes dextres de la matrone, l'*enfançon* émergea progressivement de sa tanière de chair et d'os, vagissant, *criaillant,* son petit corps voilé de l'attroupement par le linceul du siège obstétrical retombant en draperie sur l'échine de la sage-femme, l'esprit et sa plastique replète plongés dans l'ardeur de l'accouchement. La *ventrière* extirpa le nouveau-né des entrailles de sa mère, puis tira le rejeton vers sa poitrine, le cordon ombilical suintant du liquide amniotique sous l'éclat froid du soleil Ari, dont l'œil de Arimaspe livrait son postulat étincelant devant l'air ébahi de la populace. Un fait indéniable émergea désormais à leur vue : le curé trancha le cordon d'un geste ferme et arracha l'*enfançon* des bras de la vieille matrone. « C'est hélas, encore un garçon ! » s'écria le pontife d'un ton impérieux, sous l'œil scrutateur du soleil Ari, dont son éclat turquoise imageait toute cette science de la dramaturgie que le prélat dévoilait aux faces moribondes des vils mortels. Maleureusement les manants ne purent certifier que les attributs de l'*enfançon* furent celui d'un *marmouset,* tant sa destinée se paraît d'une lourde charge de forçat ; car seul le curaillon possédait l'autorité pour découvrir les organes sexuels de l'*enfançon,* qu'il avait déjà projeté le *fatum* du *mignard* ou de la *mignarde,* quel que soit l'attribut du nouveau-né, tant il tenaillait dans ses pognes de prédateur son empire hégémonique.

« Ooohhh ! » s'affligea la *menuaille* à l'unisson, les mains juchées sur leurs têtes capelées de toques et de calots gambisonnés, tellement la froidure était rude. Le ratichon contenait le bambin dans les ravines chiffonnées de ses serres, ses petites pendeloques vibrant sous les secousses répétées du prieur claustral. Puis il pressa le petiot contre son poitrail émacié, alors que le médecin et les deux matrones s'occupaient des soins de la mère, la frottant et la vêtant sous les regards lubriques de quelques spectateurs, affriolés par ce divertissement de hobereau... L'échevin Agylus s'approcha du faux-bourdon ; l'âme esseulée, il appréhendait les séquelles de ce terrible rebondissement, et connaissait le lourd tribut à payer : mais le jeu en valait la chandelle, car si la reine avait accouché d'une *mignarde*, il aurait été l'étalon des dernières pucelles de la contrée ! Sans compter qu'il aurait tenu le haut du pavé au sein de l'administration de la bourgade, assurant une charge ministérielle des plus sommaires mais pécuniairement prolifique...

L'échevin à la plastique replète revêtait un lourd pourpoint d'un velours écarlate et de noir d'onyx, festonné d'un revers d'hermine fort accommodant en ces temps de froidure. Face au maire, l'athlétique gaillard ne devenait plus qu'un *futile* étalon dépossédé de ses intentions chimériques. Mais le magistrat de l'un des derniers bourgs de cette petite planète ne s'accommodait pas que de sournoises forfaitures, il savait jongler avec le verbe aussi bien qu'il maniait la férule ; d'un regard hargneux, il aborda le corps viril du faux-bourdon...

— Tu connais les termes du marché, dit-il d'un ton cinglant.

La mâchoire du jeune homme se crispa, laissant paraître les fibres musculaires se sculptant sur sa face d'Hercule de foire ; il courba l'échine et répondit à l'échevin sur un ton bougonnant, le regard fiévreux coulant sur le relief défraîchi du parvis, l'esprit empli d'une soif éperdue de liberté.

« *Oi !* » grogna-t-il.

Le maire héla d'un mouvement de tête les deux serviteurs, postés aux extrémités de l'estrade. Ils s'approchèrent du jeune mâle, altiers, sûrs d'eux, le front haut et la mine fière…

Le plus imposant, sourire en coin, posa sa lourde patte sur l'épaule du rustre *jouvencin*, et lui susurra quelques mots dans le creux de l'oreille :

— Tu verras… Lorsque l'on sectionnera tes boursemolles, tu deviendras un homme libéré des souffrances de la chair, fit-il d'un ton railleur. Sur ses dires, les trois hommes s'éclipsèrent du parvis de l'hôtel de ville.

Dragon remit le nourrisson à la ventrière en chef, alors que la mère fut emmenée dans ses appartements, situés aux étages de l'hôtel de ville… Puis l'échevin s'entretint avec le curaillon dans une conversation feutrée, sous les parlotes de la populace construisant et déconstruisant l'avenir de la cité…

Isabeau et Ganelon conversaient de leur vie fastidieuse ; elle portait le regard pétillant, les fibres de tout sont être vibrant sous les paroles éraillées du jeune vendeur de sabots, contemplant le babillage envoûtant de ses lèvres lorsqu'il narrait ses longues journées éreintantes dans l'atelier du sabotier… Il était loin d'être un adonis, néanmoins elle détaillait chaque parcelle de sa peau grumeleuse, puis les mimiques de ses lèvres, où chaque mot émergeait de sa bouche comme la source d'une onde fraîche, ressentant une puissance d'attraction sensuelle s'immerger dans ses yeux puis de ses pores, pendant que la foule se clairsemait sur le parvis de la mairie, s'engloutissant dans les venelles de l'antique bourgade de Tartare, allant s'en retourner aux servitudes journalières sous le pâle éclat du soleil Ari…

2

Ganelon foulait le pavé d'un pas indolent, esquivant le mouvement brusque du flot de passants... alors qu'Isabeau talonnait la coiffe du *jovencelin* – sitôt avec l'apathie d'une fourmi en quête de pitance, parfois à foulées prestes sur les traces de ses petons, ravinés à arpenter nu-pieds les terres de la bastide. Il n'était qu'un roturier, un petit margoulin vendeur de sabots et de brodequins bas de prix, le plus mal chaussé de la commune. Elle finit par le rejoindre au cours d'un lacet que prenait la venelle, dépassant une grosse dame aux bajoues rosacées, oppressée par la chaussée trop pentue que son corps bedonnant affrontait d'une ardeur enfiévrée.

Il pivota du chef, sachant qu'elle le suivait, mais ne ralentit pas ses enjambées pour autant.

— Hé, attends-moi ! et finit par se retrouver à son flanc, le front se haussant vers sa bobine bourgeonnée, mais non dénuée d'un certain charme. Que vont-ils faire de l'*enfançon* ? demanda-t-elle, d'un timbre haletant.

— Depuis le temps, comment se fait-il que tu ne connaisses point la réponse ? De plus j'ai pour ordre de ne pas *jaboter* en ta compagnie, rajouta-t-il en accélérant d'un pas décidé...

Ils arpentèrent la ruelle crasseuse, l'une des plus mal famées du bourg ; les chaumières vétustes se succédaient dans une enfilade de façades sales, grisâtres et austères, quelques-unes disposant d'un encorbellement (à l'origine une façade de belle facture), mais à présent subissant les contraintes de l'âge et le désintéressement des propriétaires, plutôt à l'affût de locataires oublieux de respecter leur contrat de louage, que d'entretenir les bâtisses dans un état de délabrement avancé...

Une femme apparut au rebord d'une fenêtre ; elle pencha le buste, révélant un corsage ouvert au vent, et versa le contenu de sa cuvette infâme sur le caniveau, manquant d'éclabousser les deux jouvenceaux. Ils continuèrent leur chemin alors qu'une bise sournoise glissait tout du long de la ruelle, léchant les austères façades.

— Le mouflet sera promis à une mère infortunée, fit-il d'un ton glaçant ; un marmouset est toujours le bienvenu pour les travaux des champs et couper du bois... alors qu'une *jouvencelle* ne sert qu'à perdre les eaux lors de l'accouchement et qu'elle ne peut qu'engendrer des mâles en ces temps si difficiles...

Le visage d'Isabeau s'empourpra d'une sourde colère. Elle tendit le bras et lui envoya une taloche mémorable. Il interrompit soudainement son allure à l'orée d'un embranchement. Du haut de sa toise, il lui jeta un regard froid, la joue rosacée marquée de l'ignoble camouflet, puis reprit son cheminement comme si de rien n'était... Il prit la voie de destre. Elle le suivit comme un petit chien perdu...

— Désolée... Mais avoue que tu l'as bien cherché. Je souhaitais juste babiller quelques mots en ta compagnie... Qu'une âme puisse entendre ma voix et saisir mon profond désarroi, tant je suis esseulée... Je vis journellement un éprouvant ostracisme, et tout cela parce que ma vision de la vie ne correspond pas au plus grand nombre de bouseux que cette contrée a accouché de ses *entraignes*, confia-t-elle au jouvenceau d'une âme défaite.

Il s'immobilisa à la façade d'une ancienne échoppe de friperies, à présent close.

— Je comprends ton désarroi, affirma-t-il. Il en est de même pour moi : je m'enquiers sur les agissements du maire et de quelques nantis à conduire la bourgade d'une main de fer, afin de saisir leur comportement de nanti, puis fustigeant les ordres de la magistrature de notre bourg, tant mon manque de maturité se drape inéluctablement d'un sombre linceul d'ignorance, car la complexité de la vie bourgeoise est impénétrable à l'ego du *jouvenceau*. Nos élus ont forcément l'esprit de sagesse à administrer durablement notre communauté en proie à l'ignorance, à la faim, à l'aridité de la terre et à l'indigence dans les chaumières, et tout ça parce que notre soleil Ari éprouve les dernières cités de Tartare et que les mères du village n'engendrent, hélas, que des *mignards*...

— Et comme par le fait du hasard, elles ne peuvent engendrer que des mâles... s'enquit-elle d'un ton mordant.

Il tourna la tête des deux côtés de la venelle ; en dormance, une frayeur soudaine s'éveilla en lui et mis à jour son sens du discernement...

— Chuuut ! fit-il tout bas. Ici, les murs ont des oreilles. Viens chez moi, mais tais-toi et prends tes distances, et lorsque j'aurai pénétré sous mon toit, patiente encore quelques secondes : je te ferai signe d'entrée par le portillon d'à-côté, une glycine recouvre la chaumière d'une coiffe de ramures enchevêtrées.

La demeure sentait la poussière et le renfermé ; un petit logis tout juste apte à faire le bouillon. Sur un coin de la pièce deux paillasses s'accolaient, et sur l'autre, tout un tas de sabots, de chausses et de brodequins formaient un monticule hétéroclite ; elle découvrit même une paire de poulaines émergeant du tas de chausses, leur pointe se courbant vers le plafond à l'appel de l'éventuel petit propriétaire bourgeois désirant poindre son niveau social aux yeux des roturiers. Des lames de toiles d'araignée pendouillaient des poutres, un moucheron s'y débattait, pris au piège malgré la fragile tenure soyeuse arrimée dans un enclavement du plafond.

— Ça te dit une infusion de mûres ? dit-il en se dirigeant vers l'âtre, dont le mur en torchis se *fardaillait* d'un noir charbonneux.

Il prit un petit chaudron, y versa de l'eau et mit tout ça sur la crémaillère. D'un coup de silex sur le briquet, une étincelle vint à la vie et fusa vers le foyer empli de brindilles de bois.

Elle dépassa la toile d'araignée empoussiérée ; l'arachnide jeta son dévolu sur le pauvre diptère, qu'elle enroula d'une infinie application dans son piège grisé et poussiéreux. Isabeau fouilla du regard le minuscule habitat de torchis et moellons disparates.

— Tu vis seul ?

— Non. Je loge chez mon oncle. En cette époque de l'année, il travaille sur l'un des champs de phacélie. Il ne devrait pas tarder à rentrer.

D'un naturel méfiant, elle faillit prendre la poudre d'escampette à l'arrivée soudaine du frère de son père.

— *Que nenni*, ne pars pas, dit-il en la retenant d'un bras fluet, le regard déployant un intense éclat d'un bleu métallisé. Je connais mon oncle, il n'est pas le genre d'homme à moucharder sur le dos du voisin… puis sourit, mettant à jour une dentition gâtée.

L'eau commença à frémir, alors qu'ils tentaient de s'ouvrir l'un à l'autre.

— Les gens disent que tu ressasses des idées néfastes contre la communauté, et que c'est pour cette raison que tu es condamnée à frotter les braies et les culottes des villageois, tout comme le sort de Marguerin et Hersende...

Elle le regarda hausser le chaudron et verser l'infusion qu'il avait préparée dans les deux bols en bois ; ses doigts tremblaient en déversant la décoction, un filet de vapeur *danselait*[9] sur sa face qui rougeoyait par la touffeur de la buée, à moins que ce ne soit dû à un intense penchant émotionnel.

— Que de sottises ! s'exclama-t-elle d'un ton rude. Le sénéchal me courait après : sa troisième jambe frétillait rien qu'à la vue de ma silhouette rondelette. C'est un goret replet qui s'enfournerait bien une jeune truie, s'il le pouvait...

Ils rirent de bon cœur.

— Après tout, il est étrange que les mères ne puissent accoucher que des mâles. Cela remonte à si lointain, que nous ayons toujours connu les fêtes de printemps honorer la venue au monde d'un nourrisson, engendré par la reine des bourdons...

—... Et que le récipiendaire de cet heureux événement soit issu de la classe nécessiteuse et doive honorer la dame, le sort s'acharnant contre toutes les jouvencelles depuis la nuit des temps...

— Cela fait environ deux cents ans que dure cet anathème, m'a assuré mon oncle : lors des premières austérités climatiques, attribuées à la pauvre luminescence de notre soleil déclinant au fil des saisons et des années...

Ils sortirent à l'arrière de la chaumine. Le bout de terrain était partiellement en friche, l'autre fraction servant à la culture de racinaires et de tuberculeuses. Elle s'avança vers des plantations d'aromatiques et maraîchères, comme des panais, des navets, des carottes et

---

9 Caresser.

quelques plants de fève, puis elle se dirigea vers ce que l'on pourrait appeler un « herbularium » trônant à l'extrémité de la parcelle. Des plants médicinaux s'étageaient en enfilade : de la menthe poivrée aux effluves si envoûtants, du sénégrain, de l'absinthe, et quelques pieds de persil développant leurs tiges verdâtres, devant les yeux éblouis d'Isabeau.

— Que penses-tu de cet *hortulus* ?... s'enquit une voix d'homme, un brin rauque à son avis.

Elle fit une volte, et tendit son échine devant la carrure athlétique de l'oncle de Ganelon. Il parcourut les quelques mètres le séparant des deux jouvenceaux, la mine fière mais le corps fourbu par des travaux longs et harassants.

— Certes, il ne faut pas faire de rapprochement avec l'*herbularium* de notre cher prêtre, car il va sans dire que le sien détient l'archétype parfait du jardin potager, avec des plantes médicinales plantées sur une vingtaine de toises que, hélas, tu ne posséderas sans doute jamais... répondit-elle à Eberulf.

— Oncle Eberulf ! Tu as enfin terminé la journée. Je te présente Isabeau, annonça son neveu d'un air enchanté.

— Tu es la bienvenue chez nous, Isabeau...

— *Si fait*.

— Je t'ai maintes fois aperçue au bassin de rinçage du lavoir, dit-il sur un ton spontané.

Elle se retourna vers les plantes médicinales, sous une forte pulsion émotionnelle qui l'engloutit sur l'instant ; à sa mine défaite, Eberulf s'aperçut que la jouvencelle fut contrariée par son dit, et qu'elle prit, à tort, pour de simples mots d'esprit...

« Il est établi que celui du prêtre Drogon est sans commune mesure l'hortulus le plus étendu de la région ; mais le tien, bien que modeste, possède un je-ne-sais-quoi de plus attrayant que le sien », relança-t-elle en baissant la face, croyant qu'elle devait remonter dans son estime.

— Bah, le potager du cureton *s'estofe* sous un amendement dévastateur pour la faune et la flore. C'est le jardinier en chef qui me l'a confirmé. Cela dit, je suis assez fier de la façon dont j'ai agencé les plantations, affirma-t-il pendant que quelques abeilles butinaient des campanules et des centaurées plantées à la jetée, sur une parcelle du jardin.

Ganelon cassa cette ambiance chaleureuse.

— Tu connais la mésaventure d'Isabeau ? je crois.

Eberulf pointa la tête vers sa direction.

— *Oi*. Mais ne t'inquiète pas Isabeau, ici tu n'as point à t'effaroucher, car les médisances de quelques voisins on les passe sur nos chefs, ajouta-t-il d'un air détaché, tout en dessinant une courbe de son bras vigoureux au-dessus de son crâne dégarni. Depuis combien de temps es-tu de corvée à décrotter les défroques du curé et d'une partie de la communauté ?…

— Cela fait bien un semestre, dit-elle d'un air emprunté… Mais je m'y plie de bonne volonté, car cela me permet de retrouver quelques âmes débonnaires épousant ma cause. Sinon personne n'ose s'aventurer à jaboter en ma compagnie, au risque de s'attirer les foudres de l'échevin et du prêtre.

— Mmmh ! Ta situation n'est guère enviable.

— En quoi consiste ta fonction ? dit-elle afin de jeter la discussion vers une autre thématique de la vie quotidienne.

Il jeta un regard vers la course du soleil ; le bouclier de Ari partait vers son couchant, voilé par le drapé diaphane d'un nuage.

— Avant de te la dévoiler, je t'invite à souper en notre compagnie, si le cœur t'en dit... À moins que l'on t'attende en ta demeure ?

— À part la présence récurrente de la tutrice Betho, dont son labeur consiste à dénoncer mes forfaitures auprès du prêtre et de l'échevin, aucune âme ne s'attarde à regarder filer le temps en ma compagnie. De toute façon je vis seule, mon oncle ayant rompu le lien parental qui nous unissait. Dieu m'est témoin de cette vicissitude...

Eberulf prépara le souper pendant que Ganelon s'occupait du dressoir : trois tranchoirs et des écuelles posés sur une table bancale. Durant le repas, le silence se fit impérieux présentant son austère aphonie aux résidents de cette modeste masure, seul le bruit des gosiers et des jabots y gîtant. Ganelon ébrécha le soupir des âmes :

— Ce bouillon te convient-il ? dit-il tout en plongeant sa mie de pain dure dans le potage – le morceau sombra dans la soupe.

— Assurément, répondit-elle d'une mine enjouée.

Après avoir présenté la bouillie d'orge et quelques œufs de caille, Eberulf lui expliqua sa journée de travail :

— Durant cette période de l'année, je me lève bien avant l'aube, me rendant jusqu'à une parcelle agraire afin d'y retourner la terre et préparer les semis de phacélie. Puis je m'occupe des larves de syrphe permettant de protéger les cultures des pucerons. Sans compter le matériel agricole à entretenir et la tenure à régler à mon bailleur, et si après toutes ces charges il me reste trois sous, alors j'ai de l'aubaine de pouvoir finir le mois sans demander un prêt au Mont-de-piété, rembourser l'achat de mes produits agraires, et mettre un sou de côté pour mes vieux jours...

Ils arrivèrent en fin de repas. Ganelon lui servit quelques noix et amandes pour conclure ce souper que tant de villageois ne pouvaient s'offrir, tant la dureté de la vie éprouvait la majorité des habitants de ce gros bourg isolé de tant de lieues des autres, qu'il semblait l'unique dépositaire des vicissitudes de la vie humaine.

— Dois-je t'offrir quelques fèves ?[10] demanda son amphitryon, d'un air espiègle.

Le temps s'arrogea le droit d'étirer cette agréable soirée jusqu'à l'apparition des premières lueurs célestes scintillant sur la Voie lactée...

Deux âmes nidifiaient les premiers émois du cœur dans la fraîcheur de leur jouvence : l'air emprunté, les jouvenceaux firent halte sur le perron de la maisonnée, pendant que Eberulf s'occupait à consigner sa rude journée de travail sur un registre vieux comme le monde. Quelques grillons scandaient leur pétillante ritournelle, terrés sous une pierre qui fut chauffée par quelques rayons d'un soleil blafard ou sous l'auvent d'un appentis, leur vrombissement stridulant embellissant leur complicité qui s'y dévoilait au fil de cette journée mémorable. Leur regard glissait sur le sol de la chaussée, à la recherche d'une expression ou d'une tournure de phrases permettant de briser la barrière de l'ego, de la gaucherie dans les gestes et les paroles, coutumière de cet âge pivot...

Elle prit le taureau par les cornes :

— Merci pour cette agréable soirée, fit-elle, d'une voix éraillée par un débordement passionnel qu'elle avait un mal fou à contenir.

---

10 Symbole de fécondité par excellence.

Il redressa la tête, le maintien gauche et la voix trébuchante, sous l'aura pâle d'un rayon lunaire jouant avec la soierie échancrée des nuées se déployant et ondulant sur le firmament du ciel.

— C'est plutôt à moi, de te remettre ces remerciements permettant de bouleverser cette vie routinière, même si la conjoncture n'est pas à la hauteur de ce que l'on aurait souhaité…

Elle tendit un doigt vers sa grande *pogne*, mais lui, d'un geste gauche refoula ce que son cœur épanchait, trémoussant sa crinière de chien impétueux dans la tourmente de ses sentiments peinant à germer, tel un bourgeon d'églantine vacillant à s'épanouir à la faveur d'un hiver trop clément. Isabeau rejoignit son humble logis, dans l'expectative d'une relation plus enthousiaste…

L'aurore pointait ses doigts de rose sous un vent léger poussant un moutonnement nuageux comme un pastoureau au train de son troupeau. D'une morne indolence, elle parcourut le chemin menant au lavoir, supportant le fardeau de sa fonction sous l'allégorie d'une brouette rongée par la récurrence de la manutention, l'essieu couinant lorsqu'elle emprunta la venelle du Crève-cœur ; quelques mèches de cheveux d'un noir de tourmaline flottaient sous la férule de cette brise taquine, leurs touffes noiraudes fouettaient son petit minois carminé par l'effort et la virulence de la froidure. Elle remarqua la présence de Hersende, après l'ultime lacet menant au lavoir.

À quelques pas du bassin la jeune lavandière suspendit son parcours, reposa les bras de la brouette et remit de l'ordre dans sa coiffe, en replaçant décemment le calot sur sa bouille rougeaude. Tout à sa buée, Hersende frottait à coups de brosse à chiendent le linge de maison, sûrement les *gonailles* du prêtre Drogon. Isabeau fit un salut preste de la main, puis repositionna la broutée de *chainses*, chausses, braies et tuniques provenant de quelques notables du bourg dans la caisse. Elle interrompit sa foulée à une dizaine de pas de la blonde lavandière, l'échine courbaturée à s'échiner sous le fardeau de sa corvée.

Elle s'agenouilla dans la caisse en bois garnie de paille, afin de protéger ses jointures, puis déposa un petit tas de linge encore fumant aux abords du bassin, sortant récemment du cuvier, et d'une main preste déposa le premier drap à même la planche à laver – puis munie de sa batte et de la saponaire à base de suif, elle se mit tout à sa besogne en le savonnant et le frottant d'une impétuosité endiablée, puis le battant afin d'y extraire l'eau sale du lessivage, pour finalement le rincer dans l'eau fraîche du bassin ; à cet instant, sous les rais d'un soleil attisant les corps et les cœurs, Hersende gonfla sa délicate poitrine et lança une chanson galante, d'une voix enjouée...

>Monsieur l'abbé, où allez-vous ?[11]
>Vous allez vous casser le cou ;
>Vous allez sans chandelle,
>Eh, bien !...

Isabeau se prit au jeu de ce fabliau, chantant en canon le chant grivois à l'intention du lubrique prêtre Drogon, tout en frottant d'une ardeur enfiévrée le linge du méprisable échevin :

>Pour voir les demoiselles,
>Vous m'entendez bien !

---

11 Chanson populaire du dix-septième siècle du cocher de M. de Verthamont.

De quoi vous embarrassez-vous ?
Si je vais me casser le cou ?
Je porte ma chandelle
Eh bien !
Dessous ma soutanelle,
Vous m'entendez bien !...

Elles poursuivirent leur ritournelle, les yeux emplis d'escarbilles, leur corps se donnant à ce labeur qu'il fallait bien assumer, l'esprit ouvert à cette apologie grivoise destinée au prêtre défroqué.

Le temps passa comme le cours du ruisseau alimentant de son suintement le bassin du lavoir...

De son orbe incarnat, le soleil Ari trônait sur le dôme du ciel, réchauffant timidement la terre des hommes. Les deux lavandières avaient achevé leurs besognes, s'apprêtant à abandonner les lieux, mais l'arrivée impromptue de Sigebert les laissa à l'abandon de leurs formelles intentions, observant la silhouette athlétique du jouvencel se dessiner à la faveur d'une lumière crue. Il charriait une brouette, dont le balai était étalé dans la cuve, juste au-dessus d'un tas de détritus ménagers.

Isabeau fit une remarque destinée à son amie :

« C'est un bel homme ! Je me frotterais bien contre son poitrail, à *licher* d'une langue sirupeuse », tout en jetant un regard taquin vers Hersende à la chevelure d'un blond de blé, qu'elle savait éperdument amoureuse.

— Qui t'en empêche ? tança la plus âgée d'une voix glaciale.

Il les aborda, le visage rubescent à la vue d'Isabeau, tout en posant sa brouette qui faillit se renverser sur le terrain accidenté ; elles pouffèrent, cachant d'une main tremblante leur sourire espiègle.

— Oyez, les jouvencelles ! Votre douce voix porte bien loin, au risque de vous attirer les foudres du prêtre Drogon ; à moins que vos intentions soient aussi licencieuses que les pensées de ce vil gredin…

— Nous prends-tu pour des ribaudes ? répliqua Isabeau. Ce n'est pas lui qui parviendra à me dénouer l'aiguillette ! Autant faire l'amour à un cochon, que saisir sa troisième jambe !

Elles s'esclaffèrent de cette facétie.

— Il peut se l'avaler, son huile de rein ! tonna Hersende.

—… Et qu'il s'étouffe avec ! reprit Isabeau.

— Parlons peu, parlons bien… J'ai une terrible nouvelle à vous annoncer : notre reine vient de succomber à une abominable méningite, annonça-t-il, tout en s'approchant des deux confidentes.

Un silence de plomb s'étendit sur la lande ; elles se regardèrent, la mine déconfite et le regard empli d'une pesante mélancolie.

— Quand donc… elle expira ? demanda Isabeau.

— La nuit dernière ; le carabin n'a pu qu'apaiser ses douleurs, le temps que son âme aille rejoindre le mont Ithom…

— Tu parles d'une méningite ! lança Hersende. Cela fait des lustres que nous, les femmes, nous ne pondons que des mâles… Mais, avons-nous failli à notre tâche ? en se couchant sur la paillasse à mettre au jour un *drole* ; après tout, on ne *coquelique*[12] pas toute seule, pour pondre un marmot au monde !…

La chevelure de feu de Sigebert irradiait sous l'éclat du soleil, pendant qu'il releva les manches de la brouette, offrant à leurs prunelles étincelantes ses avant-bras musculeux.

---

12 Faire l'amour.

— Bon, je m'en retourne vers le centre du bourg ; mon estomac m'avertissant qu'il tiraille sous une carence de bonne chère. C'est une vaillance, à se couler vers l'estaminet afin de remplir sa panse des mets copieux de la table...

Les deux jouvencelles le regardèrent bouche bée.

Isabeau n'entendit que les stances des criquets et des grillons glorifier mère Nature, dans l'opacité d'une nuit sans lune. Un monstre, cuirassé comme un engin de guerre, émergea de l'eau glauque dont les vapeurs de brume s'effilochaient à son approche comme des pognes malsaines. Les mains liées contre le tronc massif d'un vieux chêne – les racines de l'auguste caduc chevillées sur la berge sombre du marais –, Isabeau aperçut le monstre ouvrir sa grande gueule et lui présenter ses grosses tenailles. L'entité ne fut qu'à quelques coudées, ses pinces claquant au-dessus du panorama lugubre de l'étang, sa silhouette emplissant son champ de vision d'images atroces ; elle se voyait dévorée par les mâchoires de l'horrible prédateur...

Affligée de sombres cauchemars, elle s'éveilla en sursaut, le cœur martelant contre sa généreuse poitrine et le visage ruisselant d'une sourde exsudation. Isabeau se redressa de sa couche, et d'une allure vacillante se rendit jusqu'au broc, s'éclaboussant le visage de son eau fraîche et vivifiante. Elle sortit sur le jardinet, ses petons glissant entre les tas de paniers en osier débordant de linge sale, des gouttelettes d'eau sinuant sur sa frimousse étiolée par cet horrible songe démoniaque. Nus pieds, elle fit quelques pas à la recherche du tangible, les cinq sens s'ouvrant à toutes les communions du réel...

Le monstre du lac ! (d'un soliloque à peine audible dans la fraîcheur du crépuscule) L'image rémanente du cauchemar se dévoilant en son esprit. Car la *menuaille* avait connaissance des séquelles de la gésine de la reine : si elle n'enfante que des *droles* durant ses années de règne, son corps est voué à l'holocauste sur l'autel limoneux du *maresche*, afin qu'une autre jouvencelle soit fécondée par de jeunes étalons, le génotype familial témoignant d'un étonnant lignage de génitrices... Le garçon, choisi par sa corpulence et la grâce de ses antécédents héréditaires, aura donc en charge à s'accoupler avec la nouvelle Mère-matrice. Passé un délai établi par les édiles, si des *mignards* venaient hélas à sourdre encore de ses entrailles, l'étalon était évincé *derechef* de la cellule royale par un nouveau prétendant, fourni par la commune ; malheureusement en pure perte, car au fil des décennies les reines ne mirent au monde que des jouvenceaux, exclusivement des jouvenceaux...

3

La foule s'était amassée sur le parvis de la mairie, un vulgaire moucheron n'aurait pu s'y abriter, tant l'affluence y était concentrée. Mais à l'opposé de la précédente reine, la mission génésique de la nouvelle ne dura que cinq ans, son couvain ayant généré deux paires de jumeaux et trois faméliques garçons succombant peu de temps après l'accouchement, séquelles à une hygiène de vie laissant à désirer, alors que la cloche du beffroi sonnait le glas du trépas, annonçant les funérailles de cette dernière, car tant de devancières l'ont précédée, que le fruit du recensement croulait dans les registres de la mairie. Isabeau ne cessait d'y cogiter, observant d'un œil attentif le déroulement des funérailles s'ouvrir à l'aube d'une nouvelle ère…

Au-dessus des estrades le prêtre officiait son rituel cérémonial, secondé par les quatre derniers eunuques de la congrégation, dont le dernier faux-bourdon ayant ensemencé la défunte reine – il ne se distinguait pas encore par l'assurance qu'il portait dans sa nouvelle fonction, multipliant les bévues devant le regard sulfureux de Drogon, tant il supportait la charge de la bière d'une conduite malavisée. Mais il fallait bien l'admettre : il livrait une plastique où toutes les femmes de la commune se grisaient à loucher sa musculature, comme de vulgaires ribaudes à la vue de la bourse d'un gros bourgeois. Elle aperçut la stature filiforme de Ganelon, plantée devant elle à quelques pas de là ; mais la densité de l'attroupement ne facilitait guère l'affaire, et elle resta bloquée à sa position, alors qu'une barrière humaine la cloisonnait de ses intentions relationnelles. La reine était étendue dans un vulgaire cercueil, apprêtée d'une robe légère et ample d'un rouge grenat. La nourrice assermentée portait le nouveau-né dans ses bras, entendue qu'elle chaperonnait l'enfant juste le temps du sevrage... Après viendrait l'*educatio*, ce qui sous-entendait une éducation rigide, menée d'un train d'enfer sur les terres arides de Tartare. L'enfant resterait sous les férules du maire et du cureton, chacun donnant sa part de charge de travail au nouveau roturier de la communauté, et parce que son père n'a pu honorer sa mère en n'ayant enfanté qu'un garçon, l'enfant devra être castré peu avant la puberté, afin qu'il ne vienne, lui aussi, abâtardir la société depuis tant de décennies.

Ils déposèrent le cercueil sur les deux tréteaux, et parce qu'ils étaient de différents niveaux, on assurait facilement la visibilité de la défunte matrice, étendue dans toute sa générosité charnelle ; car sa panse démesurée s'apparentait à la reine des abeilles, si ce n'est que sa couvée était bien moins fastueuse. L'échevin débarqua à la hâte, sûrement occupé à des impératifs que le modeste roturier ne pourrait comprendre, tant les tracas de la bourgeoisie ne se mesurent qu'à la puissance de ses fonctions ; mais le béotien a d'autres problèmes à régler que de s'appesantir sur les dures formalités des nantis, comme pourvoir aux besoins élémentaires de son logis.

La cloche du beffroi cessa d'émettre sa lancinante note lugubre, laissant le silence envelopper les badauds. Le prêtre lança sa litanie, haussant les bras vers le disque du soleil Ari, aussi ténu que celui de l'astre de la nuit, tant l'intensité du phare déclinait ; le religieux lui offrait ses stances, dont le contenu portait sur les affres que Tartare supportait sous la rudesse d'une nature devenue aussi improductive que les mamelles d'une vieille femme ; il fallait bien trouver une fautive, sur cet œkoumène aussi sec que le cul d'un verrat surpris par grande disette, alors il pivota son corps famélique vers *feu* la reine, et avant de lui rendre les derniers hommages il n'arrêta pas de la diffamer en lui jetant des incantations maléfiques, pour avoir offensé la communauté en ayant engendré que des mâles – comme si elle avait la primeur à disposer de la prescription du genre de ses rejetons, suivant ses accointances ou de l'humeur de l'instant. De ce fait, toutes les futures mères ne pouvaient que s'attribuer la cause de tous ces malheurs et s'alarmer du sort de leur chérubin, si l'échevin décidait d'élire la prochaine maîtresse des bourdons, sachant qu'elle ne pourrait qu'accoucher d'un *marmouset* ! Aussi loin que porte le regard de leurs contemporains, peu de reines survécurent à leur mandat, certaines décédant au terme de leur premier enfant, et d'autres succombant dès l'accouchement et davantage en s'empoisonnant, dès lors qu'elles connurent le sexe de leur *enfançon*… Que d'horribles destinées à placer au contentieux des sévices qu'elles risquaient d'endurer, si elles avaient dû affronter les foudres de l'abbé. Alors elles préféraient mettre un terme à leur destin et rendre l'âme après avoir avalé un philtre délétère.

    Isabeau sentit un frottement contre ses reins ; elle fit grise mine, et se retourna. Le visage froissé de son oncle supplantait les rais pâles du soleil couchant. Le vieux vicelard lui faisait la nique comme un négociant demandant des comptes à son valet, pour avoir omis de lustrer sa paire de brodequins. Il frottait ses pendeloques contre son flanc, comme un pourceau pistant les chaleurs d'une truie. Le rustre. Depuis que sa mère partit rejoindre son mari dans les riches plaines de l'Autre monde, il ne se gênait pas de la harceler des *matines* aux *compiles* ; enfin, surtout lorsqu'il arrivait à tenir sur ses gambilles, tant il prenait sa panse pour une outre de vin.

Elle le dévisagea d'un regard mordant, après s'être écartée de lui bien qu'elle soit oppressée par l'affluence de la foule.

— C'est vous, mon oncle ? Vous n'êtes pas obligé de venir labourer mon panier, vieux vicieux !

Il la regarda d'un air narquois.

— Ma nièce, j'attends toujours ta réponse concernant le service que je t'ai demandé…

— Jamais ! Vous entendez ? Jamais je ne viendrai chez vous faire la lessive et le ménage.

— Tes appréhensions obscurcissent ta raison. Je peux être un homme généreux, courtois ; ta mère fut reconnaissante, lorsque je l'ai secourue durant les années de disette…

— Vous ne savez rien de ma mère, à part lui mettre la main aux fesses lorsque mon père partit rejoindre les vertes pâtures de l'Autre monde… De son vivant, combien de fois ne vous a-t-il pas mis à la porte, parce que vous êtes un ivrogne… et un verrat. Vous avez la langue comme une éponge : dès qu'elle s'assèche, vous ne pouvez vous priver de lever la gourde ou le broc à vin afin de sustenter vos *entraignes* de ce breuvage infâme. Et arrêtez de venir vous frotter contre mes fesses, sinon je me verrai dans l'obligation d'avertir les gens d'armes de vos faits de pourceau !…

Il s'esclaffa à l'avertissement qu'elle fournit.

— Parbleu, les hommes d'armes je leur fournis le gîte et le couvert, lorsqu'ils ont trop bu ou lorsque leurs femmes vont *s'escambiller*[13] avec quelques gros

---

13 Écarter leurs jambes ; mot occitan.

bourgeois de la bastide, n'osant affronter leur regard de peur de perdre leur emploi. Il la dévisagea comme un négociant devant le croupion d'un chapon ; à savoir si la bête pourrait évincer la peste. Il passa du coq à l'âne : sais-tu quelle jouvencelle sera destinée à régner ?

— Aucunement, annonça-t-elle crûment. Pourtant il me semble qu'il y a un protocole au sein de la mairie, et que le prêtre est aussi de la partie sur le choix de la prochaine reine.

— Ton nom est susceptible de faire partie de la liste...

— Ha ! J'en ris. Pensez-vous que je sois aussi désirable qu'une pointe d'amour[14] ? en esthète attisant les regards amers des autres pucelles...

Alors que durant leur joute verbale, deux castrats soulevèrent la bière contenant la défunte, le battant du beffroi se remettant à retentir d'une lourde complainte à faire pleurer dans les chaumières. Les quatre colosses déposèrent le cercueil dans la morne carriole, qu'aucun fanion ne s'élevait pour honorer la pauvre âme. Tout ce beau monde forma ensuite un convoi mortuaire, le prêtre prenant la tête de la procession, suivi du maire et de deux assesseurs puis du reste de la populace, sommée de se joindre aux obsèques sous peine d'être corvéable durant un mois ou, pour les fautifs et les plus récalcitrants, à subir une sanction infamante comme le pilori, de l'heure de *prime* jusqu'à l'heure de *nonne*[15] et cela durant les jours de marché.

Après avoir pris l'aboutissant de l'artère principale, la charrette bifurqua au niveau d'une fourche, empruntant un chemin s'entortillant autour du marais

---

14 Durant le Moyen Âge, la pointe d'asperge est considérée comme aphrodisiaque.
15 Pilori, de six heures du matin à quinze heures.

comme l'empreinte serpentiforme d'un basilic, sous le halo cramoisi du disque solaire trônant en indicible héliaste sur un ciel empourpré, alors que dans un silence sépulcral – tout juste ébréché par quelques sanglots, reniflements et le braillement des marmots –, le cortège mortuaire progressait vers sa destinée…

    Le convoi funéraire parvint sur la rive du marais, où des ajoncs, des massifs d'acorus lancéolés et des rideaux de prêles grimpantes envahissaient les berges. Les quatre émasculés retirèrent la bière du chariot, les deux chevaux hennissant sous les dernières vapeurs de brume à faire pâlir le plus craintif jouvencelin. Le calotin fit une volte en direction du cercueil porté par des bras vigoureux, râblés par les labeurs des travaux des champs et de ferronnerie, leurs muscles saillant comme des mamelons durs comme la pierre. Les porteurs s'approchèrent de la berge, leur charge posée sur leurs épaules comme des soldats mécaniques exhumés d'un conte millénaire, où de valeureux chevaliers inhumaient la Dame du lac, puis la déposèrent dans la plate.

    Isabeau n'était qu'une enfant lorsque la reine prit la succession de l'avant-dernière souveraine ; juste quelques images fugitives flottant dans son esprit nébuleux, évoquant la précipitation du corps de la défunte dans les profondeurs glauques du *maresche*… Mais ces fragments d'images étaient ancrés si profondément dans son inconscient, qu'elles émergeaient par intermittence, ravivant un passé douloureux.

    Les quatre hommes tirèrent la plate vers le bord de la berge ; le curé, le maire et ses assesseurs, la nourrice et les colosses l'entourèrent. Des vaguelettes éclaboussèrent les panneaux de la bière en atteignant la rive, attirant l'esprit de la morte vers de sombres abysses. Drogon dressa ses deux bras efflanqués en direction d'une gamine parvenant à l'âge de disgrâce. La pucelle s'approcha timidement des nantis, le ventre noué, le regard rivé vers la silhouette repue des notables tant ils incarnaient des forces démoniaques, à tort ou à raison. Elle portait une couronne de fleurs dans ses menottes, et la tendit à l'échevin, qu'il passa *illico* au prêtre.

L'homme d'Église déposa le chapel de fleurs sur la tête de la défunte, la couronnant de boutons éclos aux tons chatoyants du printemps. Après un bref office, scandé de mélopées à faire pleurer dans les chaumières, le prêtre fit le signe de Ari (il créa d'un mouvement des mains un espace orbiculaire), et d'une profonde inclination du chef signala aux quatre fiers-à-bras qu'il avait clôturé l'office religieux. Deux hommes poussèrent la barque sur l'étendue d'eau recouverte d'ajoncs et de prêles grimpantes à foison ; la turbidité de l'eau laissait entrevoir un lit de cresson s'étalant aux alentours. Enveloppée d'un clapotis sépulcral, la plate vogua doucement, ballottée par sa vitesse de propulsion dans le lit aqueux du *maresche*, les remous des ondes s'étendant jusqu'aux abords de la berge.

Étirés sur une bande de terre surélevée, les villageois observaient d'un œil angoissé le panorama marécageux servant d'écrin obituaire à cette étrange embarcation. Parvenu au tiers de l'aire dormante, le bateau-cercueil s'immobilisa, tourniquant doucettement sur lui-même. Isabeau parvint à rejoindre Ganelon, les mains dans les poches et le regard éteint ; Hersende était postée à quelques pas de là, accompagnée de sa mère.

— Cela n'a pas l'air de t'émouvoir, murmura-t-elle.

— Pas plus que ça. Mes darons m'ont déjà relaté des faits similaires... Mais les tiens t'ont sûrement rapporté cela...

Elle le regarda, dressant sa nuque afin d'observer son regard ténébreux à la mine grêlée de boutons.

— Bien entendu, mais mon père, fin observateur de ce monde austère, me conta de surprenantes anecdotes qu'il prit soin de me relater vers la fin de sa vie : depuis plusieurs décennies, notre terre endurait un manque sévère de précipitations, les champs de blé ployant par insuffisance hydrique. Jadis la terre était meuble, fertile, féconde... Puis elle s'assécha, se lézarda, formant des crevasses d'où s'y coulent des sauriens à l'abri du feu solaire ayant subitement épuisé ses ressources énergétiques, les rivières et les lacs se tarissant, et les cimes montagneuses en peine sous l'effilochement de leur châle neigeux... Puis débutèrent des années sombres où les femmes n'engendraient que des mâles, pour finalement devenir pratiquement stériles ; une affection qu'aucun savant n'arrivait à enrayer, gangrenant les futures daronnes. Durant une année particulièrement douloureuse, débarqua sur le bourg un ordre religieux issu d'une lointaine contrée, le précédent échevin leur offrant à terme l'hospitalité. Ils sélectionnèrent avec soin la jeune femme devant honorer chaque année un nouveau géniteur, afin de rendre grâce à Ari, notre soleil. Mais rien n'y fit, puisqu'à chaque gésine un *mignard* émergeait de ses entrailles. Mon père me relata comment se clôturaient les obsèques de chaque reine, quand elle ne parvenait à mettre au monde que des garçons : un final glaçant !

Elle venait à peine d'achever son histoire, qu'un remous avoisinant la nef mortuaire perturba la surface ondoyante de l'eau ; des bulles jaillirent dans un bouillonnement d'écume. Entre un massif serré de tiges de prêles émergea une carapace aussi énorme que celle d'une tortue, les écailles parées de lentilles d'eau et de rhizomes de plantes aquatiques s'y étant arrimées, aux dépens du monstre lacustre où l'on y discernait tout juste le haut de son crâne affleurant l'aire du plan d'eau. Le monstre fila rejoindre sa proie ; des filaments et des racines s'étaient amarrés à sa carapace, s'étirant sur plusieurs pieds de long, et troublant le fond limoneux du marais. Mais cela ne l'empêchait pas de nager vers la barque obituaire tanguant sous la houle formée par l'énorme caparaçon.

De la silhouette du monstre apparut soudainement son crâne, casqué de plaques et orné de deux grandes pinces à faire perdre l'envie aux marmots à venir barboter dans ces eaux turpides, emplis de la douce insouciance de l'enfance. Billes horrifiées, la foule regardait le rostre de la Bête bousculer le bateau-cercueil, l'agitant comme une frêle coquille de noix, puis le faisant tanguer comme par temps de vent fort... Le charognard finit par le faire chavirer sous ses coups de boutoir soutenus, l'embarcation prenant l'eau dans un puissant bouillonnement d'eau fétide. La barque sombra, corps et biens. Le charognard se saisit entre ses deux grosses pinces de la dépouille de la reine, et l'emporta dans le lit de la fondrière, se faufilant entre les massifs de plantes marécageuses – afin de se repaître de son corps encore sous le joug de la jouvence...

La couronne de fleurs oscilla sur les assauts des ondes, les boutons floraux se dispersant au gré de l'ondoiement des flots...

4

Sous l'éclat cuisant du soleil, Sigebert achevait de purger les derniers pieds de caniveaux d'une venelle, adjacente à la voie principale ; une ritournelle lui titillait son chef au tempérament d'aigrefin. Il marqua une pause afin de se désaltérer, jetant une lampée de cervoise dans l'aven de sa gorge tarie par toutes ses aubades destinées à la ribaude comme à la pucelle du coin. Tout en recapuchonnant la gourde, il vit apparaître – à l'instar d'un fou ayant cru apercevoir le démon –, l'oncle d'Isabeau bondissant comme un damné vers son logis, lui qui pourtant est un homme d'une certaine prestance, le port altier et tiré toujours à quatre épingles. Haussant les sourcils, Sigebert le regarda rejoindre sa demeure, la lippe médusée, abasourdi par son apparition soudaine. Il en fut tant déconcerté, qu'il déversa un filet de cervoise sur le parterre de la voirie, étroite comme le croupion d'un poulet. Les braies du nobliau suintaient une eau noire, exhalant une odeur nauséabonde issue d'un cloaque.

Il le héla :

« Oyez ! Seigneur Rodéric. Vous venez de retrousser une mignonne, pour détaler jusque dans vos appartements comme un amant ayant le mari à son *bacul* ? »

Le valet de séance courut à perdre haleine, puis toqua à la porte de la salle communale – une voix rauque l'invita à y pénétrer. Puis il s'avança, tourna précipitamment le chef de droite et de gauche, cherchant la silhouette rondouillarde de l'échevin. Il l'aperçut en bout de table, devant un parterre de gentilshommes, dont les conversations n'étaient pas toujours feutrées mais sentaient bon les conflits d'intérêts et les différends se présentant sous la mine renfrognée des participants, qu'il en fallait de peu que certains hommes en aillent aux mains. Le prévôt Agylus monta dans les tons, afin d'apaiser des querelles de clocher :

« Messieurs, de la tenue ! Nous ne sommes pas des barbares, pour ainsi se montrer si peu respectueux au sein du Chapitre… »

Il y avait en ce lieu que des gens issus de la noblesse et de la bourgeoisie : des négociants, de gros exploitants agricoles, des darons de l'industrie et des éleveurs, ainsi que Rodéric en habile gestionnaire de biens, le meunier, l'avocat de la contrée et deux maquignons. Bref, tout le gratin du canton détenant la plupart des échoppes, des terres et des bâtisses du coin, et Eberulf, l'oncle de Ganelon mandatant la part de la *menuaille* durant les conseils de la commune (il fallait bien cela, afin d'apaiser l'humeur maussade des rustres)…

Le valet fusa jusqu'au fauteuil du maire et lui remit un pli, puis s'effaça aussi vite qu'il apparut. Le représentant du bourg jeta un œil à la missive, puis la glissa dans l'une de ses poches, toujours sous le tumulte trônant dans la salle du Chapitre, dont deux opposants se querellaient sur fonds de biens agraires, l'écheveau étant difficile à démêler par la voix de la diplomatie. Le propriétaire d'une parcelle se plaignit que les vaches de son voisin vinrent à traverser leur enclos, perturbant les rangées de semailles qu'il avait travaillées naguère d'arrache-pied. Pendant que l'éleveur contestait les faits, narrant que ses bêtes avaient été tirées de leur pâture durant la nuit, disposant du bénéfice du doute dès lors qu'il avait refermé l'enclos la veille du dommage, uniquement sur le compte de sa bonne foi.

Agylus s'arrachait les cheveux, car deux clans avaient accouché durant cette joute verbale, les hommes attisant des diatribes qui ne fleuraient bons que sous la grande halle du marché, lorsque deux commerçants s'apostrophaient de noms d'oiseaux pour le coût exorbitant d'une pièce de bœuf, l'autre épicier reprochant la piètre qualité de ses produits.

L'échevin battit du maillet.

— Silence ! Je demande le silence…

Le mutisme se fit à l'aide de nombreuses invites au calme, Agylus usant et épuisant toute une cohorte d'exclamations verbales pour ramener l'assemblée à plus de modération.

— Veuillez vous lever, vous deux !

Les deux gentilshommes se levèrent de leur séant, se dévisageant comme des chiens enragés prêts à s'éventrer, dès que l'occasion le permettait.

— Étant à la fois maire et juge, je décide que l'éleveur est condamné à régler des dommages et intérêts pour l'indemnisation du préjudice matériel du plaignant. La somme sera à débattre en fin de semaine, et nous en restons là !… Maintenant nous passons à autre chose.

Ils s'installèrent. Puis Agylus reprit la missive qu'il déplia d'une main sûre.

— Je viens de recevoir un billet écrit de la main de notre révérend, nous apprenant qu'il sera en retard pour des raisons indépendantes de sa volonté. Il posa la lettre sur la table. Nous allons donc en profiter pour étaler les rapports de dépenses publics et les revenus issus des taxes et des dîmes incombant aux administrés…

Le prêtre Drogon pénétra le seuil de la salle du Chapitre, la mine austère, le teint crayeux et l'œil sombre toujours aux aguets : le regard affûté d'un rapace. Tout le monde s'était dressé de son séant, le menton planté en direction du sol, la prunelle fuyant vers le relief tourmenté des dalles de terre cuite, tout en percevant de leurs *esgourdes* les pas secs du prêcheur de Dieu tonner dans l'aire de la chambre communale comme le passage dans les limbes, juste avant que l'âme du pécheur périsse en enfer. Il s'assit, les pieds de chaise crissant en ripant sur le parterre de la pièce, puis il rejoignit ses deux grandes mains entretenues avec toute l'attention d'un homme de son rang, les ongles savamment brossés, nettoyés et limés. De grandes manches d'un noir corbin retombaient sur la table en drapés austères ; linceuls ténébreux épanchant leurs sombres heures de gloire, lorsque l'homme de Dieu devait peser de toute sa stature sur la nature d'une âme ayant fauté, que cela soit d'adultère, de larcin ou, plus particulièrement douloureux, d'un homicide.

Il releva le front, laissant émerger de la pénombre deux agates de tourmaline aussi sombres que les enfers.

— Le temps est venu d'élire notre nouvelle reine, dit-il d'un ton rogue, dressant son menton aussi étendu qu'une péninsule vers l'extrémité de la table, d'où se dressait la silhouette massive de l'échevin.

Le front dégarni de Eberulf luisait d'une fine pellicule de sueur, sur le fond grisé de la salle communale aux boiseries vermoulues par le temps et la vermine du bois. Il s'essuya la face d'un revers de main, tout en observant d'un œil discret mais d'un esprit éclairé les personnes siégeant au sein de l'assemblée ; en ce lieu, peu d'individus ne portaient sa bienveillance, mis à part le minotier et quelques notables dont l'ouverture d'esprit partageait son estime. Ses prunelles s'attardèrent sur le visage de Roderic – le gestionnaire de biens lui décocha un sourire égrillard. Il soutint son regard narquois, car les deux hommes n'avaient que peu d'estime l'un pour l'autre, tant leurs valeurs s'opposaient sur des critères aussi divergents que la nature humaine offrait au commun des mortels.

Son esprit nébuleux s'envola à quelques lustres de l'actualité du jour, lors de son premier conseil... La plupart des personnes sises en ce lieu y évoluaient déjà, emplies d'une arrogance propre aux nantis. Le prieur y demeurait, exhalant le despotisme des gens en robe de bure, qu'il faille trancher sur le choix d'une vingtaine de pucelles atteignant l'âge de leur première menstruation, promises à la consultation du Conseil, leur mère se chargeant de les préserver de toute intrusion étrangère au foyer. L'homme d'Église imposait à toutes les jeunes filles en âge d'être déflorées, à rester cloisonner dans leur logis – elles devaient endurer de rudes épreuves de quarantaine, sachant que leur *fatum* nichait aux mains du conseil communal. Il se souvint du jour de scrutin de la précédente demoiselle dévolue à sa nouvelle fonction, elle resta plantée devant l'assemblée comme une demeurée, ne sachant d'où elle venait et pour quel motif elle se retrouvait en ce lieu, les jambes flageolantes, les mains tremblantes comme des feuilles d'automne perturbées par un vent glacial, les larmes s'écoulant de son joli minois comme une fontaine, et la peur nouée au ventre, pendant que sa daronne la soutenait d'une main ferme, sa destinée se résumant désormais à être fécondée afin que jaillissent de son giron de nouvelles générations de femmes permettant d'escamoter cette terrible malédiction pesant sur la communauté, où chaque génération ne donne le jour qu'à des mâles...

Son esprit réintégra l'instant présent où le représentant de Dieu allait dévoiler le nom de la nouvelle souveraine de Tartare ; car lui seul avait les pleins pouvoirs pour sélectionner la jeune fille devant perpétuer la fonction honorifique de « reine des bourdons ».

Le prêtre déplia malaisément son échine voûtée, puis déroula le vélin et présenta le nom des jouvencelles de la commune susceptibles de succéder à *feu* la reine... Il dégagea de son cou la pendeloque en argent sous la forme du globe de Ari, et le posa, après un bref instant de répit, sur l'un des noms inscrits à la pointe du calame, désignant ainsi la nouvelle élue...

5

Au tintement de cloche, il était midi. Isabeau toqua à la porte du presbytère. Personne ne répondit, si ce n'est le carillon de la pendule égrenant le fil du temps. Alors comme à son habitude elle pénétra *derechef* dans la cuisine, soutenant de ses deux mains le panier d'osier débordant des robes de bure du *curaillon* ; fourbue, elle lâcha la corbeille et s'assit sur une chaise dans un grand souffle de soulagement. Elle redressa l'échine, une mèche rebelle s'échappa du calot recouvrant sa vision d'une partie l'étendue de la pièce, et d'un mouvement panoramique du regard elle détailla la demeure du représentant de Dieu : sur le dressoir trônait une dizaine de fioles – des grandes de la hauteur d'un bras, et de plus petites de la taille d'un empan. Elle se releva, toujours intriguée par ces contenants dont des noms barbares y étaient déposés à l'encre sépia, sur des étiquettes partiellement décollées au niveau des coins. Attisée par la curiosité, elle saisit la première fiole à sa portée, mais dut renoncer, car le cabochon de verre faisait corps avec le col. Elle jeta un œil sur la suivante, et reconnut les lettrages latinisés à demi effacés par le temps, « *huile de chènevis* ». De ses doigts rompus par la récurrence des tâches de lavandière, elle parvint à retirer le cabochon de verre obstruant le flacon, qu'elle tenait d'une poigne vigoureuse. Isabeau huma le contenant d'une tonalité chromatique jaunâtre ; le liquide huileux dégageait des effluves de foin, tout d'abord déplaisant à l'odorat, puis le nez discerna des relents d'herbes coupées pénétrant dans son chef, comme une invitation à traverser le miroir d'une escapade sensuelle, où elle se revoyait dévaler les pentes des vastes prairies, pigmentées du ton rougeâtre des coquelicots... les bras relevés et les pieds légers foulant l'herbe drue empreinte de la rosée des *matines*...

    Elle ouvrit ses lèvres charnues et engloutit une gorgée. Un goût de noisette vint éveiller son esprit aux frasques insouciantes de l'enfance, lorsqu'elle empruntait, accompagnée de son père, le sentier longeant de vastes prairies fleuries, le layon serpentant ensuite dans les bois environnants d'où s'étendaient d'imposants chênes centenaires, aux branches lascives retombant sur les crêtes de haies bocagères, son imaginaire caracolant sur un nuage de bonheur... Elle sentit cette liqueur couler le long de sa gorge telle la reptation lascive du serpent, après avoir osé marauder quelques malheureuses larmes de ce breuvage, à l'issue d'une humeur badine qu'elle saisit après coup. Elle ne connaissait point la composition biologique active de cette liqueur, ainsi que les conséquences induites en avalant quelques piètres gouttes, d'un acte si coutumier lorsqu'elle soulevait le broc d'eau fraîche de la maison.

    Elle reposa la fiole lorsque apparut la silhouette filiforme du prêtre se dessiner dans l'entrebâillement de la porte ; il fronça des sourcils en la voyant s'accoler contre l'enfilade de philtres, dont lui seul en appréciait les subtiles compositions, élaborées par ses soins à partir de plantes et de racinaires, de gemmes semi-précieuses et d'extraits de lymphes de crapauds, de lézards ou de sauriens, les préparations à visées thérapeutiques généralement destinées à supprimer l'humeur païenne de l'agnostique, le curé détenant une érudition que seuls d'illustres cénobites ou de pieux anachorètes en éprouvèrent à longueur d'année les thérapies curatives, que la nature puisse offrir à ces hommes d'Église et de science...

Elle écarquilla des yeux à la vue de ce sombre échalas, dont l'omnipotence de son ministère allait toujours de pair avec son tempérament bilieux, qu'il fallait mieux courber l'échine devant cet auguste personnage.

— Que fais-tu là ? Telle une ribaude flemmardant le temps que le chaland vienne toquer à sa porte, qu'il se défroque et lui présente ses bourses...

— Je venais juste de pénétrer dans votre demeure, Monseigneur. Hélas la fatigue vint tomber sur moi comme une bourrasque imprévisible... Et je me suis affalée sur la chaise.

Il s'approcha et la regarda de toute son arrogance, hautain comme un négociant ayant fait fortune sur le dos des petites gens.

— Retourne maintenant chez toi, et durant ton trajet évite de reluquer le mont de *pendeloches*[16] saillant des jeunes mâles... Ton esprit doit se focaliser à des causes plus légitimes, que de folâtrer avec des jouvenceaux en âge de procréer et de s'adonner aux choses libidineuses, dont seuls les serviteurs du Diable idolâtrent les jours du Sabbat...

Pendant qu'elle s'éloigna, le prêtre accéda à la rangée de fioles, bien alignée sur la console. De ses longs doigts il replaça consciencieusement le carafon d'huile de chènevis, tout en se retournant d'un regard de rapace vers la porte qui claquait sous le mouvement du bras d'Isabeau en refermant ardemment l'huis du presbytère.

Elle déploya le lambeau de chiffon servant d'écrin au fastueux ouvrage encyclopédique, qu'elle ouvrit d'une main attentionnée ; l'ouvrage était enfoui

---

16 Sexe de l'homme.

dans le coffre familial, bien à l'abri des regards fureteurs du prêtre et des serviteurs de la commune, toujours à dépêcher les hommes d'armes lorsque le commun des mortels abritait au sein du logis un manuscrit d'un rutilant pamphlétaire, d'un éminent scientifique ou d'un fin limier chroniqueur allant à la pêche aux faits divers, même si l'œuvre avait du vécu… L'ouvrage avait une bonne trentaine d'années. Les pages jaunies par le temps dégageaient des remugles de moisie agressant le fond de ses narines. Elle éternua. Puis Isabeau continua de feuilleter les amples pages, prenant une vigilance soutenue aux délicates planches ternies et jaunies par le sablier du Temps.

La jeune lavandière tomba enfin sur la page qu'elle recherchait : la représentation crayonnée d'une fiole de chènevis, au sein d'un encadrement banal. L'image y était adroitement dessinée. Elle remarqua la finesse du trait afin de reproduire les éclats de lumière sur la bordure du flacon. En bas de page, elle lut la terminologie relative au domaine de la culture du chanvre et à ses pluridimensionnels pouvoirs thérapeutiques… Sur la page suivante, un billet dévoilait de nombreux arguments de thérapeutes et de fins pamphlétaires relatifs aux nombreuses potentialités d'exploitation qu'offrait le chènevis, que cela aille à la confection de cordage, de l'utilisation dans le domaine de la filature ou, plus spécifiquement, à la culture de plants destinés à l'usage médicinal… Elle aboutit sur le paragraphe qu'elle affectionnait : aux pratiques curatives concernant les poussées de crise liées aux menstruations et à toutes les maladies pelviennes. Elle éplucha le texte lorsqu'elle entendit les pas frottés de la vieille Betho, et enfouit l'ouvrage à la va-vite dans le coffre qu'elle referma dans la seconde où la duègne toqua à sa porte et pénétra aussitôt le pas-de-porte, sans attendre son aval pour franchir le seuil de la demeure ; sous l'assentiment du prêtre, elle accédait dans tous les foyers détenant une drolesse en âge de copuler, devenant leur duègne, le temps qu'elle gouverne leur vie quotidienne dans le respect des traditions... Les parents s'effaçant durant une heure ou deux, le temps qu'elle éduque les potentielles reines d'une main de fer.

Cintrée comme un arceau de voûte, la vieille progressa lentement vers Isabeau, tout en inspectant les lieux d'un regard fureteur, malgré des problèmes de cataracte. Elle redressa son chef à la chevelure fine et laiteuse, puis ouvrit ses lèvres gercées par insuffisance hydrique ; une mâchoire partiellement édentée trônait comme une rangée de pieux déchaussés par un vent sournois.

— Tu es en retard sur l'organisation de tes tâches : notre échevin patiente afin que tu lui livres *enfin* son bliaud.

Isabeau fit grise mine, tout en serrant ses lèvres aussi généreuses que le reste de son corps.

— Oui. J'en ai conscience, Madame, mais le temps me fait défaut, de grandes asthénies m'assaillent régulièrement, et de plus l'on m'a grossi le flot de vêtements à nettoyer, déclara-t-elle en baissant la tête.

— Si à ton âge tu es déjà éreintée par le peu de besogne qu'il t'incombe, qu'en sera-t-il à vingt ans lorsque tu devras assumer de longues journées à astiquer les défroques de tous les vieillards de la région et, en plus, à frotter leur croupion ?...

Soudain, Isabeau se cintra sous l'emprise de la douleur. Elle s'affala à quelques pas de sa couche, pendant que la chaperonne fouilla dans sa bourse en cuir afin d'en extraire une minuscule fiole. La doyenne releva et inclina la tête d'Isabeau puis lui présenta le col du flacon à ses lèvres tremblantes.

— Ouvre ta lippe que je dépose quelques gouttes de ce philtre. Maintenant redresse-toi et va t'allonger sur ta couche, le temps que la mixture fasse effet...

Isabeau se coucha en chien de fusil, la douleur fusant dans son bas-ventre comme une lame qu'un vil malandrin lui aurait enfoncée jusqu'à la garde.

— Tout cela est bien normal, assura la doyenne, car la femme doit assumer bien des maux de la Terre, en offrant à son double la pomme de discorde !

La duègne demeura présente auprès d'Isabeau, le temps que ses maux s'apaisent, puis elle s'esquiva sous une pluie glaçante qui s'invita sur la région. La *crigne* trempée, la vieille chemina dans les ruelles étroites de la commune, puis pénétra par une porte de la mairie, dissimulée à l'angle d'une sombre ruelle. Elle grimpa les marches en colimaçon, entrecoupant son ascension de temps à autre afin de reprendre son souffle ; malgré son grand âge, elle avait de la poigne et une endurance que les plus hardis des jouvencelles n'arrivaient pas à couvrir d'un seul tenant... Betho crocheta le loqueteau d'une petite porte, les gonds grincèrent et l'huis s'ouvrit sur une dépendance du gynécée. Elle franchit le seuil de ses frêles gambilles, patientant dans l'étroite pièce – des draps, des langes, des onguents pour l'*enfançon* et la maman placés en enfilade, ainsi que des cuvettes en fer-blanc et tout un matériel d'accouchement peuplaient ce réduit dédié à l'*obstétrique*, le tout installé par terre et sur plusieurs rayonnages. Après quelques instants l'huis s'ouvrit, laissant révéler la face charnue de la principale accoucheuse du gynécée ; derrière son échine, Betho aperçut une partie du châlit de la reine, mais n'entendit aucun bruit permettant d'affirmer qu'elle est actuellement en ce lieu, entourée de mille soins par les matrones et les servantes dédiées à sa personne.

« Je vous avais dit de ne point débarquer ici, tonna la ventrière. Il en va de ma sécurité et de ma situation. Si l'échevin ou le prêtre nous aperçoivent en train de discutailler, c'en est fini de ma position sociale… »

— Il faut que l'on reparle *derechef* de notre engagement, fit-elle, le regard vitreux et figé comme celui d'un serpent.

— Plus tard, répondit la sage-femme. Puis elle étrécit ses deux billes, le regard pointant vers un paysage chimérique. Attendez-moi en soirée, au sous-sol de la mairie, au niveau de la remise. Maintenant retournez à vos devoirs, avant que l'un des agents du guet nous surprenne ensemble… Cela ferait pas mal de bruit dans la commune, et nous risquons de passer les *pognes* et le col de la chemise dans le pilori…

Le prêtre écoutait cette petite femme voûtée d'une attention à peine soutenue ; la duègne avait traversé des décennies de vie conjugale, qu'elle usa ses nombreux maris, les enterrant les uns après les autres, désormais profitant de l'instant présent comme un cadeau des dieux, car la nature humaine n'est qu'une éphémère fleur sauvage oscillant sur le souffle du vent de sa propre destinée… celui de l'*inspir* et de l'*expir* du Grand Ordonnateur démiurgique : le législateur Ari.

Empreint d'un flegme imperturbable, il avait plutôt l'esprit ailleurs, préoccupé par un moratoire fomenté dans une contrée reculée, où ses supérieurs le sommaient à hâter sa moisson animique, afin de mener à bien un renouveau chthonien que ces pauvres hères n'en soupçonnaient point les séquelles.

« … *Oi*, Monseigneur… Je vous le dis comme je respire : cette petite effrontée est une hystérique ! Elle est sous l'emprise du Malin », rajouta-t-elle d'une voix ténue, à peine audible, afin que les démons ne puissent entendre ses diatribes à l'encontre de cette ribaude, qu'elle avait en charge de l'éduquer des bonnes manières. Elle écarquillait de petites billes d'un noir d'aniline, pivotant sa nuque famélique afin de fixer le servant de Dieu droit dans les yeux ; un affront en d'autre occasion qu'il abandonna sur l'autel de Géras, le dieu de la vieillesse – issu d'un manuscrit qu'il avait perdu dans le rayonnage de son imposante bibliothèque.

Il porta sa grande pogne à son visage glabre et au teint crayeux, dont l'ossature des mâchoires exprimait toute l'insignifiance de l'alimentation carnée, qu'il avait bannie à jamais de ses repas.

— Je la convoquerai afin de me rendre à l'évidence de son caractère rebelle… Puis nous disséquerons le bien-fondé de ses propos, afin de démêler le vrai du faux…

— C'est une nymphomane, Mon Père, rajouta-t-elle en lui coupant la parole.

— Merci de nous avoir informés de cette allégation, Betho. Nous connaissons bien la *dévergoigneuse*[17] Isabeau, pour l'avoir partiellement écarté de la société. Dorénavant l'Église se charge de ce dossier, décréta-t-il, les yeux écarquillés comme deux agates anthracite…

---

17 La dévergondée.

6

Au bas du vallon, le champ de phacélies s'étendait dans une cuvette sur plusieurs hectares, et ce qui étonnait toujours Ganelon, c'était l'endurance de cette plante mellifère à supporter une déficience hydrique allant sans cesse croissante. Mais en cet instant, ses yeux s'immergeaient sur le lopin de culture, moucheté de la couleur lavande des premières inflorescences, dont les crosses se dressaient à la faveur d'un soleil bleuté. Son esprit vagabondait sur ce grand ruban d'un vert émeraude effleurant les milliers de feuilles en crosse s'érigeant comme des attributs de mâle sous le rayonnement solaire, se dressant au-dessus de l'horizon. Il jeta un regard vers l'œil globuleux de la naine blanche, dont le champ magnétique de l'astre dessinait des boucles entre ses deux hémisphères. Ses prunelles redescendirent sur la terre ferme, caressant du regard l'immense tapis d'un vert tendre s'étalant sous les rais bleutés du soleil Ari, abrité d'un voilage de nuées s'étirant de l'orient jusqu'en ponant.

Il se décida à cheminer jusqu'à la stature de Eberulf postée au niveau du chenal, remontant le flanc du vallon puis longeant la plantation de phacélies vouée à devenir un amendement pour les plantations maraîchères de la contrée, et offrir aux pollinisateurs le pollen et le nectar que les abeilles instillent dans leur jabot afin de secréter la gelée royale, destinée à engraisser principalement la reine de la commune ; car par d'étranges arcanes, le suc de la plante que la jeune femme absorbe durant sa grossesse renferme des molécules enclines à favoriser une lente mutation génétique... Son abdomen triplant alors de volume à chaque étape de la gestation, jusqu'à prendre l'aspect d'une énorme baudruche, qu'il faille lui ériger un couchage adapté à sa forte corpulence. Mais revenons-en en cet instant, où le jeune Ganelon cheminait vers la crête de la butte, le regard empli des lueurs de l'aube, où des vapeurs de brume s'élevaient au-dessus de cette terre aride, qu'il faille solliciter les dieux afin que les nuées daignent abreuver cette terre aussi racornit que le corps de l'ancêtre Betho.

Tout en arpentant les premiers rangs de phacélies, il observait son oncle penché sur le rebord du canal d'adduction d'eau communal ; il releva la planche obstruant le passage de l'eau en pivotant l'axe de la vis sans fin : la trappe grimpa au fur et à mesure qu'il actionnait le volant, relié à l'engrenage couvert par une caisse en bois de chêne. Le filet d'eau annexa la première rigole, puis la seconde, jusqu'à assouvir entièrement toutes les saignées permettant d'irriguer tous les secteurs de la plantation...

Il tourna les derniers tours de vis de la trappe à crémaillère, tout en redressant sa nuque massive d'un regard lumineux et d'un sourire complice.

— Tiens, puisque tu es là, j'ai posé des casiers à pucerons ainsi qu'une poignée de feuilles de ronce juste à mes pieds. Tu me prends tout ça et tu renouvelles les branches de roncier de la boîte d'élevage de coccinelles... tout en pointant du menton la direction à suivre.

Il sinua entre les rangs de culture, et parvint à l'un des pieux contenant à leur sommet un petit abri destiné à l'élevage de ces coléoptères, tous avides à dévorer des pucerons durant leur phase larvaire. Il ouvrit méticuleusement le panneau du dessus ; des larves de coccinelles s'égaillaient entre le lit de ronces, quelques-unes ayant déjà mué, leur corps s'ornant d'un rouge écarlate. Armé d'une baguette en bois, il les secoua afin qu'elles dégringolent sur le plancher, retira les feuilles fanées et les jeta à l'aventure, puis déposa un nouveau lit qu'il agrémenta d'une poignée de pucerons. Il referma la boîte et entreprit de visiter les deux autres refuges à coccinelles, suffisamment espacés dans l'aire de la zone de culture... Le *jouvencin* revint auprès de son oncle, occupé à rehausser les rigoles afin que le filet d'eau sinue aisément jusqu'aux pieds des plantes.

— Mon oncle...

Ganelon regarda le frère de son père d'un air anxieux.

— Oui, Ganelon, tout en ratissant les rebords de la rigole.

— Hier soir c'est tenu le Conseil municipal... Je voudrais être au fait du nom de la nouvelle reine, dit-il d'une voix éraillée par une émotion trop forte à contenir.

Son oncle redressa la nuque, son regard puissant aurait pu transpercer la plus vigoureuse des cuirasses.

— Je suis tenu au secret, lui dit-il d'un air navré et le sourire en coin. Mais ne t'inquiète pas, je te dis simplement qu'Isabeau ne sera pas la nouvelle reine.

Le jouvenceau rougit aux paroles taquines de son oncle.

— Je la connais ?

— Ganelon... N'insiste pas. Tu auras connaissance de son nom, dans le temps imparti par les élus de la commune.

Elle patientait au sein de l'*armarium*[18], son regard fiévreux balayait les étagères de la bibliothèque ployant sous les nombreux ouvrages religieux – des volumens[19] et des codex poussiéreux ; mais le mental restait nébuleux, moins clair et concis qu'elle aurait souhaitée détenir. Une petite table s'y accolait, pourvue d'un grossier tabouret. Isabeau patientait au niveau du seuil. Elle se sentit fourbue, et lorgnait l'escabelle l'attirant comme une alléchante friandise à sa portée ; il suffisait de s'y installer et d'étirer ses pesantes gambilles sur le guéridon de guingois. Le temps lui sembla s'étirer interminablement, qu'il engourdissait son esprit dans les vapeurs de Morphée, ses membres résistant à l'appel de la gravité. Elle faillit succomber à l'invite du trône fragile, lorsque des bruits de pas vinrent la secouer de sa pesante léthargie ; elle dénombrait les foulées alertes d'un homme, s'approchant d'un pas décidé. L'allure de l'autre individu semblait plus lente, le pas plus pesant et son rythme saccadé : le prêtre Drogon, accompagné de l'échevin Agylus !

    Ils émergèrent du seuil d'un autre vestibule, l'échevin marchant sur le pas assuré du curaillon. L'émissaire de Dieu la dévisagea d'un regard austère, l'œil sombre comme celui d'un rapace. Le magistrat dépassa le frêle prélat, sa bedaine proéminente bouffant sous un bliaud d'un rouge criard. Il s'épongea le front tout en sueur d'un carré de tissu de Damas, brodé sur le pourtour ; il la regarda d'un air penaud, lui qui pourtant dressait quotidiennement l'étendard de son ego d'une nature acariâtre et condescendante à la face du vilain, en cet instant il n'en mesurait pas large devant le plénipotentiaire dévot du mont Ithom et baissait le front aussi bas que celui d'un affranchi.

---

18 La bibliothèque.
19 Rouleaux de papyrus.

Drogon le prit par le bras et l'écarta violemment sur le côté. Le nanti ne dit mot et se tut, attendant que le desservant de la paroisse daigne ouvrir le ban des diatribes...

— Assieds-toi, dit-il d'un ton péremptoire.

Elle qui justement n'attendait qu'une opportunité pour se prélasser, son corps et son esprit se rebellèrent, à devoir franchir les deux pas menant jusqu'au tabouret. Elle s'assit, le regard posé sur les chaussures en cuir élimées du prieur ; des chausses d'un noir d'onyx remontaient sous la *coule*[20], plissées et usagées, que leur vétusté s'étirait sur plusieurs années.

— J'ai ouï-dire que ton caractère impétueux portait préjudice aux devoirs que l'on t'a assignés... Une personne de la paroisse est venue tantôt m'éclairer de tes sournoises addictions...

— Quelles sont donc mes fautes, pour ainsi m'accuser de forfaits que je n'ai sûrement point accomplies ?

— Quel affront ! Petite sotte, de quel droit me coupes-tu la parole. Ta mère ne t'a jamais dit, qu'il fallait que l'on daigne bien te la donner, pour avoir la prévenance de répondre lorsqu'on t'interroge ? Il jeta un œil rapide à la drolesse, car il était nécessaire de lui trouver de quoi garnir ses longues journées d'une foison de lourdes besognes, sinon elle risquait de pécher devant le regard de Dieu, en jetant des sorts licencieux à de pauvres jouvenceaux un brin émoustillés par sa démarche lascive et son corps bien trop charnel, pour être vraiment bienséant.

Il se tourna vers l'échevin tout à son mutisme devant le prélat de Dieu, car il ne fallait point offenser son illustre ambassadeur, si l'on voulait une place au

---

20 Pèlerine, soutane de moine.

sein du Jardin des Délices, lorsque l'âme se sépare du corps périssable…

— Mon esprit s'alanguit sous la *vieillune*. Quelles sont donc ses corvées ? demanda le prêtre à l'échevin, tout au long de ses journées que Notre bon Seigneur Ari nous accorde, avant de trépasser.

— Vous les connaissez aussi bien que moi, Monseigneur. Isabeau doit assumer sa charge de lavandière, triant et foulant les *gonailles* des nobliaux, brossant, astiquant les *chainses* et les draps de nombreuses personnalités de la commune… du lever du soleil à son coucher. Nous avons fait en sorte que ses journées soient autant remplies que son tas de linge, alors… je ne sais pas quoi dire afin d'augmenter sa foison de labeurs, pendant que l'intéressée baissait le col vers son ombre.

Le prêtre se retourna vers Isabeau, ses orbites noires l'aspirant comme deux avens émergeant de l'antre du mont Ithom.

— Soit, dit-il en soufflant.

Son esprit plongea dans la tanière de son mental, à la recherche d'une pénitence pour des péchés qu'il avait peine à trouver. L'accuser de sorcellerie semblait peu probable, mais la condamner pour ses atours licencieux offrait un choix plus recevable ; il fallait bien lui trouver une faute, puisque la donzelle devait *forcément* cacher des rapports libidineux sous la couverture d'un travail, où elle croisait inévitablement de jeunes bourgeois, friands de s'acoquiner avec une ribaude sur un tas de foin.

— Quel est ton âge ? dit-il d'une froideur qu'on lui connaissait.

— Quinze printemps, Monseigneur.

— Point de fiançailles en vue ?

— Non, Monseigneur. Le temps imparti à mes tâches ne me permet point d'envisager des rencontres.
— Les sorties de messe sont là pour ça, expliqua-t-il, d'une manière grivoise. Mais je doute de t'avoir vu participer à l'office liturgique du dimanche...
Elle baissa le front.
— *Nenni*, Mon Père. Je passe mes dimanches à astiquer ma petite maison puis à me reposer, tant les semaines sont éreintantes.
— Et pourtant il te faudra trouver l'âme sœur afin de ne pas échouer dans la prostitution. Je m'enquerrai auprès des anciens afin de faire évoluer les choses, dit-il d'une antipathie manifeste, tout en la regardant de haut... Il massa de sa grande main sa face livide et étirée comme un panais, en quête d'une idée lumineuse. Prépare-toi à recevoir des avances des plus honnêtes jouvenceaux de la commune, joignit-il à son allocution...

Pour qui me prend-il, ce goret défroqué ? Croit-il que je vais faire commerce avec un homme, afin de le satisfaire jusqu'au restant de ses jours ?...

La vieille Betho se massait ses pognes empreintes d'oppressantes rhumatismes, jetant un regard satisfait devant l'auguste personnage siégeant derrière son lutrin. Il prenait le temps de consigner à ses supérieurs les tâches qu'il entreprit à ce jour ; à son échine, la lucarne offrait la vision magique de l'œil rubicond du soleil Ari allant s'échouer sur le fil de l'horizon. Son nez busqué tombait sur le manuscrit, dont les griffures de la plume recouvraient le palimpseste[21] d'un noir de fumée. Il finit par relever son chef. Par cette attitude

---

21 Parchemin dont on gratte les précédents manuscrits, afin d'en écrire de nouveaux.

singulière à cet homme d'Église, il lui accorda le droit d'ouvrir le ban de ce tête-à-tête ; *après tout, ce n'est qu'une femme.*

Elle fit quelques pas sur le sol de terre battue, raclant plus que levant la jambe, tant les douleurs arthritiques lui causaient de terribles maux ; mais la soif de satisfaire l'ordre ecclésiastique renforçait sa nature revêche à des fins délatrices. Comment accéder au terme d'un millier de métempsycoses, sans passer par un acte de requérant afin d'accéder *sitôt* au palais des délices, du ciel de cocagne.

— Bien l'bonjour, Monsieur l'abbé. Comme vous me l'avez tantôt demandé, je viens vous donner le nom de l'heureux jeune homme destiné à prendre pour épouse la drolesse Isabeau…

7

Elle était plutôt d'humeur maussade, rien ne se passait comme elle l'entendait. Ce jour-là Isabeau avait vidé son eau de coulage ; c'était le « jour d'Enfer », comme l'on disait dans le jargon du métier. Et pour un jour d'enfer, c'était le cas : elle avait bouilli l'eau de trempage et s'était partiellement roussie ses petons en la vidangeant du cuvier placé dans la buanderie de la commune. Heureusement que Hersende était présente et l'aida à les plonger sitôt dans un bain d'eau froide. Et à l'instant, en « jour de Paradis », un vêtement fastueux appartenant à un gros négociant de la région lui échappa, glissa dans le bassin et se déroba à son regard et à sa petite pogne, elle qui habituellement est plus vigilante, lorsqu'elle frottait le linge sur la planche. Elle essaya de rattraper le bliaud en s'aidant d'un bâton – toujours à portée de main afin de récupérer un linge fuyant à l'ardeur de la batte de la lavandière –, puis dut se précipiter dans le bassin, l'eau coulant jusqu'à la poitrine, afin de le récupérer *in extremis*, avant qu'il fuie à l'aventure. Elle revint vers le banc du lavoir, les vêtements détrempés.

Hersende émergea du chemin à l'instant, poussant sa brouette d'une mine guillerette.

— Ben ma pauvre Isabeau, c'est jour de « buée », pour toi aussi ? pendant que la malheureuse lavandière émergea du bassin, l'eau coulant comme une fontaine à ses pieds.

Elle lui jeta un regard noir, puis elles éclatèrent de rire. Hersende repartit récupérer quelques affaires, afin qu'Isabeau puisse se changer…

Le crépuscule tombait sur les steppes de Tartare, offrant un panorama semi-aride baignant dans une gamme de jaune, d'ocre orangé et de rouge flamboyant ; un petit vent espiègle parvint à sécher ses affublements, suspendus à l'un des fils de fer accrochés entre deux poteaux, à l'orée du bassin. Isabeau atteignit ses vêtements, entre-temps apparut Sigebert dressant un regard croustillant devant le spectacle vivant se dévoilant à ses prunelles ébahies ; elle dressa son bras vers sa cotte à présent sèche, se haussant sur la pointe de ses petons. Ses jambes et ses fesses dévoilaient de sublimes rondes-bosses, tandis qu'elle s'était revêtue d'un *chainse* un peu trop étroit et court pour sa corpulence.

« Ma foi, ce tableau idyllique me fait jouir d'une vue imprenable sur des vals et des vallons, d'une polissonnerie à faire défroquer le plus chaste des curaillons ! »

Elle tourna la tête, pendant que la blonde Hersende voyait des cœurs émerger et danser autour de la silhouette athlétique de Sigebert. *Il est si beau !*

Hersende fit un salut de la main, mais il ne lui accorda aucune attention, bien trop absorbé à reluquer la silhouette sensuelle de la jeune lavandière se trémousser sous les drapés de linge, pendant qu'elle libérait ses affublements de leurs pinces.

— Renonce à toutes convoitises ! dit-elle d'un ton glacial. Aujourd'hui je ne suis pas d'humeur à entendre les polissonneries d'un mâle frustré, pour aller *coqueliquer* dans un champ de pavots…

Ils discutèrent quelques instants, laissant filer le temps comme une clepsydre n'étant plus alimentée par le maître de maison...

Les deux jouvenceaux restaient plantés devant le prêtre et l'échevin, semblables à des fripons pris en flagrant délit au retour de leur larcin ; l'un au flanc de l'autre, leurs mains plaquées contre leur échine dressée comme deux échalas sur l'accotement du chemin, le visage bas et la mine bougon. Un bougeoir posé sur le bureau de l'ecclésiastique diffusait sa lueur d'un jaune pâlot, l'embrasement dansant sur les corps rebelles des deux jeunes protagonistes. Sigebert et Isabeau regardèrent le relief tourmenté du sol se dilater, puis se soustraire aux ombres de la salle capitulaire chaloupant comme des embarcations emportées sous l'assaut d'une tempête furibonde. Les deux hommes, le regard perçant la pénombre comme celui de deux rapaces, allaient prononcer la sentence allant forcément bousculer le destin du *drole* comme de celui de la jouvencelle.

L'échevin s'avança vers les deux jeunes « tourtereaux » ; car c'est bien de cela qu'il fallait causer.

— Ah ! Regardez comme ils sont beaux, Mon Père. N'est-ce pas plaisant, de voir les feux de l'amour surgir comme deux boutons de rose à l'annonce du printemps ?

Isabeau écarquilla les yeux, ce dicton tonnant comme le foudre de Zeus déchirant la terre lors de l'un de ses lourds courroux. Son cœur battit chamade et son visage semblait défait par cette émotion trop forte qui l'envahit sur-le-champ, comme à l'annonce d'une sentence bien trop formelle de l'Inquisition.

Elle redressa la tête, l'âme et le corps en furie.

— Je ne suis absolument point *amoreuse* !... déclara-t-elle, d'un ton colérique.

— Personne ne t'a demandé de prendre la parole, cingla le prêtre, les yeux globuleux saillant de ses orbites d'ébène…

Il fit un pas, le menton incliné vers les deux jouvenceaux et l'échine dressée comme un bâton de férule prêt à commettre son châtiment.

— Continuez, Monsieur le maire.

— Merci, Mon Père. Si aujourd'hui nous vous avons convié en ce lieu si représentatif de l'union des âmes, c'est que j'ai une *heureuse* déclaration à vous annoncer… (le temps s'étira) : vos épousailles dès le mois prochain.

Isabeau sentit son humeur gronder comme le volcan du mont Ithom, lors d'un de ses accès de colère. Mais point de fumerolles ne s'extrayait de son cœur, juste le courroux d'une jeune fille humiliée par ce mariage forcé, bien que cela soit la règle depuis moult générations.

— Jamais ! dit-elle en projetant un visage hargneux à la face austère du prêtre Drogon.

— Petite dévergondée ! tonna l'échevin, la prenant d'une poigne vigoureuse et la malmenant comme un prunier, afin d'en faire choir les fruits juteux.

— Suffit, Agylus. Vous allez blesser la future maîtresse de maison. Il la regarda droit dans les yeux. As-tu connu un homme ?

Elle faillit mentir.

— Non, Monseigneur. Je suis toujours pucelle.

Sigebert émit un sourire feutré, à la révélation de sa future épouse.

Vierge ! Je serai le premier à la déflorer.

Il avait l'esprit ailleurs, perturbé par l'imprévu de cette convocation, l'esprit déchiré entre une profonde amertume, à savoir qu'Isabeau ne portait aucun sentiment à son encontre, et l'ivresse d'un amour qu'il lui chérissait dans l'antre incandescent de son cœur. Elle le regarda en biaisant du chef, les cheveux défaits, des mèches rebelles recouvrant son visage blême ; le regard d'une *sorceresse*.

— Quoi que tu en penses, ton union sera consommée dès le mois prochain, annonça le prêtre. Prépare-toi à recevoir ton futur mari dans le giron de ta couche, et il vaut mieux que dès à présent tu acquiesces à cet hymen. Pour ton bien et celui de ton foyer... affirma-t-il.

L'échevin la reluqua de ses petits yeux de surmulot, ses bajoues tremblotantes sous l'effet d'une forte contrainte émotionnelle. Il prit les mains des deux jouvenceaux ; un avant-goût des épousailles.

— Mes enfants, je connais bien la fougue de votre jeunesse, car je suis passé par là, moi aussi. Mais dites-vous que nous ne voulons que votre bonheur. Il regarda d'une mine attentionnée le visage défait d'Isabeau. Et toi, ma tout'belle, pense au sort qui attend notre société, si aucune femme ne parvient à mettre au monde une *baiselete* : la finalité n'en sera que plus terrible, l'humanité courra à sa perte pour l'éternité, condamnée à s'éteindre faute d'une seule femelle...

— Si telle est la volonté de Dieu que la race humaine s'éteigne, alors qu'elle s'éteint ! lança-t-elle devant la face interloquée de l'échevin et du cureton.

— Que connais-tu des desseins de Dieu ? clama le prêtre, hors de lui. Il dépassa et bouscula Agylus, puis l'agrippa par la manche. Écoute-moi bien, petite sotte, son regard fusant des éclairs de ses yeux noirauds. Ce n'est pas une mignonne lessivant les guenilles de quelques-unes de mes ouailles, qui vont faire et défaire les lois du monde et celui de Dieu ! Tu prendras Sigebert pour époux, sinon je me verrai dans l'obligation de te cloîtrer dans le couvent le plus austère de la région.

Le lendemain en début de soirée, dans la demeure de Rodéric, l'oncle d'Isabeau :
« Attends ici, le maître ne devrait pas tarder. Et ne touche à rien de tes sales pognes ! » tonna le majordome, en la regardant d'un regard ténébreux.

Cela sentait la cire de gros bourgeois. Isabeau n'avait pas remis les pieds dans le foyer de son oncle depuis au moins un semestre ; la salle à manger dégageait cette ambiance d'opulence lui donnant des haut-le-cœur ; l'un des murs s'ornait d'une grande tapisserie : une chasse-à-courre au gros gibier – berk ! Cette sorte de passe-temps qu'elle abhorrait. Positionné contre le mur opposé, l'imposant dressoir était richement fourni en pièces d'argenterie et de deux énormes chandeliers ; des vaisselles d'apparat s'étageaient sur trois degrés, posées précieusement sur des nappes décorées de fines broderies, aux ajours fastueux bordés de fils d'or. Des rais du soleil s'invitaient par la fenêtre, effleurant l'un des chandeliers d'argent, d'où de grandes bougies ivoirines se dressaient comme des baguettes d'opale vers le plafond aux poutres apparentes, décorées par un artiste du coin. Que pouvait-il rester entre Rodéric et Isabeau ? si c'est juste le lien de parenté. C'était un soiffard acariâtre, porté sur l'argent et les godinettes, abusant de sa position sociale pour mettre la main au panier dès que son humeur devenait maussade ; des rumeurs se propageaient sur son compte : on le disait *boursemolle*[22], et de temps à autre il avait accointance avec un sodomite. Enfin, le genre d'homme qui paillardait afin d'ajourner ses jours d'oisivetés.

---
22 Un impuissant.

Il débarqua sur l'instant, le regard brumeux, la face rougeaude – il avait forcé sur l'eau-de-vie et empuantit de sudation, malgré la qualité de ses braies et de sa tunique froissée, comme s'il s'était roulé dans une botte de foin en compagnie d'une ribaude.

— Que me vaut cette présence ? dit-il, accompagné d'un regard vicieux en coin.

— Bonjour, mon oncle. Elle baissa le front, le regard fuyant, alors qu'en d'autres temps elle ne se gênait pas d'affronter sa physionomie disgracieuse et son regard de maroufle.

Il émit un sourire railleur, la commissure des lèvres pincée, sachant pertinemment qu'il tenait sa revanche sur l'histoire.

— J'ai ouï-dire que tu avais trouvé l'âme sœur... dit-il d'un ton mielleux.

— Justement, mon oncle, je viens vous voir à ce titre. Elle creusa dans son mental afin de trouver les mots justes, porteurs d'une affliction qu'il pourrait percevoir, dans l'esprit étriqué de nanti.

— Explique-moi, *ma fille*. Je suis tout ouïe à tes prières...

Elle affronta son regard et planta le décor de la veille, lorsqu'elle se retrouva devant le prêtre et l'échevin, dans l'obligeance de conclure un hymen dès le mois prochain. Il l'écouta pesamment, l'esprit chancelant entre un taux d'alcool élevé et le sens de l'ouïe tendu vers sa nièce.

— Je vois que tu te décides *enfin* à briser les chaînes du discernement qui vibre au fond de toi, que tu refoulas depuis tant de lustres. Il s'avança vers elle, ses doigts de gros verrat s'entrecroisant sur sa bedaine proéminente. Je sais que tu ne m'aimes pas, mais pour moi, peu importe que l'on porte une quelconque empathie envers ma personne, tout en la regardant de biais.

Vois-tu, je dispose le quart patrimonial de la commune, donc, inéluctablement je provoque de la convoitise aux petites gens, et aussi à certains négociants visant d'un mauvais œil l'expansion de ma fortune. Mais ces petits désagréments ne me contrarient pas, dit-il gaiement, je suis ma route, comme un modeste chevillard[23] déroulant les lieues de ses pas au fil de sa dure journée de labeur, et qu'il sait que malgré les obstacles il parviendra à ses fins...

Un temps de silence s'invita aussitôt. Elle écarquilla ses yeux tout en pleurs.

— Mais je refuse d'*épousailler* cet homme, dit-elle la gorge nouée par l'émotion, une larme fuyant de son gîte voilé par l'émotion.

Il lui attrapa les deux épaules, elle faillit s'arracher de sa bienveillance de mauvais soudard, et se retint à cette soif d'évasion qu'elle aurait par sa grâce.

— Ah ! Les *épousailles*. N'y a-t-il pas plus beau, en ce monde si terrible, que le mariage ? Il apporte l'amour du prochain et le réconfort du foyer, même si mes intentions ont toujours été opposées à ce noble sentiment de fidélité et d'altruisme envers ses proches. Sa figure n'était qu'à quelques doigts de son joli minois. Puis d'un coup il se cambra, écarquillant ses yeux comme deux agates de rubis. Qu'attends-tu de moi ?

— Je souhaiterais que vous intercédiez en ma faveur, afin de mettre fin aux intentions du prêtre et de notre échevin, à propos de leur appétence à me conduire sitôt à l'autel pour prendre époux.

— Bien bien, dit-il en frottant sa grosse paluche sur son menton fleuri d'une barbe de trois jours.

Isabeau le regarda emplie d'un fol espoir ; après tout, c'était son oncle, et il était en charge de protéger

---

23 Négociant en gros (particulièrement en boucherie).

la fille de son défunt frère des sombres prédateurs, que le monde enfante au fil des saisons.

— Tout cela n'est pas facile... Et s'attaquer à des *nobilia*[24], ce n'est pas comme aller au boucher et lui attraper son col de *chainse* parce qu'il m'a vendu une tranche de lard avarié. Par contre... il fila jusqu'au grand buffet sans terminer sa phrase, et ouvrit une des niches décorées de somptueux festons en bois de rose, d'où il en sortit une mince feuille de papyrus, puis bascula un battant et l'y déposa précautionneusement – sa destre trembla, en la dressant sur la tablette.

Il s'installa sur le faudesteuil[25] – le siège gémit sous la contrainte de la charge qu'il subit –, attrapa un calame posé à côté de la pierre à encre et trempa l'embout biseauté dans l'encrier puis se mit à rédiger un billet, pendant qu'Isabeau patientait, son for intérieur bouillonnant comme une bouilloire dressée sur le foyer.

Le temps de deux inspirs, Rodéric se leva de son séant, le pli dans la main, et revint vers sa nièce dans l'attente fébrile d'une réponse favorable. Il lui présenta le billet, les cursives partant à la dérive sous l'emprise d'une ardeur enfiévrée. Elle savait lire, ce qui pour une femme était en soi un exploit ; son père n'avait pas eu les ressources pécuniaires pour la placer au sein de l'école du village : bien trop onéreuses pour un simple manant. Alors il prit la décision de lui donner un brin d'études primaires ; il aspirait qu'un jour, l'instruction lui permettrait d'affronter l'avenir avec sérénité. Son oncle avait eu vent de ce que son frère tramait sans le consentement des élus, mais n'en fit rien et ne le dénonça pas – il ne se voyait pas délateur. Car une fille n'ayant pu suivre un minimum d'études était forcément

---

24 D'illustres personnes. Des nobles et des religieux.
25 Siège pliant en forme de ciseaux.

destinée à jouir d'une *tenure*[26] et bâtir un foyer, sans compter les travaux des champs, le suivi du cheptel et l'entretien du matériel agricole...

Ses prunelles parcoururent le manuscrit, elle s'arma d'une voix à peine audible, heurtant parfois certains mots ardus, le front plissé et les yeux noyés dans l'enchevêtrement des lettrages, dont les volutes se ferraient comme des hameçons s'entortillant sous les remous d'un courant d'eau frénétique. Puis elle redressa sa tête, haussant un regard atterré par ce qu'elle avait fini par saisir dans son esprit embrumé, ébranlé par la teneur de cette correspondance épistolaire.

Elle lui jeta un regard glacé.

— Tout ce que vous me demandez, mon oncle, c'est que je besogne comme une godinette à demeure ?...

Il la regarda, en se gaussant avec mansuétude du temps où il n'avait pas les faveurs de son frère et de sa belle-sœur.

— Nous n'irons pas jusque-là, dit-il l'air un brin emprunté. Ce n'est qu'une simple apostille, afin que tu t'occupes de mon foyer et de ma personne durant le restant de ma vie... expliqua-t-il en lui signalant d'un doigt l'emplacement d'où elle devait parapher son consentement en bas de page. Ton vieil oncle n'a plus la vigueur d'antan, ajouta-t-il le sourire en coin.

— Et si je refuse votre offre ?

— Libre à toi, ma toute belle. Mais n'oublie pas que j'ai dans ma manche les outils nécessaires afin de résilier cette astreinte matrimoniale, dit-il d'une voix narquoise ; si tu accèdes à mes desiderata, dès demain je poserai mes vœux au Conseil municipal afin de l'abroger... Il ne tient qu'à toi pour dresser une vie bien plus radieuse qu'elle ne l'est à présent. Et je serai géné-

---

26 Concession de terrain.

reux si tu accèdes à mes désirs, insista-t-il en lui faisant miroiter sa bourse, rebondie de lourds deniers.

Un lourd silence recouvrit la pièce ; son esprit bouillonna comme jamais auparavant.

— Je vous donnerai réponse dès les *matines*, dit-elle, prête à s'esquiver.

— Que nenni ! s'exclama-t-il. Il se dirigea vers un sablier et le retourna ; le filet de sable commençait déjà à fuser dans l'étranglement du bulbe en verre. Lorsque le dernier grain de sable s'échouera dans l'ampoule du bas tu devras me livrer ta réponse, puis il s'éclipsa vers son cabinet de travail.

Ses facultés de discernement devenaient confuses, perturbées par un déchirement intérieur qu'il fallait ramener à la raison. Ce vieux cochon tirait les ficelles de son destin, elle qui arrivait toujours à ses fins se retrouvait recluse à devoir céder à ses exigences. Peut-être que ce mariage était une opportunité, après tout. Mais elle connaissait le caractère fougueux, changeant et impétueux de Sigebert. Elle sentit un poids énorme écraser sa poitrine, une charge émotionnelle pesante la comprimer et lui imprimer une contrainte, évocatrice des lourdeurs du nanti. Son oncle avait fini par avoir le mot de la fin, lui qui, en son temps, faisait profil bas devant son défunt père, malgré sa puissante fonction au sein de la communauté. Faire œuvre d'élu lui prenait la majeure partie de ses longues journées, mais ses activités lui aiguisaient un appétit d'ogre lorsqu'il visait des affaires juteuses…

Elle observa le filet de sable s'écoulant dans le sablier, alors que son mental bouillonnait comme une vieille carafe au-dessus du feu, ne sachant à quel saint se vouer. Elle devait faire un choix crucial à savoir, trancher entre le mariage ou servir l'ogre parental à demeure ; sachant pertinemment qu'il ne se gênera pas pour couler une main baladeuse sous son bliaud. *Le vieux porcor !*

Elle vit le dernier grain de sable franchir l'étranglement du sablier et, comme émergeant d'une source démoniaque, Rodéric apparut *illico*, la mine fière et la silhouette massive venant s'imposer comme un colosse en possession de tous les moyens que les dieux lui attribuèrent. L'air arrogant, le front haut, il la dévisagea de pied en cap, gloussant déjà à la réponse qu'elle allait lui donner.

Elle redressa sa tête, son regard luisant d'une outrecuidance qu'il lui aurait déjà administré un soufflet sur ses joues rougeaudes causées par un soudain frémissement cardiaque, s'il n'avait eu conscience de son hégémonie sur la teneur de sa requête.

— As-tu examiné chaque particularité et servitude liées au dilemme qui s'offre à toi ? Car dès que tu auras établi ton choix, ta vie prendra une nouvelle direction…

Elle haussa le regard, son front imprégné d'une moiteur sourdant dans un glacis luisant.

— Dès demain, je parlerai à Sigebert afin qu'il m'épouse, déclara-t-elle à mi-voix, le regard perdu dans l'immensité de sa Thébaïde[27].

Il lui jeta un regard noir, glaçant, pensant qu'elle aurait cédé finalement à ses propositions. Il fit une ample inspiration, révélant une bedaine bien plus imposante qu'à l'accoutumée, puis s'approcha de sa nièce, sa face dévorant l'étendue de son champ de vision.

— Bien, dit-il dans une respiration contenue. Ma toute *petite* nièce, ne pense pas que j'irai me morfondre au fond de mes draps lorsque tu passeras la bague au doigt… Et ne compte pas sur ma position au sein du Conseil municipal, pour te réfugier de la pugna-

---

27 Désert du sud de l'Égypte.

cité de ton futur mari, lorsqu'il rentrera comme un sac à vin au déclin du soleil et te tourmenter si la soupe est froide et que sa troisième jambe lui titille son esprit. Car je le connais, le vil gredin : c'est un boit-sans-soif lorsqu'il n'a pas eu droit à une bonne ripaille ou *paillarder*[28] avec une ribaude lorsque son épée à deux jambes se dresse subitement dès que l'envie le presse, comme un levraut à la vue d'une femelle.

— Je le dresserai comme on dresse un mulet pour grimper le mont Ithom, jeta Isabeau d'une voix aigrelette, la mine aux abois.

— Que nenni. Tu connais mal ce vaurien, tout en lui jetant un regard suffisant. Il faudra que tu fasses des compromis, si tu veux sauver ta peau des sévices auxquels il s'adonne lorsque son humeur passe du vert au rouge. Maintenant sort de chez moi, tout en dressant un doigt imposant vers l'huis. Puisque tu préfères la vigueur d'un jouvenceau rustre à un homme mûr empli d'un humanisme et d'une générosité, que la jeunesse est loin de disposer…

Ce n'était pas un temps à mettre un chat dehors ; une atmosphère bruineuse enveloppait la région, accompagnée de rafales de vent issu du nord apportant un froid polaire, où seul un simple d'esprit oserait affronter les rigueurs du temps en se baladant avec impavidité. Et encore, si cela ne s'arrêtait qu'à cela, Isabeau observa du coin de l'œil le regard frondeur de la belle Hersende, sa chevelure filasse ne devenant qu'une pâle incarnation de la crinière platinée qu'on lui connaissait ; des filets d'eau de pluie suintaient jusqu'à sa nuque, dévalant un visage aussi exsangue que celui d'une morte.

---

28 Faire l'amour.

Elle s'approcha du rebord du bassin et vida la brouette des effets du prêtre, pendant que Hersende battait un bliaud d'une détermination non feinte ; de quoi refroidir les rapports relationnels déjà tendus entre les deux lavandières. Isabeau se mit à son labeur, jetant de temps à autre un œil furtif en direction de Hersende. Elle observa le moutonnement nuageux filer comme s'il avait les démons à leur suite. Elle prit la tunique, la déposa sur la planche striée et la frotta au moyen d'une brosse à chiendent, tout en observant la silhouette frêle mais dynamique de la jouvencelle abattre un travail de forcené, dont même le plus vigoureux des mâles aurait du mal à la suivre tant elle dégageait un dynamisme virulent. Hersende avait déjà terminé son labeur, qu'Isabeau peinait sous le sien, dans l'acmé d'une intempérie affolant sa chevelure hérissée de mèches serpentiformes, s'animant sous l'assaut effronté du vent. Le gris sombre des nuées et le bleu lavande du ciel finissaient par s'enchevêtrer dans un beige délavé plombant l'éclat du jour ; on n'y voyait qu'à dix pas de soi.

La blondinette se redressa, arracha ses affaires d'un geste empressé et releva les manches de sa brouette, longea le lavoir d'un pas sûr puis s'approcha d'Isabeau, le regard haut et frondeur.

— Voilà. Tu as fini par l'avoir ton « beau Sigebert », lança-t-elle sur un ton glacial. Tu pourras *coqueliquer* à loisir, dorénavant !...

Encore agenouillée dans sa caisse en bois, elle s'escrima à dresser son visage déconfit vers celui de Hersende.

— Ce n'est pas ce que tu penses... Je n'ai pas le choix, dit-elle la voix étranglée, éraillée par l'émotion.

— Tu parles. Tu penses que je ne t'ai pas vue, te trémousser comme une godinette lorsqu'il débarque jusqu'ici ? Et qu'il te fait les yeux doux et le monsieur muscle de toute sa vigueur de mâle triomphant...

Isabeau se redressa et faillit trébucher sous un coup de vent impromptu.

— Je ne suis pas une ribaude, en hurlant sous l'intempérie qui s'annonçait par une pluie diluvienne. Le prêtre a imposé cette union, de gré ou de force...

Les gouttes de pluie dégoulinaient sur son corps détrempé par les éléments en furie, le moral au plus bas et la mine abattue par cette succession d'épreuves, l'assaillant comme un châtiment des dieux, après avoir percé au jour les vils ressentiments de la blonde lavandière.

— Surtout ne viens plus discutailler avec moi, ajouta Hersende le menton haut et le regard étincelant d'éclats soufrés. Nous n'avons plus rien à trouver d'accointances entre nous deux. Sur ses dires, elle releva les bras de sa brouette et s'en fut vers son destin...

Soudain le feu de Zeus tonna, crépitant comme le hurlement cinglant d'un dragon en colère. Les sabots dans une flaque d'eau, Isabeau regarda l'averse inonder la chaussée. Les éléments se déchaînaient ; un temps grisâtre, où des rafales de vent fouettaient son visage d'une virulence démoniaque, inondant son chef sous un rideau de pluie glacial.

La durée des jours s'allongeait, éloignant les successions d'averses propices aux récoltes, car dès à présent l'astre Ari étincelait comme un fourneau sur les terres de Tartare ; la steppe devenait aride et se creusait déjà de profondes crevasses aussi dures que la peau trapue d'un aurochs. Isabeau, sise sur un tabouret, observait par la fenêtre le disque flamboyant du soleil, alors que la vieille Betho s'escrimait à piquer l'*amigaut*[29] de la chemise de mariage, offerte par l'échevin.

— Cesse de gigoter comme une lapine en chaleur, si tu ne veux pas que j'te pique…

Elle reprit sa couture au niveau du repli, et malgré une vue déficiente et quelques tremblements émanant d'une dégénérescence neurovégétative, la vieille parvenait toujours à honorer son travail dans les temps impartis par le maire et le prêtre ; la préparation du mariage lui prenant dorénavant tout son temps. Tout en accomplissant son ouvrage, Betho lui donnait maintes recommandations afin que la jeune fille devienne une honnête épouse, puis une bonne mère… Car tout ce qui comptait pour la communauté, c'était de relever le taux de naissance, tant celui-ci s'enlisait inéluctablement vers un terrible sort, si la courbe de nativité du genre féminin ne remontait pas dans les mois qui suivent.

—… Et pense sans cesse à soutenir le moral de ton mari, lorsqu'il rentrera au foyer l'échine fourbue, le corps éreinté de fatigue et le mental affligé à cause d'un contretemps, ou d'un tracas lui ayant sapé sa bonne humeur. C'est durant cet instant-là, qu'une douce épouse doit avoir l'intelligence d'esprit de percevoir le désarroi de son conjoint, en évitant d'apporter ses propres malheurs à ceux de son époux !

Isabeau jeta un regard de dédain devant la chevelure grisonnante et clairsemée de la doyenne. Si elle céda à cette manœuvre, c'était pour éviter de se retrouver dans la couche de son oncle, contrainte à écarter ses cuisses lorsque sa libido lui taquine sa troisième jambe.

En après-midi elle se dirigea vers le lavoir ; son ombre bleutée l'accompagnait d'un pas faiblard sous le halo embrasé du soleil Ari. Des vapeurs de chaleur

---

[29] Fente au niveau de l'épaule, puis nouée par une cordelette fixée à même la chemise.

montaient à l'assaut d'un ciel pur, flottant au-dessus d'une terre brûlante dans leurs écharpes diaphanes, comme les fumerolles dansant sur les braises ardentes d'un brasero. Sur les quelques arbrisseaux affrontant les rigueurs de la sécheresse, les stances des cigales semblaient amplifier cette durée éphémère de la vie, dans leurs stridulations outrageuses et oppressantes. Elle aperçut la silhouette éthérée de Hersende sous l'ombrage du faîtage de tuiles, recueillie, emplie d'une ardeur manifeste à son labeur ; elle frappait le linge, animée d'une énergie surprenante, puis le retournait afin d'offrir à l'avers une correction tout aussi similaire, pour une jeune fille si fragile que la tige du blé en herbe. Le son grinçant de la roue de la brouette ne la déstabilisa point pour autant, jetant son dévolu sur un bliaud, une pèlerine ou les dessous d'une riche bourgeoise du coin, avec force et endurance malgré la chaleur accablante. Elle décida de s'approcher de son acolyte de tous les jours que Dieu enfante, longeant la surface du plan d'eau à peine ridée par quelques sillons, d'où dansaient des araignées d'eau et quelques notonectes pagayant de leurs membres de brindilles dans une grâce de ballerine, puis s'enfonçant vers le fond verdâtre du bassin dans une odyssée mystique.

    Elle déversa le linge sur le rebord du bassin puis se baissa, la caissette en bois accueillant ses jambes gonflées par la rétention d'eau. Elle s'épongea le front en sueur, tout en jetant un regard d'une fine allégresse vers le visage impassible de Hersende ; armée de son battoir, la blonde à la chevelure détrempée par l'effort et les conditions climatiques ne lui offrit aucune attention, la courtoisie aurait voulu qu'elle daigne au moins hocher sa tête en signe de bienvenue. Que nenni, ce jour était assurément sous les jougs de la consternation et d'une mélancolie à se précipiter au-dessus du parapet d'un pont.

    Isabeau se mit donc au travail, prenant sur elle ce désarroi qui vous accompagne du lever au coucher du soleil, mais fit comme si de rien ne pouvait l'atteindre, en attrapant la première *gonaille* à sa portée et en l'astiquant comme on lessive les effets maculés de gras d'un gros élu du bourg, les salissures issues d'un bon marcassin, le saindoux ruisselant sous la mâchoire. Il en fallait plus pour l'enfoncer dans la dépression alors qu'elle bataillait à longueur d'année, afin de faire reconnaître la valeur du genre féminin dans cette arène de mâles présomptueux où, le simple fait de hausser le ton à son mari équivalait à recevoir des coups de bâton sur la place publique. Après un temps s'étirant infiniment, elle parvint par lui adresser la parole, rompant un silence monacal dominant l'aire du lavoir, à l'instar d'un sombre volatile étendant ses ailes immenses sur les deux jeunes lavandières dont les coups de battoir y résonnaient, augurant un lourd conflit à venir.

    — Ouf ! Aujourd'hui, nous avons droit à une canicule mémorable, tout en s'essuyant le front d'un revers de manche – elle jeta un regard biaisant, afin de s'assurer qu'elle avait bien saisi sa remarque.

    Hersende ne confirma ni n'infirma ses dires, s'isolant dans un mutisme pesant, frappant le linge puis le plongeant et le replongeant dans l'eau du bassin où un linceul de bulles proclamait son hégémonie en s'y étendant dans toute la largeur du bassin. Frustrée de l'aphasie de Hersende, elle continua de battre les effets des nantis d'une ardeur retrouvée. Puis ni tenant plus, elle se redressa, fit quelques pas en sa direction, les mains posées sur ses hanches généreuses.

    — Quelle est donc la source de ton mécontentement, pour ne pas t'engager dans la conversation ?...

À moins que tu aies trouvé à *jaboter* désormais avec un jeune coquelet ayant succombé à ta crinière d'un blond de blé !

Hersende se redressa soudainement, un nuage d'un gris anthracite émergea de son regard de braises, déversant son orage dans un fracas étourdissant...

— Ha ! Parce que, en plus, il faille t'en offrir les raisons ? affirma-t-elle, le regard empli d'une agressivité bien visible. Ben voilà, tu l'as enfin TON Sigebert ! Il pourra te labourer à demeure...

Les yeux écarquillés, les bras ballants, Isabeau la regarda d'un air hébété.

— Penses-tu que ce ne sera qu'une longue partie de jambes en l'air ? Je n'ai pas d'autre choix que d'accomplir ce que mon âme juge juste et bon, car mon esprit, mon corps et mon cœur sont loin d'apprécier ce long parcours conjugal qui va se dérouler devant moi, et ce jusqu'à la fin de ma vie... Elle se baissa à son niveau, le cœur battant et la mine défaite, comme à l'annonce d'une terrible nouvelle. Hersende ! Tu sais très bien au fond de toi que je n'ai aucune connivence avec Sigebert, et s'il n'attend de cette union qu'une forme de délestage passionnelle, mon cœur ne lui sera pas offert sur un plateau d'argent et restera cloisonner dans ce corps meublé d'une sourde terreur. Elle faillit l'*amignoter* du bout des doigts, mais elle se ravisa et se redressa en feignant un profond désarroi. Le prêtre et l'échevin ne me laissent pas d'alternative que d'*épousailler* cet homme empli d'arrogance et d'une forme de sauvagerie que seule toi, Hersende, serait capable d'amadouer par ta puissance sensuelle, mais je ne sais pas par quelque voie obscure, il a décidé de s'accrocher à mes chevilles comme un bigorneau à la coquille d'une huître.

— Tout comme ce bigorneau cramponné à son huître, peut-être aime-t-il tes petites lèvres bien charnues, lança Hersende, d'un ton un brin cinglant...

La nuit fut dominée par de sombres cauchemars venant encore la hanter : le monstre du lac présentait ses pinces démesurées claquant devant son regard apeuré. Sa gueule émergea de la surface de l'eau saumâtre et permit de discerner le visage bouffi de l'oncle Rodéric, le col scellé sur la carapace du Titan lacustre. Aidé de ses énormes pattes antérieures, il progressa vers sa jeune proie, les bras liés épousant le tronc du vieux caduc. Dans ses yeux globuleux elle devinait le sort qu'il allait lui faire subir : la dévorer vivante ! Son image s'y reflétait, vibrant et dansant sur ses prunelles d'un noir d'aniline. Il parvint enfin à grimper sur la rive, son corps monstrueux n'étant plus qu'à deux ou trois coudées du sien. Il émanait de sa bouche d'atroces effluves de limon et de vase, d'où des vapeurs verdâtres s'y extrayaient en formant des volutes serpentiformes sinuant sur un éther laiteux devenu insalubre et malfaisant ; des âmes tristes s'extrayaient de sa face et partaient rejoindre les cieux en flottant de manière vaporeuse, puis finissaient par se dissoudre dans le néant en émettant des plaintes déchirantes.

« Ma nièce... te voilà en MA jouissance. Ma ténacité à enfin portée ses fruits, dit-il en la caressant de son énorme pince du dos de sa tenaille de gros crabe, pendant qu'elle détourna son visage livide du regard rassasié de son oncle. Puisque tu as choisi de t'unir à ce jeune vicelard, alors que je m'apprêtais à t'offrir mon palais et ma bourse, je te laisse donc à celui qui deviendra ton époux... »

Une autre tête accoucha du thorax ; le chef de Sigebert émergea de la carapace, s'y étira, sa nuque soudée à quelques empans de celle de Rodéric. La face de Sigebert prit un malin plaisir à ouvrir une mâchoire démesurée, d'où une langue sirupeuse s'y extirpa, s'étira sur plusieurs coudées, ensuite ondula autour du corps de la jouvencelle comme un vil serpent rampant sur ses membres et son torse, puis léchant les moindres parties de son anatomie. Elle vomit et cracha une bile noire encombrant sa panse de son dernier repas, pendant que son oncle ricanait devant le sort de sa nièce ; un rire fusait de sa gorge proéminente et s'amplifia jusqu'à ce qu'elle s'évanouisse, son esprit sombrant dans une torpeur salutaire...

Elle s'éveilla rudement, le cœur battant chamade et le corps baignant d'une suée d'angoisse, puis se redressa de sa couche dans une arythmie cardiaque éprouvant son esprit encore enseveli dans les limbes de la noirceur. Isabeau reprit ses esprits, elle se leva et étancha sa soif d'une goulée d'eau fraîche, le *chainse* détrempé par la transpiration, les gouttes d'eau glissant sur le velours satiné de sa peau dont le relief détenait encore la fermeté de la jeunesse. Elle fit quelques pas et sortit sur le palier du jardin ; des grillons entamaient leur cantilène, scandant leur vibrante litanie sous la vaste toile du champ céleste. Une brise sournoise et imprévisible lui fit redresser le duvet de ses bras. Elle eut soudain un frisson puis retourna se coucher, alors que sur le fil de l'horizon la lueur de l'aube émergeait à l'appel du nouveau jour.

Le bourdon du beffroi sonnaillait les noces d'Isabeau et de Sigebert ; le tintement du battant survolait les toitures de la commune jusqu'à la périphérie du bourg, invitant la *menuaille* villageoise à manifester sa joie aux futurs époux. L'artère principale et les ruelles adjacentes se recouvraient d'une fourmilière de nobliaux et de vilains, tout ce petit monde se dirigeant vers le temple, à l'instar d'un troupeau de brebis porté par une force occulte. Une escouade de nuages parcourait lentement l'éther, oblitérant le feu céleste durant sa lente course éthérée, dans une indifférence de vaisseaux de mousseline ; sous l'ombrage d'un nuage, le porche de l'église se garnissait d'une masse humaine, à l'affût de la cérémonie nuptiale. Le portique était comble. Les enfants sinuaient entre les jambes des plus grands afin de contempler la robe d'Isabeau, d'un blanc immaculé. Au fond de l'église, au niveau du cœur, la monumentale idole trônait dans sa tunique parée de feuilles d'or ; le dieu Ari-le-Ténébreux portait un regard hautain et condescendant sur ses ouailles. De son crâne massif émergeait une couronne d'éclairs, alors que ses divins pieds se couvraient d'un amoncellement d'ex-voto suppliant le divin d'adoucir une vie parsemée d'embûches et de lourdes servitudes…

Devant le colosse armé d'airain et d'or, les deux jeunes tourtereaux courbaient l'échine, pendant que le prêtre dressait ses bras grêles devant l'auguste démiurge martelant son oraison en hommage à l'image austère de Ari-le-Ténébreux. Les bras émaciés de Drogon offraient un impressionnant contraste devant la stature olympienne de la divinité ; ses membres, brûlés par un soleil implacable et une malnutrition assumée, recelaient cette part d'ascétisme que le profane ne parvenait jamais à saisir, alors que la disette éprouvait tant de pauvres. L'échevin, sis au premier rang, observait les menus détails d'une immense tenture, d'où foisonnait un entremêlement de corps humains voués à la damnation : posé sur un flanc du mont Ithom, le dieu Ari empoignait les âmes faméliques de quelques damnés implorant la farouche déité de ne pas les engloutir dans son estomac, figuré sous la forme de chaudron.

Le serviteur de Dieu se retourna pour prêcher la bonne parole devant ses ouailles.

« Si vous ne prenez garde, le mal sévit à chacune de vos paroles ; la langue fourchue offense celui qui est humilié comme celui qui humilie. Et il en est de même lorsque vos actes blasphèment le Seigneur Ari, à l'abri de votre douce insouciance. Votre karma futur est comme le ventre d'une cruche, sermonna-t-il d'une voix tonnante : il ne cesse de s'emplir des sombres méfaits que vous commettez à longueur d'année… Alourdissant votre prochaine incarnation de vos infâmes péchés. Méditez-y, et prenez garde de ne point médire ! … »

Vêtu de sa robe de bure, il descendit les trois marches conduisant à la croisée du transept, juste devant le jeune couple. Le sourire béat de Sigebert détonnait devant la mine blafarde d'Isabeau. Son regard éteint se reportait sur le sol de marbre, où les veinules d'un bleu héraldique créaient des méandres que ses prunelles puisaient en édifiant des formes chimériques démoniaques, inondant son esprit apeuré. « Voilà une journée partant sous de bons auspices », signala-t-il à l'assemblée. « Sigebert et Isabeau ont décidé de cheminer ensemble sur ce long et terrible chemin menant à la postérité… » Il se déplaça de quelques pas vers la future mariée et ouvrit les deux bras, dans une posture théâtrale. « Ma chère enfant ! » elle redressa mollement la tête et singea un sourire émacié devant le regard sombre du prêtre. « Je vous recommande de fructifier votre foyer ; que le braillement de vos futurs rejetons garnisse l'espace sonore de votre humble logis, afin que notre commune puisse retrouver cette opulence humaine qu'elle a perdue depuis tant de lustres. » Le cureton se retourna vers Sigebert. « Mon fils ! Oui je t'appelle *mon fils,* car tu as une charge à tenir : celui de ferrer ton foyer loin des commérages et de la jalousie qui couvent au sein de notre petit ministère. Protège ta demeure contre toutes les intentions délétères des personnes n'ayant pas la foi en notre Seigneur Ari et en notre communauté ; ces individus ne sont pas dignes de figurer dans le giron du panthéon des dieux, nourris et protégés par la manne que Notre Seigneur Ari prodigue par Sa généreuse bonté aux vertueux et aux hommes de foi… » signala-t-il en se retournant vers l'effigie du dieu.

Il fit un signe de la tête vers un jeune soutenant entre ses mains et avec fort embarras un broc d'eau. Le jouvenceau s'approcha de Drogon, le regard plongé vers le dallage, le clapotis de l'eau fuyant du goulet, pendant qu'au premier rang l'échevin s'épongea le front sous l'ardeur d'un soleil implacable, et ce malgré l'épaisseur des murs du temple. Dans le parterre des gens pieux, certains inconforts provoqués par la canicule créaient de petits malaises que des jeunes dévolus à l'office repoussaient en leur offrant un peu d'eau fraîche. Drogon invita le couple à se recueillir, pendant qu'il glorifiait son dieu d'une voix monotone. Le *jovencelin* parvint au pied du prêtre ; en cheminant, il faillit renverser l'eau bénite sous le regard d'effroi du cureton. Après ces dévotions à l'illustre pourvoyeur de la manne aquifère, Drogon se retourna et demanda au couple de se tenir par la pogne ; Sigebert appliqua la sienne au-dessus de sa bien-aimée, alors qu'Isabeau se sentit au plus mal, ressentant un certain malaise à savoir qu'elle allait demeurer à vie auprès de Sigebert. Les symptômes de l'endométriose émergeaient en son bas-ventre, en une douleur lancinante allant croissant. Le prêtre posa le lien sur leurs pognes fraîchement unies, symbole d'indivisible union et entama ses oraisons sur les devoirs du jeune couple. Isabeau se sentit au plus mal, son *chainse* de cotonnade était trempé de sueur, alors que le prêtre tourna sa face rogue vers Sigebert.

— Sigebert, enfant de Gaudefrid de Montmiral, acceptes-tu de prendre pour épouse damoiselle Isabeau, fille unique de *feu* Lambert de Escornebœuf ?

Il pivota sa tête et regarda avec grande envie sa future épouse.

— Oui. Je la prends pour épouse.

Ensuite Drogon pivota son col vers Isabeau, la mine fière qu'enfin ces deux-là ne causeraient plus de préjudices à la commune. Il allait réitérer la demande lorsqu'un grand cri vint perturber l'office.

« Aaah ! Elle saigne. Mauvais présage... » hurla une femme dans l'assistance.

Sous la robe d'Isabeau, un filet de sang maculait le parterre du temple. Un lacis de gouttelettes de cruor s'écoulait de ses reins et serpentait sur ses gambilles à la courbure généreuse, allant s'étaler sur les dalles du sanctuaire, présageant une crise menstruelle des plus virulentes ; une inflammation des kystes ovariens qui la fit se plier en deux. Elle recourba l'échine et posa ses mains contre le bas-ventre, à la recherche d'une paix intérieure, pendant que le cureton regardait avec horreur le Mal sortir des entrailles de sa brebis, en son ministère et sur le plancher du lieu de culte. *Damnation !* s'exclama-t-il d'un air d'effroi.

Elle s'affala sur le sol, la robe souillée d'un rouge criard, et les deux mains tachées de ce sépia que les femmes en menstruation doivent dissimuler, tant il remémore l'impureté originelle.

La doyenne Betho débarqua aussi vite que ses gambettes lui permettaient, et l'aida à se relever.

— Ma pauvre fille, pourquoi n'as-tu pas revêtu ton jupon ? Ce n'est point l'instant d'avoir le coquelicot en ce jour béni, lâcha-t-elle d'un ton amer.

Deux autres *vieillettes* vinrent à la rescousse, et l'épaulèrent en conduisant la fille en sa demeure, sous les regards rieurs pour certains et rageurs pour les autres, vu qu'inévitablement deux clans allaient se confronter sur la gravité de l'affaire... Pendant que le prêtre faisait grise mine, car le mariage était forcément reporté.

Elles l'avaient douchée, à l'œuvre dans leur fonction sur l'institution des droits et des obligations de la femme au sein de la bastide. Les menstrues ne sont qu'affaires de *dameletes*, et donc éloignées de la gent patriarcale, la jeune fille demeurant confinée en sa demeure durant ses coquelicots, le temps de laisser couler ce flux impur ; consentir qu'une femme souille un bon vin, alors qu'il aille tourner en vinasse, à de quoi faire arracher le restant de *crigne*[30] au pauvre vigneron.

« Par tous les dieux ! Ce n'est pas un simple coquelicot, qu'elle nous fait la pauvre fille, s'exclama la mère Aldegonde. »

« Vous n'y êtes pas, ma chère fille, s'écria Betho, laissant percevoir ses râteliers en pis état. Elle a de profondes humeurs, qu'elle doit purger afin de retirer les souillures de l'âme... » tout en frottant les parties intimes d'Isabeau, dont sa tête s'affalait sur l'épaule de la troisième mégère, la soutenant par les aisselles. « Maintenant apporte-moi le philtre que j'ai concocté à son intention. Cela apaisera sa fleur toute en feu, et permettra de faire sortir le mal par l'orifice qui lui échoit, après cela elle tombera dans un repos salvateur, et nous pourrons envisager de la remettre face à ses résolutions et d'honorer *enfin* son mari... »

---

30 Crinière, chevelure.

Le lendemain, Isabeau aperçut la silhouette de Ganelon grossir dans son champ de vision, alors qu'elle entamait une énième buée sous l'appentis de la mairie. Une lavandière fila devant la jeune buandière, et fit un bonjour de la pogne, tout en fronçant sa bouille à l'apparition du jouvenceau. Il se posta au seuil de la bâtisse, sous l'orbe d'un soleil ardent. Elle se redressa et remit de l'ordre dans sa chevelure, repositionnant avec un soin méticuleux le calot qui glissait de son minois, détrempé par les vapeurs du cuvier ; elle le regarda en plissant des yeux, la caboche du jeune sabotier noyée sous le halo aveuglant de l'astre solaire pérégrinant vers son zénith.

« Entre, dit-elle d'une voix guillerette. Ce maudit soleil recouvre ton chef comme une brebis couvant son agneau. »

C'était une fournaise : la cuvée bouillonnait dans son jus de linges sales et des dessous coquets des nobliaux ; les draps de lin se gonflant comme des voiles sous de vigoureux alizés. Entre les fumerolles des braises et les vapeurs du cuvier, une moiteur oppressante imprégnait l'atmosphère de la buanderie pourtant ouverte sur l'extérieur. Une mèche rebelle envoila malicieusement la prunelle dextre d'Isabeau, offrant à Ganelon une affriolante *portraiture* de la jeune lavandière ; si ce n'est une gaucherie issue de l'enfance qui le tenaillait comme des parasites dans un *gelinier*[31], le jouvenceau lui aurait attrapé ses flancs pour lui dérober un doux baiser.

Elle le dévisagea d'une tendre espièglerie, les deux mains posées sur ses hanches généreuses.

« Ben alors ? t'as boustifaillé des couleuvres, pour rester mortifié comme une mouche noyée dans le purin ? »

---

31 Basse-cour.

Les gestes gauches, il pénétra dans l'appentis…
Le cœur tambourinant, envoûté par l'aura de la belle.
Ganelon passa près du cuvier, le linge s'immergeait
dans les flots où une écume de saponaire et d'eau saumâtre dévoilait son odeur entêtante. Les effluves lui
prirent soudainement à la tête. Il posa malencontreusement sa senestre sur le rebord brûlant du chaudron, et
émit un cri plaintif en s'échaudant la main, pendant
qu'Isabeau recouvrait le bâton destiné à remuer le tas
de linge plongé dans le cuvier. Elle le lâcha et courut à
la rescousse, le tirant par la manche de son *chainse* puis
lui fit plonger sa pogne dans le bassinet d'eau fraîche.

Ils étaient accroupis devant le seuil de l'appentis, leurs ombres ne faisant plus qu'un. Isabeau observa
sa main rougeaude ; le feu couvait encore à l'intérieur
des chairs.

« Niquedouille. Tu aurais pu y laisser ta patoche, si tu l'avais plongé dans le cuvier. » Elle lui prit
la main et l'observa attentivement, comme une sœur,
une mère, apte à réconforter l'enfançon qu'il était encore.

Ses yeux devinrent deux billes incandescentes,
puis lui lancèrent une œillade de soupirant, son cœur toquant à la porte de l'amour. Alors qu'elle redressa sa
nuque, leurs regards se heurtèrent dans une complicité
dérangeante. Un sourire malicieux émergea de son minois, puis elle se sentit gauche, perdant le fil de sa raison, et pivota sa frimousse à la recherche d'argument
plus convaincant.

« Oyez. Je voulais dire : quel est le motif de ta
visite ? » balbutia-t-elle, se donnant une contenance
tout en se redressant, puis reprit sa prestance qu'on lui
connaissait.

« Dois-je avoir un motif légitime, pour te causer ?... En fait, je viens prendre de tes nouvelles, suite à... l'incident, naguère. »

Isabeau refit son calot, tout en singeant une maîtrise de ses états d'âme, qu'elle avait peine à recouvrer.

« Ce n'est qu'un simple accident de parcours... suite à une anicroche émergeant en de fâcheuses circonstances. Tu devrais appliquer un philtre cicatrisant sur ta paume », recommanda-t-elle, passant du coq à l'âne afin d'écarter ce douloureux épisode de sa vie, tout en biaisant le regard en direction du cuvier.

Il se sentit soudain défait, sa flamme pour Isabeau grandissant au fil des jours. Tout en s'éloignant dans la précipitation, il lui fit un au revoir confus de la pogne, puis pivota légèrement du flanc afin de conserver en son esprit l'image des traits de la belle, dans sa caboche de jeune mâle.

8

Betho regarda Hersende sans mot dire, son visage effrité par l'âge ne reflétait aucun état d'âme, après lui avoir signalé une information capitale. La jeune fille était en pleurs devant le regard éteint de sa mère et l'amer trait sec de la bouche de la tutrice dont elle avait à cœur d'annoncer la terrible nouvelle : la jouvencelle allait devenir la reine de la bastide !
Comment faut-il prendre la nouvelle ? pensa amèrement la mère. Assurément, cela allait sous de bons auspices, car sa fille sera destinée à un avenir radieux... (si elle est en gésine de *mignardes*) Hélas, les devancières n'avaient engendré que des *droles*... Puis, après avoir travaillé ses flancs jusqu'à l'amenuisement, les entrailles éreintées d'avoir pondu tant de marmousets aux *pendeloches* bien pendantes, elle succombera d'épuisement, la coquille vide, lessivée par tant de coups de reins que les étalons lui auront assénés à longueur d'année, et tout cela pour ne donner vie qu'à des *mignards*. Une destinée affligeante...

La mine ombrageuse, le port droit comme un piquet, le jeune rouquin filait vers le but qu'il s'était fixé ; déterminé à mener une expédition punitive depuis qu'il sut par ouï-dire qu'Isabeau était en charmante compagnie de Ganelon, après avoir repris du poil de la bête quand les doyennes la remirent de bon pied. Sigebert s'engagea dans la venelle, s'étirant jusqu'à la place du marché, puis l'arpenta à grands pas, branlant ses bras athlétiques sur l'allure cadencée de ses longues enjambées, sa hure de libertin s'*engaillardissant* en boutant quelques badauds à terre, tout en le coudoyant par *malencontre* en arpentant la ruelle d'un pas nonchalant... Et tout cela, d'une humeur fort maussade.

L'atmosphère du marché forain s'immergeait des sollicitations et des *huchés*[32] ronflants des marchands et des maquignons, des mugissements des bêtes de somme et des chevillards[33], du clappement des sabots frottant le pavé dans la frénésie d'un bon filon, et le brouhaha envahissant des cancanières laissant courir les rumeurs sur la voie publique... Tout cela comme si nous plongions au cœur d'une basse-cour – une image « haute en couleur » des scènes de la ruralité, dont Sigebert ne s'en souciait guère, aiguillonné par son état d'âme d'où s'y lovait du ressentiment envers sa promise...

La scélérate ! Comment a-t-elle pu commettre cette incartade, alors qu'elle allait me passer la bague au doigt ! et déjà elle s'acoquine avec ce fripon... J'm'en va leur dire ce que j'en pense, à ces deux-là !...

Il se frayait sur la place comme une anguille à la recherche de sa proie, coulant entre les étals des marchands défilant dans son regard embué d'un crachin de lourd ressentiment : tout en bondissant vers son butin, il entrevoyait l'image fugitive du primeuriste dans son champ de vision esquissant un large sourire rassuré, lorsque l'acquéreur ouvrait sa bourse, laissant choir son pécule dans la pogne crochue de l'horticulteur ; ouïr l'accent du sud du détaillant de toile et de braies, lors-

---

32 Héler à haute voix.
33 Bêtes de boucherie.

qu'il s'engageait avec emphase sur la qualité « incomparable » de l'étoffe de lin que le chaland, accompagné d'une retenue de consommateur non averti, allait acquérir par pulsion d'achat pour au final se rendre compte de son erreur ; et le maquignon *hucher* son apprenti, afin qu'il présente un broutard à une famille aisée du coin. Sans oublier les grognements des cochons et les couinements des gorets plongeant leur groin humide sous le chaume. Sigebert bouscula une grosse dame, en biaisant subitement vers l'assise du beffroi ; la mégère lui grogna un juron, laissant paraître une poitrine généreuse papilloter par une sourde colère, puis reprenant le cours de son dit vers deux connaissances, à l'assaut de l'étal d'un marchand ambulant. Son regard pointait vers l'étalage de Ganelon, établi sur un pan du beffroi. Le jeune sabotier discutaillait avec une cliente, alors que celle-ci avait chaussé les galoches, et fit quelques pas afin d'en éprouver l'excellence du produit, puis revint la mine amère, les trouvant un brin trop lâches pour ses petons.

Sigebert se précipita vers l'infortuné sabotier, le prit par le revers du col devant l'œil globuleux de l'assistance, médusée par cette violence effrénée, et le tira vers son chef, le regard noir, la prunelle rougeoyante de colère, la bouche écumeuse et le cœur battant.

« Espèce de boursemolle, tu profites des circonstances d'un mal d'ourse pour t'acoquiner avec ma promise... J'vais te donner une correction, que tes aïeuls ne te reconnaîtront point lorsque tu passeras dans l'autre monde !...»

Le jouvenceau le regarda d'un air d'effroi, les yeux exorbités par ce déchaînement de violence, qu'il ne parvenait à cerner dans l'antre de son esprit nébuleux, tant la soudaineté de l'acte le prit au dépourvu.

« Je ne sais pas de quoi tu causes... » jeta-t-il, en tremblotant comme une feuille morte emportée par une brise sournoise.

« Je m'en vais te l'expliquer !... » grogna-t-il, le secouant comme un prunier.

Il l'agita, comme un pantin soumis aux colères de son créateur, alors qu'ils étaient séparés de deux ou trois empans de largeur de l'enfilade de chausses, brodequins et sabots, présentés sur une natte déposée à même le pavé du parvis de la mairie. Les badauds comme les clients et les camelots se figèrent devant la soudaineté de l'acte belliqueux du jeune cantonnier, en proie à une colère mémorable. Il s'acharnait sur Ganelon, pendant que la pauvre dame, épouvantée, prit ses deux jambes à son cou, abandonnant ses chausses au pied de l'étal en fuyant pieds nus...

« As-tu déjà oublié, dans l'antre de ton caillou qui te sert à cogiter, la cause de ma présence ?... »

« Ben, si c'est pour Isabeau, que tu t'mets dans de pareils draps ? Je ne lui faisais qu'un petit bonjour... Rien de mal. Juste un petit bonjour. »

« On t'a vu, t'acoquiner en compagnie de ma promise, tout en le soulevant de ses deux membres de fier-à-bras, les échasses du jouvenceau pendouillant comme une vulgaire marotte dans les airs. T'es qu'un *goindre*, Ganelon, rien à sortir de ta sale caboche, si ce n'est un tas de fumier pourrissant à force de jaboter avec les margoulins de ton espèce... »

On entendait crier et *clabauder* au-dessus de la place du marché, puis des individus hélant à la rescousse le garde de foire... Car pour son âge, le gredin est aussi solide qu'un taurillon en furie.

Soudain, Sigebert se sentit oppressé du poitrail comme une cabosse de noix prête à rompre sous la pression d'un casse-noisettes. Il vit deux grosses pognes entourer son puissant torse, puis se rejoindre dans un entrelacement serpentiforme de gros doigts emmêlés et ne faire plus qu'un, alors qu'il commençait à suffoquer.

« Repose-le, ou je t'éclate la panse comme un panais gâté ! » ordonna Eberulf.

Sigebert ne put qu'exécuter la sommation, sous les affres de la pression thoracique il reposa *illico* les paturons de Ganelon sur le pavé. Dans sa vision périphérique, il entrevit la mâchoire trapue de Eberulf se durcir, sous l'effet de la pugnacité.

« Ça va, Ganelon ? » demanda Eberulf, le torse plaqué contre l'échine du jeune cantonnier.

Le fragile vendeur de galoches opina du chef, tout en reprenant ses esprits après ce déchaînement de violence. Eberulf se planta à la face du jeune margoulin, le regard du cantonnier laissant poindre une ardeur bouillonnante, s'éventant de son esprit par la grâce d'un vent frais. Sigebert le regarda froidement, sans broncher, sa chevelure flamboyante rebroussée, hérissée par l'énergie tempétueuse qu'il déploya sur l'enceinte médiévale. Ses prunelles de chacal perçaient les armures des psychés les plus récalcitrantes ; rien ni personne ne semblaient perturber son caractère belliqueux et son assurance martiale, que bien des hommes d'âge mûr enviaient dans l'antre de leur ego de mâle frustré.

Le garde de foire débarqua aussitôt, accompagné de deux gens d'armes, alors que Eberulf tenaillait le bras de Sigebert d'une poigne ferme.

« Quels sont donc les différends, pour causer tant de troubles sur le foirail ? » s'enquit le garde Raband sur ce fait divers, le souffle haletant et la mine souffreteuse – le faciès rougit par l'effort, fripé par l'âge et le boire-sans-soif.

Alors que Ganelon allait ouvrir son gosier candide, son oncle ouvrit grand ses mirettes, lui imposant de faire silence.

« J'attends des explications !... » gronda le représentant des forces de l'ordre, pivotant du chef entre les deux souches de cette discorde.

« Ce n'est qu'une histoire de jouvenceaux, Raband. Ne t'inquiète pas... Nous allons résoudre le problème entre gentilshommes. *Oyez* ? Sigebert ? », en jetant un œil pressant au jeune cantonnier.

Le garde glissa son ombre vers le jouvenceau, le soupirail songeur, l'esprit chiffonné à vouloir démêler la trame de cet écheveau.

« Je te connais, Sigebert... Toujours à fureter des plans diaboliques, dès que tu as du temps à perdre. » Il inspecta l'étal, les deux gens d'armes emboîtant le pas comme des toutous bien dressés. Raband releva le menton vers le jeune sabotier, la mine austère, le regard suffisant. « As-tu des remarques à faire, Ganelon ?... »

« Que nenni, Monsieur le garde. Juste un peu de *desordenance* dans l'alignement de mes godillots, mais rien de bien méchant. »

Raband reflua son corps athlétique vers Eberulf et Sigebert, plongés à discutailler dans une confidence feutrée. D'un sourire forcé et la mine désenchantée, Sigebert détailla la face du garde, rembrunie pour des futilités.

« À la prochaine incartade, Sigebert, tu passes la nuitée au cachot ! J'ai assez eu de problèmes avec ton géniteur, sans que tu arbores les tiens, lorsque tu as des accointances avec la canaille... »

Elle le détailla d'un œil ténébreux, assombri par les révélations de la communauté, à savoir qu'elle n'était qu'à l'aube d'une vie maritale oppressante. Le jeune margoulin s'étant déjà fait remarquer par ses agissements de tourmenteur, détroussant le vilain au coin d'une sombre venelle, ou le nobliau durant les fêtes de Saint-Jean à l'arrière d'un troquet, un *vide-gousset*[34] âpre à aiguiller sur le droit chemin ; son daron était de la même trempe, coriace à dresser, toujours à en découdre avec le voisin ou un maquignon qui aurait fait de l'œil à sa femme. Un maraud de la pire espèce. Des rais d'un soleil déclinant pointaient entre les brèches du toit de chaumes, entachant d'un jaune pisseux le lit de paille flétri par le temps et l'insalubrité de la chaumière. Le regard de Sigebert se perdait entre les lacis et les concavités de terre battue souillée par les rebuts de son dernier repas et des crottes de musaraignes, disséminées par d'espiègles rongeurs.

    Pognes sur les hanches, Isabeau épluchait les traits tirés de son futur époux, l'échine se cintrant comme une tige de jonc sous l'assaut d'une bise sournoise ; elle y discernait l'esprit tortueux d'un jeune homme englouti par son caractère torve, assujetti à des comportements journellement démesurés, sa raison chancelante sous le fardeau d'une insoumission à toute forme d'allégeance à l'autorité. Elle en avait *presque* de l'empathie, pour ce *jouvencel* qui allait devenir son compagnon de vie. Certes c'est un bel homme, mais en fin roublard l'adonis connaît le lymphatisme des timorées bachelettes, usant à profit de ses atours d'Apollon, afin d'attirer dans sa couche la pucelle comme la gourgandine ; et si le destin avait décidé que les épousailles doivent être consommées, la lavandière devait se soumettre aux dures lois de l'hymen. Là est bien le malheur de la femme, qu'elle n'ait point d'issue hors des *accordailles*... Ses fonds de braies s'enchâssaient sur la

---

34 Un voleur.

couche imprégnée d'une puanteur de bauge de pourceaux, les effluves pisseux d'un jars en chaleur baignant l'atmosphère du taudis où il posait ses pénates. Elle aborda ce corps râblé par les travaux des champs, le curetage des caniveaux et les tâches les plus ingrates pour avoir offensé l'échevin – en fine analyste de la psyché, elle pouvait trouver les mots justes pour noyer ou sauver l'âme le plus réfractaire aux confidences.

— Sigebert de Montmiral, n'es-tu point éreinté de jalousie maladive, dès qu'un homme jabote avec ma personne ? Pourtant il faudra t'y faire, même si je passe la bague au doigt. Car je ne suis pas *que* femme à te servir corps et âme, à nettoyer la chaumière, être aux fourneaux pour préparer les victuailles et passer ma journée à astiquer le pavé, frotter les cottes et les pourpoints pour ces messieurs, puis bichonner les surcots et les chausses de ces dames... et rester coi dès qu'un *jouvencel* me conte quelques fabliaux, parce que « Monseigneur » soupçonne que je vais offrir ma fleur au premier mâle qui louche sur mon croupion !...

Il redressa la nuque, le regard éteint, la lèvre qui pendouille, tel un cabot ayant perdu de sa superbe après avoir été houspillé par le jars d'une harde d'oies sauvages. Et si elle lui causa ainsi, c'est qu'elle avait conscience qu'en cet instant son ego avait perdu de son arrogance et qu'elle pouvait se risquer à clarifier la situation, et cela juste avant les épousailles, sans qui lui prenne l'envie de la rosser de potron-minet jusqu'aux *vêpres*. L'œil hagard, il resta amarré sur sa couche, pendant qu'Isabeau lui retenait son attention en étalant ce que son âme pourrait endurer s'il ne versait pas d'eau dans son vin ; cela demeurait suffisamment étonnant dans ce contexte et en ces temps obscurs, alors que la mainmise de la caste patriarcale prenait une ampleur exponentielle au fil du temps... Sans oublier l'influence protéiforme du ministère confessionnel, à investir toutes les fonctions temporelles et spirituelles de Tartare ; aucune région, même autonome, ne se soustrayait à son hégémonie. Hélas, l'espace-temps excluait pour le manant à éveiller son esprit à l'érudition et à la soif de liberté que tout homme est en droit d'accéder, car la brièveté de sa vie lui fournissait tout juste de quoi satisfaire sa panse et le logis, sans qu'il aille se languir dans les codex et les grimoires des sciences agnostiques...

Il se redressa de son séant, alors que la clepsydre du temps s'était écoulée dans le champ brumeux de sa conscience ; l'âme en peine, il se remémorait les souffrances de sa jouvence, lorsqu'il livrait son échine juvénile à la férule de son daron, juste pour une étourderie, ou une corvée qu'il aurait mal accompli. Puis un éclair perça sa rêvasserie serpentiforme, laissant le fil rouge de son humeur reprendre *derechef* son trône mental. Il revint à la raison, que sa raison d'être lui soutenait d'être adéquate et de bon : le fait qu'il est un homme et que nulle loi au monde ne supplante celle du mâle qui demeure en son for intérieur...

Son regard insolent se haussait sur un trait de bouche sardonique, dont les commissures des lèvres forgeaient deux carreaux acérés, se plantant dans des pommettes à l'ossature saillante. La mine rogue, la mâchoire crispée par une tension nerveuse prête à exploser à tout instant, il étira son chef vers la voussure de la toiture tout en reluquant la silhouette d'Isabeau, comme un chaland à la vue d'une poularde rondelette, confinée dans sa cagette d'osier.

« Ma toute belle, lança-t-il d'un ton désinvolte, en ce monde il existe deux sortes de femmes : les vertueuses et les libertines. Et quelle que soit l'une d'entre elles, ces damoiselles devront passer à la gamelle et faire profil bas lorsque le mâle mène le chaland ! Je t'invite donc à méditer sur le sort qui t'attend, si tu ne te soumets point à l'homme qui te passera la bague au doigt et te fera encorner lorsque le diable ragaillardit ses pendeloches... »

9

Sous le voile orbiculaire du mariage recouvrant ses prunelles rembrunies par le chagrin, Hersende apercevait la stature fluette et impassible du prêtre Drogon patienter devant le porche de l'église dont les deux vantaux s'éclosent vers la foule, apte à témoigner en ce jour des épousailles de la nouvelle reine des steppes. La *menuaille* s'était attroupée sur l'esplanade, sous le joug assourdissant de la cloche du beffroi sonnaillant les *espousailles* de la lavandière et du énième faux-bourdon, à la plastique trapue par la surcharge des travaux de curage de la voirie et des labours. Il se tenait au flanc de la belle, la nuque se décrochant vers la chaussée comme un vieux maraîcher éculé par la dureté du métier. Vigoureux comme un taureau, le *jouvencel* progressait vers la demeure du dieu, accompagné d'une appréhension manifeste ; il en avait conscience, le bougre, que sa semence révélerait au monde le sexe de ses futurs rejetons... Et si aucune *drolesse* ne sortait des entrailles de la reine, son destin allait subir le plus sordide rôle de sa vie : continuer à cureter, assainir les voiries de la commune, au lieu de manifester sa ferveur et sa vigueur aux corvées des labourages, et aux moissons d'été lorsque les épis de blé sont en maturation, à moins que le charançon ne vienne jouer les trouble-fêtes lors de la récolte... L'échevin formait la tête de la procession, et manifestement ses traits et la prestance de sa posture signalaient qu'il avait enfin recueilli le fruit d'une quête dévorante, consistant à recueillir le nom des éventuelles souveraines et de ne retenir que la *jouvencelle*, dont l'ascendance familiale laisse paraître qu'elle enfanta majoritairement des femelles... Il foulait le pavé comme un seigneur devant ses serfs, ses paturons chaussés de poulaines d'ocre rouge, les pointes étirant la primauté de son ego vers un ciel azuré, pendant que le prêtre, paluches liées dans une communion charnelle plaquée sur son étique bedaine, patientait en haut des marches, campé à l'ombre du fronton dévorée méticuleusement par la lumière d'un jour nouveau...

À quelques pas de son échine, la face austère de Ari-le-Ténébreux émergeait lentement de la pénombre du temple, le bronze et les ors flamboyants dès lors que les premiers rais du soleil vinrent caresser les rondes-bosses de la déité.

Postée derrière Hersende, sa mère s'accrochait au mince espoir de voir sa fille enfanter d'une drolesse, laissant présager une destinée radieuse, où la vie épancherait une corne d'abondance fastueuse sur Hersende et son divin enfançon. Isabeau se tenait à ses côtés, la soutenant d'un regard bienveillant, pendant que Sigebert observait sa promise du coin de l'œil, toujours à l'affût qu'elle aille *coqueliquer* avec un maroufle. Eberulf et Ganelon se tenaient à quelques pas de là ; le sabotier avait conscience que sa douce Isabeau connaîtrait le même sort, à jamais écartée de la flamme qui embrase son cœur. Mais que pouvait-il bien faire ? Car les dés du destin étaient pipés.

L'ombre de Rodéric vint à couler sur la tête d'Isabeau, alors qu'elle accédait à quelques pas des marches de l'église. Perdue dans le flottement de ses pensées, elle se retourna, l'esprit immergé dans le brouhaha et les clameurs de la foule en liesse. Dans l'éclat virulent d'un soleil levant, elle reconnut la silhouette replète de son oncle envahir son champ de vision. À la simple apparition de sa personne son âme se durcit, à le voir fouailler son esprit afin qu'elle finisse par céder à sa voracité libidineuse. La lavandière vit les commissures de ses lèvres s'étirer d'un sourire chafouin ; elle refit volte-face, la raison chancelante sous une humeur rageuse et la gorge nouée, la poitrine se gonflant d'une rancœur chagrine, tandis qu'elle aperçut la future reine gravir les marches du temple – offrant sa vie en oblation à ces *accordailles* fastueuses –, le bruissement de son bliaud geignant au fur et à mesure qu'elle progressait vers le perron du sanctuaire, afin de rendre compte à ce dieu intransigeant de son acerbe soumission.

Isabeau pivota son chef : son oncle s'était soudainement éclipsé, sûrement accaparé par des négoces juteux…

Le timbre assourdissant de la cloche s'était tu, gratifiant des bruits de sabots choquer les dalles de marbre du temple se couvrant d'un essaim de fidèles ; la nef résonnait des voix ténues des ouailles et des gueux, dont l'effigie du dieu Ari en récoltait les fruits de leur écho déplaisant, allant périr dans ses esgourdes d'airain. Lentement, précautionneusement afin de ne point causer du tort au résident caparaçonné de bronze et d'or, les fidèles investissaient les grandes arcades, dont les fûts se perdaient sous l'ombrage froid de la voûte, à l'abri du regard impur du pénitent. Le prêtre se postait au pied de l'idole, à quelques pas du couple dont le faux-bourdon ensemencera la nouvelle reine des steppes ; le prédicant était l'exacte réplique d'un myrmidon, tant sa taille paraissait insignifiante face au colosse de bronze dressant son échine d'airain à une vingtaine de pieds de hauteur. En ce jour, l'homme d'Église se réjouissait d'accueillir tant de croyants, et offrir sa bénédiction à la dernière jouvencelle de Tartare à s'abandonner au sort du destin… Au fur et à mesure que la foule s'amassait et se compactait dans la demeure du dieu Ari, l'esprit de Drogon filait à mille lieues de là, s'acquitter d'une connexion psychique dans l'antre du mont Ithom, en ce lieu abyssal où demeure l'âme de Ari-le-Ténébreux. L'esprit baignant dans une image nébuleuse, se modélisant et se précisant au fil des secondes, il entrevit le faciès austère et fuligineux de son seigneur, le crâne lustré par des fumerolles brûlantes s'élevant de l'aven sulfureux de l'antre du volcan, les traits creusés embrassant le jeûne et les mortifications du corps qu'il s'appliquait à aiguiser depuis des temps séculaires. Le maître portait un regard farouche sur son mortel serviteur, ses prunelles globuleuses pouvant terrifier le plus misérable des gueux. Et si en cet instant aucune âme ne percevait le moindre écho de leur causerie occulte, Drogon affichait une mine réjouie face à l'affluence des bigots et des zélateurs, même si son esprit franchissait le drapé décharné des terres de Tartare, afin de rapporter ses faits et gestes au prince des enfers…

« Puisse Monseigneur recevoir les Mânes des exécrables mortels, *ad vitam aeternam*… »

Le maître fut piqué à vif, par ces paroles blessantes venant du curaillon.

— Que nenni… L'éternité a-t-elle donc une fin, pour recevoir les esprits vils des trépassés ?… Les Mânes demeurent *ad vitam aeternam* en mon for intérieur, baignant dans une immuabilité *atemporelle*… ! Sinon, j'attends des éclaircissements sur les actes qui te sont imputables. Car les orbes planétaires s'écourtent *dies* après *dies* : une conjonction astrale est sur le point d'affaiblir notre contrat durant un laps de temps alloué aux mécréants…

L'image du maître se plissa sur le fil de l'espace-temps, alors que sur le dallage du temple les pieux mortels s'amassaient dans une atmosphère assourdissante qui, en d'autres circonstances, aurait contraint Drogon à plus d'autorité sur ses ouailles.

La physionomie simiesque revint à sa netteté originelle.

— J'en assume toutes mes responsabilités, Seigneur de Ithom. Pour l'instant, le programme se déroule comme Votre Seigneurie me l'a demandé… En ce jour faste, nous allons bénir notre nouvelle reine…

— Suffit ! pauvre d'esprit. Ma patience a atteint ses limites. Combien de jouvencelles sont-elles passées entre tes paluches, sans qu'aucune d'elles n'enfante que des *mignards* ? J'attends des réponses à mes ordonnances, dûment établies à mes dépens. Je veux que cette reine accouche des *droles*, uniquement des *droles* ! point de femelles ne doivent sortirent de leurs *entraignes* ! Fais en sorte de renforcer les décoctions qui t'ont été livrées sous peu par mes soins. Sinon, je serai dans l'obligation de te jeter dans la fournaise du volcan, et de faire appel à un prêtre bien plus judicieux que toi !

L'image dans l'esprit du curaillon devint blême, puis se morcela et se fondit dans l'espace-temps, alors il revint à l'affaire de l'instant, observant les couvre-chefs former un tapis de cales de toile se mouvant suivant l'humeur friable des fidèles.

Isabeau détailla la stature desséchée de Drogon, forçant son esprit à décrypter sa posture pour le moins extravagante ; l'homme d'Église semblait éloigné mentalement des contingences de son office religieux, le regard ailleurs, l'esprit évasif, ses membres enfantant une étrange pantomime, sa silhouette offrant de fantasques gesticulations, que seule sa personne en connaissait le motif. Un filet d'écume s'épanchait des commissures des lèvres, allant s'écouler puis se perdre sous le col de son aube liturgique. Pourtant elle ne s'en formalisait pas, quel bougre pourrait s'évader de la sorte si ce n'est le servant de Dieu, ou le bigot se prosternant devant l'image emphatique de sa divinité ? Cependant, Isabeau avait cette propension à révéler les mœurs les plus mystérieuses et insidieuses qu'elle éventait de sa personne, depuis son enfance... Du tempérament bilieux du coupe-jarret au perfide usurier piégeant le petit spéculateur devant son échoppe – concernant d'improbables rendements monétaires –, sans oublier le mari ridiculisé, des fumerolles de cornes ornant son chef en furie, révélant à l'œil émerillonné de la jeune lavandière les sournoiseries de son épouse. En fait, étrangement, peu de choses se voilaient à son entendement, tant et si bien qu'elle semblait être l'unique récipiendaire de cette fonction occulte qui la possédait depuis qu'elle en avait conscience. Avec le temps, cet état d'être faisait simplement partie de sa vie, alors, pour la lavandière, rien ni personne ne lui était étranger, sauf si l'individu en question ressentait cette force qui l'animait et *bacler* son esprit comme la coquille d'une huître ; c'est-à-dire, bien peu d'âmes.

« Regarde ce vieux pourceau, il se lèche déjà les babines, à savoir qu'il pourra frotter sa pendeloche contre la croupe de la nouvelle reine... »

Au timbre rageur de Sigebert, l'esprit d'Isabeau émergea soudainement de sa rêvasserie, sursautant et se retournant prestement sur ce fait, dès son arrivée impromptue. Son regard perçant et incisif jetait des flammes d'une aigreur manifeste sur l'image du cénobite – une arme d'ast à la place des yeux de braise aurait déjà transpercé le corps décharné de Drogon, expédiant son âme *derechef* dans l'antre du dieu Ari.

« Mon futur époux se prend-il au filet du basilic ? ! fit-elle à voix basse. Tu devrais plutôt aller épauler la mère de Hersende, je la vois prête à s'effondrer sur le sol comme une *vieillete* rendant l'âme au seigneur Ari », déclara-t-elle en lui indiquant d'un signe de tête, la silhouette bancale tanguant comme une embarcation en péril.

Alors que Sigebert partit rejoindre le frêle esquif prenant les flots de l'affliction, le prêtre débuta sa prédication, dont la chaire n'était que le piédestal du colosse de bronze, ses divins pieds immergés d'une brassée de fleurs et d'ex-voto, allant du simple objet manufacturé par de pieuses brebis, aux pièces ouvragées et ciselées dans du bois marqueté ornementé de nacre et d'ivoire, la caissette garnie de sous et de deniers, afin que le noble et pieux mortel accède à la complaisance de la divinité, et que son âme puisse accoster au Jardin des Délices.

Ensuite, elle aperçut l'échine de l'échevin, tendue comme la corde d'un arc, le séant bien installé sur une chaise destinée à son attention, le fessier posé sur un coussin d'un rouge grenat. Il semblait porter une assiduité soutenue à l'homélie, que l'officiant formulait aux oreilles des pauvres ouailles, à l'aide de citations appropriées. Mais Isabeau connaissait l'esprit égrillard de l'échevin, à l'opposé des convictions religieuses de Drogon ; le nanti appréciait trop la bonne chère et à retrousser les cottes de ses administrées, pour se complaire dans les oraisons et les austérités de l'âme et du corps... Au flanc du magistrat, Isabeau distingua la silhouette bedonnante de son oncle, toujours à fouailler des affaires d'aigrefin avec la complaisance de quelques édiles de la cité. Et suite aux différends qu'elle entama avec lui, elle savait qu'il reconduira ses intentions délictueuses jusqu'à ce qu'elle cède, alors qu'elle est destinée à être conduite à l'autel, afin d'*épousailler* Sigebert. Néanmoins, rien n'arrêtait Rodéric… Et ce n'est pas un hyménée qui allait clôturer ses envies pressantes de vivre en sa compagnie.

Isabeau cabra son chef vers l'autel ; elle contempla sous l'épais voile orbiculaire le captivant minois de Hersende se décomposer sous les premiers rais solaires pénétrant par l'immense porche du temple ; frimousse livide, les fenêtres de l'âme s'empourpraient de désarroi ; elle porta d'une main tremblante un pleuroir à ses paupières gonflées par l'angoisse d'un lendemain désenchanté, pendant que le godiche bourdon se délectait à la vision de la belle, et qu'il allait pouvoir l'*encorner* à foison, jusqu'à ce qu'elle enfante d'une drolesse… Lassée des commentaires du calotin, elle pivota la tête vers sa senestre, observant la retraite mentale de Ganelon, le visage fléchi vers le dallage du temple. Par un mystérieux hasard il redressa sa tête, mais la pénombre du lieu austère masquait l'expression de son visage. Elle chassa de sa vue la silhouette du jouvenceau, et revint à la teneur de l'instant.

Afin d'entamer les épousailles, le prêtre invita les deux prétendants à se joindre à sa personne, sur l'harmonie solennelle de l'orgue, le timbre vibrant d'une symphonie se répercutant sur les fûts et les murs de l'église, alors qu'un garçonnet émergea à l'arrière d'un pilier, supportant de ses petites mains un plateau garni d'une étole de soie brodée et d'une fiole violacée, de moindre contenance. Parvenu au pied de l'officiant, le jouvenceau jeta un œil d'effroi au visage glabre et austère du curaillon, ce dernier lui dardant un regard glacé, puis le houspillant d'un mouvement preste de sa dextre afin qu'il hausse le plateau d'étain à hauteur de poitrail. Il adressa ses bras décharnés – aux veines sourdant comme les corps sinueux des serpents – en direction des fidèles, leur exhibant le plateau, puis fit volte-face vers le jeune couple et présenta ledit réceptacle ; après coup il reposa le plat en étain gravé d'un *homo viator*[35] sur les paumes du jeune servant, tout en s'exprimant dans un jargon mystique, dont seules les divinités en embrassaient le contenu occulte. Les plis de l'étole flottaient dans les airs sous l'entrain émotionnel de son rite dévotionnel. Le prêtre en intercédait aux dieux, montant dans le ton, afin que les fidèles accueillent la liturgie dans leurs *esgourdes* et leur âme de vilain, et qu'ils puissent accéder à plus d'humilité et de dévotion dans leur vie de rudes travailleurs. Après avoir officié les préliminaires de son culte, il demanda au rustre faux-bourdon, s'il était prêt à honorer la nouvelle reine. L'athlétique jouvenceau redressa son chef, la mine partiellement défaite, n'attendant au fil des jours que la dame enfante d'une drolesse, pour accéder à plus de considération au sein de la communauté, et voir sa vie prendre un tournant que beaucoup d'hommes lui envieraient… Dieu Ari étant le seul à connaître l'aboutissant de son activité libidinale d'étalon –, qui peut prendre plusieurs mois, à trois ou quatre ans suivant son appétence sexuelle –, le prude personnage appréhendait cette fonction avec la plus grande circonspection qui se doit en pareil cas, car les ordres ecclésiastiques et administratifs communaux ne lui offraient peu de choix, si ce n'est curer les fosses et les pavés de la cité, s'il repousse la demande expresse des édiles. Et tout cela en lui ayant auparavant tranché ses pendeloches.

      En signe d'acquiescement il branla du chef. Drogon sentit son humeur prendre une tournure de vin aigri ; son visage rougit sous une colère prête à exploser.

---

35 Un pèlerin.

« Je n'entends point ta voix ! », décocha-t-il, d'un ton grondant.

— Oui, Mon Père, j'entends ensemencer notre souveraine jusqu'à ce qu'elle accouche d'une drolesse…

« Voilà qui est bienvenu », se dit-il à lui-même, plutôt qu'au maroufle sis au pied du curaillon. Puis il pivota du chef vers la belle Hersende, toute confite dans son bliaud d'un blanc virginal. Le visage couvert du voile orbiculaire, la chevelure rattachée à l'arrière, soutenue par des aiguillettes dorées, la toilette savamment orchestrée par deux ou trois aînées du bourg, sous la férule de Betho dont rien n'échappait à sa vue affaiblie par l'âge, tant son esprit retord gardait une fraîcheur d'âme.

« Hersende, retrousse le voile qui drape ta sublime frimousse, que Dieu t'a donnée durant ce passage éphémère… »

De ses doigts effilés, elle souleva la délicate mousseline et la fixa au niveau des aiguillettes, offrant au regard libidineux du curaillon le plus agréable des minois que les terres de Tartare aient enfantés. Il cueillit la fiole violine du plateau, en délogea le cabochon prudemment, et porta le col du récipient vers les lèvres éthérées de Hersende.

« Hersende, en cet instant, feras-tu don de ta fleur à ce noble jouvenceau, afin d'enfanter des *drolesses* ?… »

L'esprit fébrile, Hersende prononça un « *oi* » angoissé, affectant un air radieux, alors que son for intérieur sombrait dans les abysses de l'affliction, et le début de la démence…

« Ainsi que tu as répondu à l'appel de ton Dieu, Hersende, ainsi je te donne quelques gouttes de cette eau-de-vie, afin que tes *entraignes* engendrent la vie.

Puisse Ari-le-Glorieux ensemencer une flopée de *mignardes,* et repeupler les terres arides de Tartare, de cette créature à deux pattes que le Seigneur Ari à tirer de ses flancs... »

 Elle absorba quelques gouttes du philtre, dont la sapidité dégageait des relents de venaison faisandée, puis fronça les sourcils, déglutissant péniblement la liqueur dans sa panse à la taille de guêpe, tout en s'ébrouant du chef face à l'amertume de ce breuvage mystérieux, que toute reine avait l'obligeance d'ingurgiter chaque jour que Ari fasse... Puis Dragon demanda d'unir leur dextre. Sur cet évènement, il déposa la fiole sur le plateau d'étain – toujours soutenu par l'enfant –, et, d'un élan de ses paluches de crocheteur, il saisit la blanche étole qu'il déploya au-dessus des deux jouvenceaux – un dais d'organsin s'éployant sur leur mine déconfite, qu'ils inclinèrent de concert vers les dalles du temple.

 Tout en soutenant le dais bordé de fines dentelles, il ordonnança le sacrement des épousailles, alors que les deux jouvenceaux sentirent choir sur leur chef une destinée fort terrible : car leur existence était dorénavant soumise aux gésines successives de la nouvelle reine...

 Isabeau porta un regard étendu sur la foule amassée sur le parvis de l'église, alors que la nouvelle reine des bourdons émergeait du porche sous les vivats des vilains et des *nobilia* ; elle s'était abritée sous l'ombrage du péristyle, masquée par une imposante colonne. La garde rapprochée de l'échevin et du curaillon se postait sous le portique de l'édifice sacré, à l'affût qu'un mauvais bougre aille en découdre avec l'autorité ; le maintien de l'ordre faisait face au parterre de bourgeois et de manants en soif d'un avenir meilleur, tandis que le soleil Ari dardait de flamboyants éclats lumineux sur l'esplanade de l'église.

10

La cloche du beffroi sonnaillait l'appel des âmes... Ari pouvait bien se frotter ses pognes, car en ce dimanche de nombreux fidèles pénétraient le portail de la maison de Dieu, les premiers se rangeant bien sagement sur l'enfilade de bancs, alors que les derniers s'entassaient dans les travées de la nef. En fond de scène, au niveau du cœur, la silhouette efflanquée de Drogon semblait sortie d'une comédie satirique, voire de tréteaux démoniaques tant son apparence famélique créait l'effroi auprès de la populace. La messe débutait, le prêtre entamant sa liturgie en l'honneur du terrible dieu Ari...

À quelques pas de là :

La chaumière fleurait les odeurs nauséabondes des latrines, attenantes à la couche de Dragon ; une simple entaille pratiquée sur le plancher permettait au curaillon de faire ses *aysements* – une commodité, dont seuls quelques nantis disposaient au sein de leur foyer. Des rais de lumière chatoyante pointaient de la fenêtre sans vitrages, issus d'un soleil flamboyant jouant avec les frondaisons agitées de grands chênes. Isabeau entendit des bruits de pas croissant sur les pavés de la ruelle ; elle s'accroupit, puis les claquements de pas de l'individu déclinèrent aussi vite qu'ils apparurent ; ce n'était qu'une fausse alerte. Elle jeta un œil discret par la fenêtre : à quelques enjambées de là, le vent agitait les frondaisons et les massifs de boqueteaux, ainsi que de quelques immondices voltigeant de-ci de-là, telle une envolée de moineaux se bataillant à coups d'ailes et de piques de bec, juste pour un vermisseau ou une chenille que le premier de la bande a maraudé au pied d'un buisson. La lavandière se dirigea ensuite vers le dressoir, agencé contre le mur de torchis. Les flacons et ampoules de multiples tailles trônaient dans un alignement désordonné. Elle en souleva un, toujours le même, celui qui possédait une teinte olivâtre, et dont l'étiquette défraîchie laissait paraître une calligraphie à l'encre sépia, fanée par le temps : « huile de chènevis », puis ôta le cabochon qu'elle déposa précautionneusement sur le meuble. Elle *foilla* ensuite dans son bliaud et en fit jaillir une fiole métallique d'une qualité douteuse, qu'elle déposa sur le dressoir, à côté de l'ampoule. Empreinte d'une volonté farouche, elle s'activa à déverser une partie du contenu vers la fiasque d'étain, toutes mains tremblantes. Et tout en épanchant le philtre vers l'orifice de l'autre flacon, elle renversa malencontreusement quelques millilitres de décoction sur le plan ciré de l'enfilade, les effluves exhalant leur bouquet de chènevis. Regard transi par la situation, son visage tournoya à la recherche d'une *touaille*[36], qu'elle finit par débusquer au coin de la crédence d'un faste ostentatoire, pour un homme d'Église. Elle acheva son affairement, le front en sueur, puis nettoya le dessus du meuble tout en l'astiquant d'une main enfiévrée suite à ce fâcheux incident.

    Isabeau enfouie la fiole dans sa généreuse poitrine, se coula jusqu'au seuil de l'entrée puis, indécise, obliqua sa mine anxieuse en direction du dressoir. Elle sortit de l'huis comme une voleuse, de peur d'être surprise en la demeure du prêtre, et qu'elle se confonde en feintes excuses.

---

36 Un torchon.

En décampant de la bâtisse, un coup de vent impromptu pénétra par l'embrasure de la fenêtre, venant contrarier la placidité du cabochon que la lavandière avait omis de replacer. Sous le souffle d'un courant d'air fantasque, la gemme de l'ampoule se mit à tournoyer pour finir sa course sur le sol du logis et se briser en mille éclats scintillants.

Le vent s'était apaisé, mais sur la voûte du ciel un moutonnement nuageux filait vers le ponant, poussé par des courants d'altitudes suffisamment puissants pour les empiler au fil de leur excursion. Isabeau rabaissa le chef, et réajusta la cale de toile laissant paraître quelques boucles de sa *crigne* d'un noir d'onyx ; il ne fallait pas qu'un bougre aille la diffamer auprès du curaillon ou de l'échevin, déjà qu'ils étaient aux aguets des moindres agissements de sa personne. Elle cala ses gambettes dans le cabasson, une caissette agrémentée d'un fétu de paille, puis de sa dextre elle puisa dans la brouette une brassée de braies qu'elle déposa sur la planche à laver. Munie d'une brosse de chiendent, elle étala de la saponaire et un peu de cendre sur les chausses, et se mit à les frotter en les ayant auparavant plongées dans l'eau claire du lavoir. Le labeur ne manquait pas, et les effets des *nobilia* se comptaient par centaines, qu'il faille appeler une brigade de lavandières pour effectuer cette dure besogne, pourtant honorée depuis la nuit des temps... Hélas, c'en était fini de l'époque où résonnaient les chansons grivoises, les récits mythologiques afin d'écarter la marmaille pour qu'elle ne s'y noie, ou que l'on entende les querelles entre deux lavandières pour une histoire de cœur... Car l'ère présente n'était plus aux éclats de rire coulant sur l'eau fraîche du lavoir, seulement à réprimer le vilain ou la vilaine qui aurait heurté les normes en vigueur, comme ceux qui auraient osé braver et narguer par leurs mœurs particulières les lois de Dieu et des hommes.

 Elle agrippa la batte, tout en se courbant vers le bassin, son imaginaire vint la contrarier sur l'instant ; elle se revoyait à l'âge de sa prime jeunesse, lorsqu'elle mettait en scène le quotidien de sa mère et de son père dans l'étable, jusqu'en ce jour où elle fut surprise par son oncle coulant le seuil de la remise comme un serpent, puis l'agrippant par la manche de son bliaud, la pressant pour frotter ses grosses bourses de sa petite pogne, dont sa férule se dressait fièrement sous ses vastes braies. Sur ce fait, la petiote empoigna les breloques du vil coquin et les écrasa d'une poigne forte. Sous les tourments il courba l'échine, lâchant le bras de la fillette ; elle fila *derechef* au-dehors, alors que le dos de son parent se redressait, le visage rougi et comprimé par la douleur, la mine empourprée d'un regard vipérin.

 Elle revint à la réalité de l'instant, son minois se réfléchissant sur la surface ondulée du plan d'eau. L'ondoiement déstructurait l'image rondelette de son visage, démultipliant les segments livides de sa face ; elle éleva subitement la batte au niveau de sa frimousse, et infligea aux braies une terrible correction. L'eau écumeuse partit rejoindre les ondes vibrantes du bassin. Après avoir essoré la culotte, elle en prit une autre et s'affaira à son labeur… Elle arriva en fin de corvée, lorsque la silhouette de Sigebert apparut à l'aboutissant du chemin, d'une démarche de grand seigneur.

 Il se posa sur ses gambilles, droit comme un chevalier, les pognes fièrement arrimées sur ses flancs et le regard incrusté de deux scintillantes agates. Il semblait dominé le monde de sa nature rebelle, de ses prunelles roublardes et de sa *crigne* de goupil rusé.

« Ben, tu ne devais pas astiquer la venelle des Quatre Vents ? » puis elle recourba du chef vers le carrosse[37], tout en utilisant la batte d'une vigueur de forçat.

— *Sifait*, dit-il la mine altière.

— Alors, qu'amène ta noble personne ? Pour ainsi perturber mon gagne-pain, tout en poursuivant son labeur.

— Justement, je venais afin que l'on cause de notre future demeure... marmonna-t-il dans sa barbe de trois jours.

Elle s'immobilisa nette, puis redressa son échine, sa pogne maintenant le maillet dégoulinant une eau savonneuse. Les lacis de bulles plongeaient son avant-bras dans des effluves douceâtres.

Elle s'approcha de lui, l'aura du soleil déclinait derrière son échine, plongeant sa mine dans un tranchant clair-obscur.

— Je t'écoute, fit-elle d'un ton serein, sûre d'elle.

— Ben... Durant le sacrement de la reine, on s'est crêpé le chignon ; en cet instant, je n'ai pas été particulièrement avenant avec toi. Alors... Alors je viens présenter mes excuses...

— Oui, et ?...

— Et quoi ?...

— Tu te fous de moi ? Sigebert de Montmiral. Si en cet instant tu débarques dans tes sabots crasseux, c'est que tu as quelque chose à me dire... Je te connais, Sigebert. Et sûrement mieux que celle qui t'a enfanté.

Il se chiffonnait la mâchoire d'une main anxieuse, pour un homme disposant d'un ego démesuré.

— J'ai pensé que notre mariage devrait être consommé chez toi, au lieu de crécher chez moi...

— Et quelle en est la raison ?

---

37 Autre nom du cabasson ou garde-genoux.

— Ben, ta chaumière est bien plus commode que la mienne... De plus elle est mitoyenne du dépôt communal. Cela me facilitera grandement le trajet.

— Qu'en feras-tu de ta masure ?

Il redressa le chef vers le mont Ithom, le regard vague, l'esprit enfiévré et la mine radieuse.

— Je la louerai, afin d'en tirer un bon profit pour nos économies... affirma-t-il, l'œil pétillant, puis il referma les paupières. Alors que des fumerolles s'élevaient mollement de la cime du volcan.

Elle répliqua à l'annonce de sa déclaration :

— Primo : le prêtre Drogon évincera tes sollicitations, car le ménage réside dans le foyer de l'époux. Secundo : l'échevin en rajoutera une couche en rejetant ta requête de mise en location, sur ce simple fait que je viens de citer plus haut et tertio : oui, nous logerons dans TA demeure, et je te demande de retrousser les manches de ton *chainse* puis de te mettre à l'ouvrage, pour décrasser notre futur logis de fond en comble... Car je ne vais pas nicher mes paturons dans un tas d'immondices, puis mettre au monde un *mignard* dans la plus sordide des maisonnées du bourg ! Elle le détailla de pied en cap. Regarde-toi, Sigebert... Tu as la crigne en bataille, la mine pâlotte et les pognes crasseuses. Certes tu es un bel homme, mais la stature ne fait point le poids si l'esprit est aussi brumeux que les champs glauques de l'Autre monde.

Il fit une mine austère, le front ombrageux par le dit d'Isabeau qu'il avait du mal à digérer. Elle savait que ses allégations n'étaient pas fondées, et qu'il voulait amoindrir le rôle de mari en son foyer, en partant gîter dans celui de sa compagne pour rentabiliser le sien, voire s'acoquiner avec une *garcelette* dès que ses pendeloches lui tenaillent le cinquième membre. Il ne répondit pas à ses oraisons, alors il lui tourna le dos, les épaules affaissées et le port de tête recourbé vers le sol. Son pas se faisant lourd et chancelant, au hasard d'une trajectoire qu'il menait d'un esprit hagard, loin de la superbe hardiesse qu'il portait depuis qu'il comprit que son ego pouvait fléchir l'assurance de ses adversaires. Isabeau le regarda s'éloigner en sinuant sur la chaussée en pente douce. Elle prenait note qu'il faudra du temps et de beaucoup d'endurance afin que leur personnalité se frotte puis se fonde en un même tronc commun, avec ses hauts et ses bas : celui de la famille.

    La jeune lavandière se remit au turbin, alors que l'œil globuleux de Ari coulait vers l'horizon, témoin impérieux de leur personnalité antagonique.

11

Le champ de phacélies se recouvrait d'un linceul bleu lavande ; le ballet d'inflorescences chaloupait sur le souffle émanant d'une brise espiègle, offrant une image bucolique de la plantation d'un des plus grands roublards de la commune – l'homme détenait des parcelles agraires à faire pâlir quelques notables du coin. Se faisant, il disposait au sein du Conseil de parts qu'il pouvait disposer au gré de ses fantaisies lucratives afin de se garantir une vie pérenne, à faire la pluie et le beau temps sur les marchés financiers de la région… Car ses plantations de phacélies apportaient une production majeure de chènevotte, de miel, nectar, pollen, cire et d'amendement, les ventes allant croissant, alors que le propriétaire en question laissait grimper ou baisser les cours du marché de phacélie suivant les dispositions de mère Nature, et de son appétence boursière ; ainsi va la vie, ainsi va le monde lorsque l'on possède un quart des terrains agricoles du bourg.

Le crâne dégarni de Eberulf brillait sur le voile d'une forte sudation, qu'il essuya d'un revers de manche alors que sa vue lui faisait défaut tant l'atmosphère bouillonnante émanait d'un soleil de plomb. D'un regard embrumé, il balaya l'étendue de phacélies oscillant dans une chorégraphie voluptueuse, qu'il vaille la peine de s'escrimer durant tant de semaines pour s'offrir cette vue mirifique l'espace de quelques secondes. Il longea le versant fertile de l'éminence jouxtant la rigole principale asséchée par la hausse des températures, alors que l'astre du jour grimpait tout juste au-dessus du mont Ithom. Sous la lueur d'un soleil montant, l'essaim de pollinisateurs voletait autour des efflorescences, leur vrombissement nerveux et leur vol diaphane formaient une immersion visuelle et une résonance trépidante dans ce tableau idyllique, qu'il s'émerveillait chaque jour que le dieu Ari créât. Des nuées d'abeilles vinrent contrarier sa progression, dans une chorégraphie aérienne endiablée, butinant de fleur en fleur jusqu'à garnir leurs pattes arrière de boulettes de pollen. Eberulf écarta précautionneusement quelques mouches à miel d'un mouvement alerte de la main, ensuite il atteignit la crête du mamelon et manœuvra le volant permettant de hisser la trappe, favorisant l'émergence d'un frêle courant d'eau ; le filet, tout d'abord réduit, s'étendit dans la rigole par la puissance du courant puis coula vers la combe, sinuant sur le versant comme une vouivre d'eau, afin d'étancher les plantations de phacélie en empruntant le luxuriant réseau aquifère.

  Il observa les méandres du courant d'eau glisser de plant en plant, sous un ciel en partie rosacé, et de l'autre s'emplissant d'un bleu turquoise partiellement bâché d'un *velum* de nuées aux multiples nuances de gris, de jaune et de bleu, soulignées d'un liseré de rouge cramoisi. Puis il dévala la pente, empruntant le sentier battu par tant d'années de présence, que ses pas en connaissaient le moindre nid-de-poule, frôlaient la subtile crevasse née des tensions de terrain suite à l'épuisement hydrique du sol et du dérèglement climatique. Mais cela n'était pas nouveau sous le ciel de Tartare, car l'astre solaire est en dégénérescence depuis tant de lustres, passant d'un soleil jaune, puis à celui d'étoile géante rouge pour aboutir en naine blanche, les champs magnétiques manifestant leurs impressionnantes boucles d'énergie, que l'humanité supporte sur ses frêles épaules le lourd tribut de son avidité énergétique, après avoir affamé les terres fertiles de Tartare.

 Jetant un œil anémié vers le soleil Ari, Eberulf distingua faiblement les flots énergétiques parcourant les pôles de l'étoile comme des flux de haine s'éjaculant de l'avatar de ce dieu maudit. Dès à présent, Ari pouvait anéantir la race humaine pour avoir corrompu son destin de fier-à-bras, qu'il ne resterait aux hommes que la puissance de l'invocation et du labeur pour acquitter sa dette, due à son ego présomptueux. Il atteignit la constellation de ruches-troncs ainsi que de quelques ruches en paille, orientée plein sud – placée sous la futaie d'une châtaigneraie maigrichonne. Il se pencha vers une corbeille en osier savamment abritée des intempéries à l'arrière d'un bosquet, puis en extrait un chapel à large bord qu'il plaça sur sa *crigne* dégarnie (le voile protecteur emberlificoté sur le pourtour), délogea ensuite l'enfumoir du panier, sortit le briquet de l'une de ses poches et l'approcha du foin légèrement humidifié maintenu dans l'enfumoir ; une fumerolle grisâtre s'y éleva en volutes disgracieuses, s'éparpillant par le souffle d'un Éole taquin. Une fragrance âpre s'y dégagea et agressa ses narines. Puis refit quelques pas vers le rucher accompagné de son attirail, tendit le cou vers l'âtre flamboyant montant à l'assaut du ciel, d'où glissait le voilage d'un nuage diaphane, et recourba l'échine en direction de la cime du mamelon, dans une attente qui le fit froisser ses sourcils broussailleux et plisser son front hâlé par un soleil cuisant.

 Il abandonna cette expectative, pour se diriger vers la première ruche à sa portée dont le vrombissement des abeilles emplissait l'atmosphère d'une résonance plaisante à l'oreille, leur ballet aérien sourdant d'un conte pour enfant. L'apiculteur fit pendouiller le chasse-mouches sur sa mine farouche, puis enfonça sur sa caboche le chapel de paille afin de se protéger des virulences des abeilles. Il s'accroupit près de la ruche-tronc, souleva précautionneusement la pierre et approcha l'enfumoir afin d'engourdir l'essaim. Après quelques secondes de patience, il redressa la dalle et inspecta la ruche ; après maintes recherches, il finit par remarquer la reine, grosse, gravide des œufs qu'elle pond à un rythme effréné, entourée de ses ouvrières comme une dame s'apprêtant de ses plus beaux atours.

Eberulf continua son inspection lorsque la silhouette effilée de Sigebert chemina sur le sentier, dévalant à une vitesse folle le flanc du mamelon, puis déboula jusqu'aux pieds de son oncle, à manquer de l'expédier vers le parterre encore embué de la rosée matinale.

« Par tous les dieux, Sigebert, tu ne peux pas faire attention ? Ton retard ne justifie pas que tu débarques comme un foldingue sur le théâtre de l'opération. »

— Je suis désolé, mon oncle, bredouilla-t-il, la mine déconfite et le vent s'engouffrant dans sa *crigne* ébouriffée.

— Tu me fais lanterner. Te souviens-tu, au moins, pourquoi je t'ai demandé de venir m'épauler en cette fin de matinée ?

Ganelon, la face encore rougit par son exploit athlétique, se gratta sa tignasse, les mirettes évasées comme deux calots et le sourcil interrogatif.

Le sagouin, il a déjà oublié son rôle à tenir ! rumina Eberulf.

— Je te sens anémié, Sigebert. Tu as une mine d'enterrement, l'allure d'un *vide-gousset* et tu omets l'horaire de tes obligations… fulmina l'oncle. Il érigea l'enfumoir, pour lui rafraîchir la mémoire.

— Ah oui, l'on doit récupérer un essaim dans la futaie, répliqua-t-il d'un air insouciant, tout en signalant d'un doigt crochu le boqueteau de châtaigniers du coin.

Eberulf déposa la pierre plate sur la ruche-tronc, et redressa l'échine d'une mine déconcertée ; quelques abeilles tourbillonnaient autour de son chef, sans qui lui prenne l'envie de les esquiver d'une pogne assurée.

— Suis-moi, et récupère la banne, lui assigna-t-il tout en se dirigeant vers la châtaigneraie, l'enfumoir laissant échapper ses fumerolles éthérées dans sa main.

Ganelon interrompit soudainement sa marche.

— Nous avons oublié l'échelier, mon oncle.

— Que nenni. L'essaim couve dans une cavité de l'arbre à hauteur d'homme.

Ils pénétrèrent dans la frondaison, clairsemée par la récurrence des hausses de température. La sente n'était pas bien difficile à emprunter, tant le sous-bois devenait desséché, l'herbe et les ronces jaunies et fanées par une insuffisance de précipitations. Ils firent un brin de chemin, sinuant entre les troncs des châtaigniers dans une ambiance sereine, puis atteignirent un embranchement, prirent la dextre et filèrent sur environ une cinquantaine de pas avant d'atteindre une trouée. Ils plongèrent entre des fougères jaunâtres – ce qui n'augurait pas un avenir luxuriant pour la flore et la faune, mais ça, il s'en doutait depuis fort longtemps. La clairière se nappait de graminées aussi hautes que les jointures de ses jambes. L'ombre des arbres s'y étirait sur le relief aride, bleuissant une terre d'ocre jaune tapissant une portion du terrain. Des touffes de ronce s'échevelaient aux abords de quelques trouées constellant la brèche sylvestre, ces étoiles de verdure se fixant principalement en des lieux où une pauvre nappe phréatique affleurait le sol. Ils s'engagèrent sur une piste s'ouvrant à leur senestre, longeant la clairière d'où une myriade de papillons et d'insectes butineurs voletaient autour de quelques graminées en fleurs. En d'autres temps, le lieu aurait été idyllique. Des chablis encombraient leur avancée, leurs branches emmêlées formant des broussailles indescriptibles obstruant par endroits leur progression. Ils arrivèrent devant un châtaignier bordant le liseré de la trouée – une volée de butineuses drapait le creux de l'arbre malade –, celui-ci n'étant qu'un banal congénère de la famille des végétaux à glands, hélas ce spécimen-ci était porteur d'un champignon, accélérant *in fine* son dépérissement. Les deux hommes s'approchèrent de cette essence commune à la région ; des lamelles brunâtres et rougeâtres garnissaient le flanc du tronc et le rebord des fissures, le tout apparaissant sur le pourtour de l'arbre, ainsi qu'au niveau d'une entaille bien plus importante, juste à hauteur d'homme. Un essaim y avait élu domicile, quelques abeilles insouciantes émergeaient et pénétraient de la cavité. Sigebert porta son col au niveau de l'écorce, remarquant des lambeaux de velours amarante tapisser le tronc : de la pourriture noirâtre se formait aux alentours des fissures et de l'anfractuosité principale.

« C'est une forme de chancre propre au châtaignier, précisa son oncle. Cet arbre est condamné à pourrir de l'intérieur. Évite de tâtonner de tes sales paluches les parties malades : c'est-on jamais… » souligna Eberulf d'une mine déconfite.

Ils se préparèrent à délester l'essaim du châtaignier, en installant leur matériel au pied de l'arbre. Pendant que Sigebert nappait le fond de la banne de menthe et de romarin, afin d'apaiser l'humeur des butineuses, Eberulf frotta le briquet sur un fétu de paille et le glissa dans le ventre de l'enfumoir ; une grosse fumée se précipita à l'intérieur.

« Dès que je te fais signe, tu me passes la gaule et j'extrais le nid... Je le vois, assura-t-il à son neveu d'un ton nerveux, il est bien accroché à la paroi. Ça ne va pas être une mince affaire. »

Il déroula le chasse-mouches accroché sur le rebord de son chapel, puis réinclina l'enfumoir dans la cavité d'où une colonie d'abeilles commençait à s'exciter, face à cette agression humaine. La nuée grisâtre s'engouffra de nouveau dans l'anfractuosité du tronc, quelques mouches à miel s'y extraient en vrombissant d'une manière frénétique – leur envol formant une chorégraphie désordonnée –, puis les célestes butineuses se mirent à braver cet ennemi à deux pattes. Mais l'humain avait préalablement protégé son corps du dard des assaillantes, en s'abritant d'un vêtement approprié ; leurs piqûres n'offraient donc aucune blessure à ce belligérant titanesque. Après un certain temps, elles voltigeaient comme prises d'ivresse, suite à une bonne cuite dans un mastroquet de mauvais augure. Saisie d'étourdissement, leur corps de sylphide s'engourdissait sous l'assaut de l'enfumoir – leurs essors aux abords du nid étant soumis aux aléas de cette exhalaison soporifique qu'elles ingérèrent, certaines piquaient du nez, puis se retrouvaient à vrombir sur le tapis de verdure et de feuilles mortes, tournoyant sur le dos comme des folles.

« Passe-moi la gaule, et surtout accote la banne tout près du fût afin que l'essaim y échoue dedans... »

Le jouvenceau s'exécuta, et plaqua la bannette en osier contre l'écorce, lui imprimant une compression de ses deux mains afin de la maintenir sous l'excavation contenant l'essaim. Eberulf joua de la gaule en lui effectuant une adroite giration sur le nid, la colonie encore assoupie par les émanations carboniques. Puis il enchâssa la gaule dans le gîte des abeilles mellifères et désaccoupla le nid du support en effectuant une légère mais énergique traction. La ruche trônait à présent sur la gaule, il ne lui suffisait plus que de l'immerger dans le panier ; il commença à l'extraire lentement du creux de l'arbre, recouvert d'une nuée d'abeilles engourdies, la rapatriant avec diligence afin de ne pas la faire chavirer sur le sol. L'essaim n'était plus qu'à quelques doigts du col de la banne lorsque, soudain, Ganelon laissa choir celle-ci, glissant inéluctablement tout du long du tronc pour finir sa course sur le tapis de racines et de feuilles mortes, le thym et les feuilles de romarin revêtant le flanc de la banne.

— Cornes de bouc ! Pourquoi as-tu relâché ton attention ?... tout en fixant le panier d'osier renversé au pied de l'arbre, le nid affalé à quelques empans du contenant, et la nuée d'abeilles perturbée par cette mésaventure fâcheuse.

Il tourna son chef vers son neveu criaillant sous les affres de l'affliction, ce dernier trépignant de douleur, les pognes sur la face.

— Aïe ! Mon oncle. Une de ces sacrées mouches à miel vient de m'attaquer, déclara-t-il tout en sautant comme un lapereau prit dans un collet.

— Voyons ce terrible malheur, fit-il en se rapprochant de lui, laissant le nid à sa destinée. Le malheureux souffre-douleur écarta ses larges pognes : deux dards s'étaient ancrés sur ses narines.

Eberulf dégagea sa lame de son bliaud, puis, d'une maligne habileté, il délogea les deux dardillons du plat de sa dague. Il recula, observant le nez de Sigebert commençant à rougir et à s'épater, le sourire en coin.

— Bah, tu auras le museau comme le groin d'un pourceau durant un ou deux jours, mais cela n'entame en rien ton adorable binette de jouvenceau...

Son neveu bigla des mirettes, le sourcil froncé et la *gole*[38] béante comme celle d'un poisson-chat pris dans sa nasse. Il devint survolté à l'idée d'avoir la face d'un cochon, déjà qu'il avait le cuir boutonneux, rien qu'à l'idée de se dévisager sur le miroir d'un plan d'eau.

— Mais ne t'inquiète pas, mon Ganelon, j'ai dans ma besace des essences de plantes qui pourront apaiser tes douleurs…

Ils récupérèrent le nid écaché sur le sol, les abeilles commençant à s'éveiller de leur torpeur, puis les deux hommes reprirent le chemin du retour, alors que durant le parcours ils virent un chevreuil brouter, le museau affleurant le maigre pâturage s'étendant sur le drapé de la trouée.

---

38 La gueule.

12

Les doigts d'Isabeau tressaillirent sous des tourments que la vieille Betho considérait comme le suppôt de Satan ; *C'est une sorceresse !* marmonnait-elle en tête-à-tête avec Dieu. L'étique tutrice se frottait les pognes devant le parterre des Justes, l'auditionnant d'une ouïe distraite ; car personne n'oserait contredire les allégations fumeuses que la doyenne tonnait lorsque son esprit prenait des tours mauvais, alors les élus buvaient ses paroles d'une *esgourde* qui se voulait attentive. Parce qu'il fallait bien suivre une ligne directive, afin que la *menuaille* soit aussi disciplinée qu'un troupeau de moutons : plier l'échine devant le mandataire de Dieu et de l'édile de la commune, sachant que le rustre qui oserait troubler l'ordre public serait flagellé, rossé, voire enjoint à passer le *col* sous le pilori.

Le corps d'Isabeau s'affaissa comme la tige du jonc des tonneliers sous les tourments d'un vent maussade ; la douleur fusait dans ses *entraignes* durant un long et terrible supplice dont seules les femmes en connaissent les afflictions, qu'il faille faire appel à tout une cohorte de *vieilletes* afin de sortir le Malin de son ventre. Elle déboucha le col de la fiole, l'échine pliée comme un roseau sous un zéphyr virulent, puis déposa quelques gouttes de chènevis sur une tranche de pain rassi, aussi coriace que le crâne de Sigebert lorsque son obstination prenait le dessus. Elle entama le morceau de pain, la virulence d'un mal de dents s'éveillant aux soubresauts de cet en-cas, puis fit grise mine, tout en portant une main nerveuse à sa mâchoire. Depuis qu'elle entama cette médication, elle s'aperçut que ses maux s'estompaient avec le temps ; certes, il fallut que les jours s'empilent au fil des saisons pour que les douleurs faiblissent – de ce fait, le grimoire du curaillon devenait un élément essentiel à l'affermissement de sa santé. Puis elle s'affala sur sa couche, alors que le soleil plongeait son disque bleuté sous la ligne d'horizon, juste à darder les derniers feux de la rampe embrasant ce monde de son falot chétif…

Le crépuscule tombait, incendiant les cimes du mont Ithom d'une lueur chatoyante, alors que des gardes forcèrent l'huis de la chaumière et pénétrèrent comme une bande de crocheteurs dans la demeure d'Isabeau ; ils la ficelèrent d'un cordage aussi robuste que celui d'un vaisseau à l'assaut d'Océan, ensuite le plus balèze de la bande la transporta comme un fétu de paille sur ses larges épaules… La jouvencelle voyageait encore dans le monde de Morphée, l'esprit hagard et la mine défaite, qu'il aurait fallu un tremblement de terre pour la voir écarquiller des paupières et les invectiver de tous les noms d'oiseaux qui auraient pu s'y extraire de sa lippe de *gourgandine*[39].

L'homme du guet la déposa au pied du prêtre comme un paquet de linge sale, afin que le Bon Dieu puisse bénir ces défroques de vile *dévergoigneuse* ; une fine poussière s'y éleva puis retomba en vaporeux poudrin – Drogon avait les fessiers installés sur un tabouret branlant – Elle s'était recoquillée comme un limaçon, l'échine courbaturée par cette campagne point commode. Isabeau s'éveilla, et reconnut l'*armarium*, les étagères ployant sous les nombreux rouleaux de volu-

---

39 De débauchée.

mens et de codex, puis son regard s'ouvrit au visage fielleux du curaillon.

« Merci, Messieurs, vous pouvez dès à présent disposer. Nous allons battre le fer tant qu'il est chaud !... » déclara-t-il en jetant une mine revêche vers la jouvencelle, puis les hommes de la garde s'éloignèrent, alors qu'Isabeau restait prostrée devant la face glabre du prêtre.

Ils n'avaient pas défait les liens, les bougres, elle était emballée dans le cordage comme un vulgaire gibier de potence.

« Ha ! Ma chère amie, ne vous inquiétez pas : la longe est bien ficelée, tant les nœuds sont bandés ! »

Il se dressa aussitôt de son séant, puis gravita autour d'elle, l'observant d'un œil tantôt austère tantôt railleur, tel un rapace en quête de pitance.

« Connais-tu le motif de ta présence ? Isabeau la lavandière... »

Elle le regardait tournoyer autour de sa personne, comme un charognard à la vue d'une pièce tendre avachie sur la lande. La bouche fermée et le visage froid, elle prenait soin de paraître audacieuse, en s'étirant du chef alors que la « longe » lui tiraillait les reins et les épaules.

— Nenni, Monseigneur. Mais déjà, une étincelle vint lui éclairer la conscience : celle du cabochon qu'elle avait omis de replacer sur la carafe de chènevis.

Drogon pressait ses deux pognes contre son étroite échine ; il les retira précipitamment et lui présenta des escarbilles de verre constellées d'éclats lumineux se déployer dans ses paumes.

— Et ces brisures de cabochon, d'après toi, de quel écrin appartenaient-elles ?

— Ben je n'en ai point la moindre idée... Monseigneur.

— Point l'idée ! dis-tu... Pourtant la Betho a retrouvé mon domicile sens dessus dessous, le cabochon de l'un de mes philtres ébréché sur le pavé.

L'œil globuleux, il se pencha vers elle comme un pêcheur prêt à récupérer sa proie, ferrée dans un immense filet.

— Je vais te dire comment le bouchon s'est retrouvé sur le plancher, en tonnant de sa voix nasillarde. Puis il reprit sa révolution, tournoyant comme un oiseau de mauvais augure autour de son butin... Tu t'es introduite dans ma demeure comme une voleuse, puis tu as débouché la carafe, versé une partie de l'élixir dans un flacon, et finalement rebroussé chemin en omettant de replacer ledit cabochon sur son support. Qu'en dis-tu ?...

Elle fit grise mine, le regard apeuré et la gorge aussi desséchée qu'un pochetron à court de tord-boyaux.

— Réponds ! tonna-t-il, en ployant l'échine vers la pauvrette, le regard globuleux.

— *Oi*, Monseigneur, j'ai effectivement commis un larcin en votre demeure, alors que vous donniez les sacrements aux paroissiens... fit-elle en répondant d'une voix tremblante, l'*oil* effarouché à savoir qu'un terrible *fatum* aille la faire choir dans une épouvantable mélancolie.

— Aaah ! s'exclama-t-il en redressant l'échine vers les solives, les commissures des lèvres s'étirant comme la faucille de la Grande Faucheuse. Il me plaît d'entendre la vérité de la bouche de mes brebis, surtout des *vide-goussets* lorsqu'elles osent violer la demeure d'un homme de Dieu, alors qu'il procure du réconfort aux âmes en perdition... Il fit volte-face, et s'approcha de sa prise, la hure d'un sanglier aux escarbilles embrasées et au cuir opalin. Tu n'es qu'une *dévergoigneuse*, une sale petite effrontée qu'il faille dresser comme on dresse une truie, lorsqu'elle défie son sauveur ! Je vais faire en sorte que tu te retrouves le *bacul* à l'air, prête à recevoir cent coups de bâton, fit-il d'une voix criarde, une écume foisonnante s'écoulant de sa lippe.

— Je vous en prie, Mon Père, j'ai commis une maladresse et j'en éprouve une grande honte. Mon esprit s'est égaré. Je suis confuse d'avoir agi de la sorte... Veuillez me pardonner ! fit-elle, en essayant de s'agenouiller au pied du curaillon. Je réparerai les dégâts, quitte à besogner jour et nuit, en se confondant en plates excuses que le sieur Dragon savourait ce tête-à-tête, pareillement à la vue d'un entremets d'une exquise douceur, tant sa foi au pardon ne faisait point le poids sur le second plateau de son ego.

— Et pourquoi as-tu dérobé cet élixir, voué à d'illustres recherches médicales ?...

— Mes menstrues me font terriblement souffrir, Monseigneur. Alors, j'ai commis ce larcin à des fins thérapeutiques...

— Que nenni ! tempêta le ratichon. Si tes ourses te font endurer tant de souffrance, c'est que l'on ne te voit point poser tes fesses sur les bancs de l'église, et prier Notre Seigneur Ari afin qu'Il pardonne tes péchés... tout en pointant un doigt crochu vers la jouvencelle.

Il se remit à cheminer autour d'elle, son scapulaire[40] traînaillant sur le parquet d'où l'envol de poussière formait une nuée grisâtre. Elle éternua, puis s'affala sur le pavé comme un voilier en perdition. Drogon immisça un sourire narquois puis interrompit sa circonvolution, les bras plaqués contre son étique bedaine, jetant un regard condescendant sur le corps recroquevillé de la lavandière.

---

40 Tunique ample sans capuchon.

— Après réflexion, j'ai décidé de te rendre la liberté, mais tu devras auparavant *despoudrer*[41] et *escouver*[42] la demeure de Dieu de fond en comble, et cela durant trente jours consécutifs, sans pose dominicale, et dès l'office des *laudes*[43]…

— Mais je dois achever ma buée, fit-elle d'une voix ténue et tremblotante ; j'ai tant de *gonailles* à frotter et à lessiver, que je n'aurais assez de temps pour honorer toutes les tâches qui m'incombent.

— Cela n'est point mon tracas, rétorqua le curaillon. Je veux te voir ici, en matinée. Et je n'accepte aucune excuse en cas de retard. Tiens-toi-le pour dit !…

Il délogea une dague de sa poche, s'approcha de la lavandière et entama la corde afin qu'elle puisse s'y dégager. Isabeau se redressa, jeta un regard abattu sur le faciès du prêtre et s'en fut, d'une mine désappointée.

---

41 Dépoussiérer.
42 Balayer.
43 En matinée.

13

La camériste pénétra dans le gynécée d'une mine ascétique – elle ne devait pas dépasser la quinzaine de printemps –, un bassin émaillé dressé sur la paume de ses mains. Elle foula le plancher, le port de tête haussé comme le pic d'un massif montagneux, la foulée preste et le regard se reposant sur la vacuité de son austère mental. La pauvre fille était astreinte à essuyer le service de femme de chambre ; et cela n'avait aucune portée qu'elle a la moindre accointance pour la personne qui enfantera des marmots jusqu'à l'amenuisement de ses fonctions procréatrices. Car seule demeurait sa charge de chambrière afin que la reine soit au plus haut de sa forme, qu'elle puisse s'engraisser, s'empâter jusqu'à ce que ses flancs prennent une dimension hors norme. Elle déposa le bassinet sur un tabouret, alors que la cent vingt-troisième souveraine des bourdons se parait de ses nouveaux affublements, aidée par deux soubrettes la vêtant, accompagnées de toute l'attention qu'elles devaient offrir en pareil cas.

La baignoire trônait à l'arrière de la silhouette plantureuse de Hersende, une flaque d'eau étendant son lit sur le plancher, alors qu'une affusion de gouttelettes bruinait sur son corps à présent corpulent, car depuis son intronisation elle s'était engraissée de trois bons quintaux[44]. Sa plastique s'arrondissait de monts et vallons ; ses hanches généreuses, son ventre et ses seins se

---

44 Environ cent cinquante kilos.

dilatant sous la contrainte de mets luxuriants, mais rien n'entamait la délicate cambrure de ses reins, toujours attrayante au regard. Ses gambilles s'alourdissaient, et sa poitrine généreuse s'affaissait sous le fardeau pesant de l'enveloppe charnelle, qu'il faille l'assistance des servantes pour l'aider à franchir le rebord du bassin.

Elles la séchèrent, la vêtirent d'un *chainse* et d'un bliaud laiteux accentuant le rebondi de son ventre. L'une d'elles brossa sa crinière d'un blond de blé précautionneusement, puis elles s'écartèrent en prenant soin de ne pas culbuter sur le parquet glissant, le regard fléchi devant la vénérable Mère-matrice de Tartare. La camériste s'approcha de la reine, la mine effarouchée à l'idée de converser avec elle.

— Madame, le nectar est dès à présent à votre convenance, sachant que la reine n'avait pas d'alternative si ce n'est d'engloutir le breuvage délivré par le prêtre Drogon.

Hersende inclina son échine, fixa la fiole ambrée d'un regard indifférent et d'une main délicate souleva le flacon. Elle ôta le cabochon puis quantifia le nombre de gouttes qu'elle devait avaler – toujours la même dose : une cinquantaine à verser dans sa margoulette. Sa binette frissonna au goût revêche du breuvage, qu'elle immisça d'un trait aigrelet de ses lèvres dorénavant pulpeuses.

Les *matines* passèrent, avec la récurrence des mets que la camériste apportait toutes les deux heures, un imposant sablier installé sur l'enfilade assurant la durée de transition entre les repas, jusqu'à l'office de *sexte*[45] que le prêtre Drogon entonnait devant la silhouette repue de la nouvelle reine – car c'était bien des oraisons et des requêtes au dieu Ari, qu'il fallait apporter à la divinité afin d'abolir la terrible malédiction af-

---

45 Office de midi.

fectant les terres de Tartare et l'effroyable affection qui condamnait la race humaine, vouée à s'étioler faute de naissance suffisante du genre féminin.

C'était l'office des *vêpres*, l'heure canoniale du soir, qu'elle devait s'acquitter en priant un verset psalmique, buste incliné, afin de purifier son corps et son esprit des futilités que la femme porte en son âme depuis la nuit des temps, après avoir croqué dans la pomme. Hersende redressa l'échine, révélant son *chainse* de lin écru, dont juste une aiguillette ceinturait son large bassin. La chevelure était retenue par des peignes d'os, qu'elle défit d'un rituel méthodique et soigneux. Les rais du soleil couchant caressaient l'embrasure des fenêtres en ogive ; elle entendit toquer à la porte, et immisça un « *oi* » fluet. Les deux soubrettes pénétrèrent dans les appartements de la reine, courbèrent l'échine, puis vinrent l'aider à se glisser sur la vaste couche installée contre l'un des hauts murs de l'hôtel communal, au premier étage, puis déguerpirent aussi vite qu'elles apparurent.

Les cantilènes des grillons et des cigales formaient une languissante mélodie a *cappella* pour voix mixtes coulant jusqu'à ses ouïes, aux pavillons dessinés par l'adroit portraitiste du Divin. Elle s'était allongée sur la couche épousant sa plastique volumineuse, s'enfonçant dans l'épaisseur douillette de la paillasse, la tête surélevée par de généreux coussins. Hersende détailla le plancher de poutres et de solives, son champ visuel s'immergeant dans la boiserie de la charpente, dépouillée des superficialités allégoriques, offrant des saillies anodines d'un bistre défraîchi par le temps, loin de l'ostentation des enluminures des riches plafonds bourgeois.

Quelques minutes plus tard, l'huis grinça sur ses gonds lorsque le filet du sablier acheva sa pérégrination. Une main puissante ouvrit la porte, l'homme apparut, torse nu et gambettes engoncées dans des braies bien trop étroites pour des cuisses et des jarrets aussi volumineux. D'une plastique râblée, il s'avança vers la reine, étendue sur la couche comme une amante dévorée par des pulsions animales ; à sa carrure il devait bien dépasser les deux quintaux, le parquet crissant à chacun de ses pas. Hersende observait le mastard s'étendre dans son champ de vision. Il accéda au bord du *châlit*[46], alors que le rythme cardiaque de Hersende martelait son petit cœur fragile, et délaça ses braies – sa verge énorme ployant vers le plancher –, puis grimpa sur le matelas, faisant grincer les lés de planches de bois et du cordage soutenant la couche, son visage de hure de sanglier dévorant le champ visuel de la reine des steppes.

Elle cadenassa ses paupières, plongea son esprit dans un état de viduité afin de ne pas sombrer dans une névrose fatale, puis écarta ses généreuses cuisses et lui offrit sa fleur. Le faux-bourdon la pénétra.

---

46 Le lit.

14

Elle *despoudrait* l'*armarium, le* cœur empli d'amertume, trépignant des pieds tant sa vessie bondait comme une outre emplie de vin aigri, tout en jetant un œil sommaire aux volumens et codex emplissant les étagères. Isabeau haussa ses petons aux jarrets planturaux, en apercevant un ouvrage traitant de phytothérapie, la tranche et les filets du dos élimés par le temps et des riches heures d'érudition que les serviteurs de Dieu s'employaient à user durant les heures canoniales... Elle tendit la main vers l'ouvrage, alors qu'elle entendit le bruissement de la robe de bure feuler sur le pavé, puis recouvra une posture adéquate à la situation, empruntant une mine appliquée à ses affaires lorsque Drogon parut, le port altier – égal à lui-même, fier comme un archevêque lors de son intronisation. Il inspecta les lieux comme un seigneur sillonnant son fief, jetant un œil méticuleux sur le dos des œuvres hiératiques, et passa régulièrement un doigt de crocheteur de fardeaux sur le cuir fatigué des incunables, afin d'apprécier la qualité de l'époussetage.

— Bien bien, fit-il, la mine hermétique à la moindre parcelle d'émotion. Le prêtre la toisa du chef aux petons, la rondelette toujours perchée sur un tabouret. Je pense que pour ce *die* cela suffira, dit-il d'un ton péremptoire. Descends de cette miséricorde, et rentre chez toi... Mais n'oublie pas de revenir dès les *laudes*, j'aurai une mission pour toi...

« Merci, Monseigneur. Je suis ravie que Monseigneur apprécie mon travail », tout en pliant le genou.

La cloche du beffroi sonnait les *vêpres*, Isabeau courant à perdre haleine, car l'imminence du retard ferait planer des coups de bâton, ou, allez savoir quoi d'autres qu'en tant de châtiments pouvaient se profiler à l'horizon… elle accéda toute haletante au prieuré, la poitrine battant comme une timbale de troubadour.

Le prêtre Drogon l'attendait, les pognes croisées sur son étique bedaine, le regard austère, et le crâne luisant aux premiers embrasements des *matines*. Elle parvint jusqu'à ses divins pieds, le souffle coupé, les mèches de sa crinière débordant de la cale de toile.

— Bonjour, Mon Père, tout en reprenant son souffle, l'échine courbée vers le sol.

— Tu arrives à point nommé, le bourdon du beffroi sonnaillant sur l'instant, alors qu'elle jetait son regard de dextre à senestre puis de senestre à dextre, ses mirettes glissant sur l'armarium en quête de l'ouvrage qu'elle avait perdu de vue.

— Quelles seront mes prochaines corvées ?…

— Ce ne sera pas en la maison de Dieu, en tout cas, affirma-t-il.

Elle ne comprenait pas la raison de ce revirement.

— Je pense que tu connais la famille de Geoffroy de Clairval…

— *Oi*, Monseigneur.

— Suite à une faveur que cette vénérable famille m'a généreusement accordée, je veux que tu ailles *despoudrer* et *escouver* en leur foyer. Cela sera une façon de rendre le bien pour le bien. Alors, presse-toi à briquer leur demeure de fond en comble, afin que mon âme puisse *dormailler* en paix…

Il pleuvait – les précipitations devenant de plus en plus sporadiques que la commune fit construire des citernes afin de remédier aux déficits aquifères. Sigebert accéda à l'une d'elles, posa sa brouette en bordure du plan d'eau, fit pivoter son crâne massif de dextre et de senestre, puis s'accroupit sur le champ de terre battue pentue, laissant choir la binette servant à curer les accotements de la chaussée. Le soleil jouait avec les nébulosités grisâtres transitant sur un ciel mouvant ; l'averse ne dura guère, apportant tout de même un brin de fraîcheur dans la moiteur de la journée. L'aigrefin retira de son bliaud une fiole de piètre qualité – l'oxydation attaquant le matériau par endroits. Il souleva la burette d'un vin aigri à ses lèvres gercées, puis s'étendit sur le sol empreint d'une humidité résiduelle, arracha de l'autre pogne un brin d'herbe et le porta à sa lippe, observant d'un regard songeur le volumineux manteau nuageux débouler de dextre à senestre sur le spacieux tableau du ciel. Une volée de martinets sillonnait l'éther, poursuivant des nuées d'insectes que la modeste rincée avait éveillées. Les trilles stridents des volatiles imprégnaient l'atmosphère d'une douce mélodie estivale, son esprit vagabondant en des contrées où l'onirisme et la rêvasserie prenaient le pas sur la dure réalité de la vie. D'une indolence qui sied à sa personne, le jouvenceau menait une vie de Bohême que l'on s'étonnait qu'il aille glisser un anneau à son doigt, plutôt accoutumé à retrousser la mignonne et à marauder la chaumière du bourgeois du coin. Il s'assoupit, son esprit plongeant dans l'univers onirique de Morphée... Un claquement d'ailes bouscula son sommeil ; il s'éveilla en sursaut et redressa son échine, l'esprit déchiré entre deux univers. À l'extrémité du bassin, il vit l'échassier d'un noir bleuâtre battre des ailes au-dessus d'un renflement saillant à la surface de l'eau. Il posa ses longues pattes sur la bordure de l'étendue de la nappe, puis déploya ses grandes ailes afin de bâcher la zone qui l'avait tant captivée de l'intensité solaire. Affriandé par cette pitance mystérieuse, l'oiseau éperonna la bossure disloquant la perspective parfaite de l'étendue du réservoir, et en extrait une touffe filandreuse, créant ainsi des flux ondulatoires brisant la dormance de l'étendue de la citerne. Puis l'aigrette insista sur sa prise afin de rompre la jonction filasseuse la retenant au pied originel, jusqu'à ce qu'elle cède – parvenu à ses fins, le volatile s'envola et s'éloigna l'étoupe jaunâtre plantée dans son long bec, alors que sur la zone de pêche une sorte de branchette se haussait du monceau singulier.

Il se remit d'aplomb, recueilli sa houlette et accomplit le trajet jusqu'au secteur en question, afin d'éclairer sa lanterne... L'endroit était tapissé de plantes lacustres et d'herbes folles garnissant les abords d'une bonne partie du réservoir, qu'il était difficilement atteignable ; il aperçut la « branchette » émergeant de son îlot d'amoncellement de filasses, à quelque trois ou quatre brassées du bord. Les pieds dans le limon, il reprit sa bêche, tendit son bras et ramena la substance concernée vers son chef. Il eut bien du mal, car des plantes lacustres freinaient sa pêche singulière, ou que le « poisson » était bien plus pesant que ce qu'il imaginait. C'était tout un amas d'étoffe jaunâtre qui vint jusqu'à lui, enchevêtré de plantes et de racines qu'il fallut tirailler de ces ancrages herbeux avec force détermination. Il parvint à abouter l'objet de son appétence de fin pêcheur, car ce qu'il découvrit était bien plus estimable que ce que son esprit pouvait imaginer...

Tout en tirant sa cueillette d'une senestre puissante (une force contraire lui forçait la main), il comprit que ce qu'il avait pris pour quelques plumages brisés par vent fort, n'était que l'image glaciale d'une pogne squelettique dépassant du limon – étrange paradoxe, en ce lieu où le minéral, le végétal et l'eau communient dans ce bassin de rétention. Un élément fixé à une phalange lui titilla l'esprit ; Sigebert ploya l'échine et dégagea de sa dextre la bourre d'algues gluantes enveloppant l'esquille lumineuse du membre du cadavre. La pierre d'une nuance bleue d'azur parut d'un éclat scintillant à son regard ébahi – alors que la gemme eût baigné sûrement durant une décennie ou plus dans le bassin, sans qu'un vilain s'aperçoive qu'un cadavre pourrissait dans le coin. Il venait tout juste de dégager l'anneau de la dépouille, qu'il fallut relâcher la tension fournit par le cadavre, et rendre le corps – où tout du moins ce qui en restait – à son lit obituaire, coulant dans un bouillonnement d'écume empreint d'un remugle fétide…

Le crépuscule étendait son vaste manteau rubescent sur la contrée. Le pinceau de lumière dansait sur l'anneau que tenait Eberulf d'une main attentionnée ; le flambeau de suif dégageait son aura – et son odeur entêtante – sur les trois visages embrassant d'un seul regard la gemme sertie entre les griffes du chaton. La pénombre jouait sur l'atmosphère du lieu comme sur les tréteaux d'une pièce de théâtre, dont le drame se produisait sur l'instant. « C'est une intaille de merveilleuse facture », signala Eberulf, tout en jetant un regard vers Sigebert, l'œil froncé et la mine dubitative. Il approcha la pierre de la flamme, afin d'affiner sa vision. Le relief de l'entaille se façonnait d'une gravure d'abeille surmontée d'une lettre : un A délicatement ciselé. Il redressa l'échine, et resta un instant aphone devant la gemme qu'il portait du bout de sa pogne. « Avez-vous assimilé l'importance de cette bague ? » tout en les regardant d'un air malicieux.

Ganelon restait coi, et Sigebert muet comme une carpe.

— Par tous les dieux ! s'exclama-t-il d'un ton nerveux. Que voyez-vous donc sur la gemme ?

— Ben une mouche à miel, et la lettre A, s'enquit Ganelon.

— Et alors ?

— Ça ne serait pas le blason de la reine ? pressenti Sigebert.

— Enfin, il vous en faut du temps pour faire germer une étincelle de votre cervelet ! puis dressa la bague au niveau des yeux, l'éclat de la pierre étincelant dans ses deux billes d'un noir d'onyx. Vous avez là une gemme de cornaline en intaille servant de sceau royal. Les premières reines usaient de l'entaille comme estampille ou cachet à des fins de correspondances et d'attestation d'authenticité pour des billets, des plis et des paquetages scellés par leurs soins. Bref, elles étaient libres dans leurs choix.

— Quelle a été la raison de ce changement politique ? s'enquit Ganelon.

— La venue du prêtre Drogon, allégua Eberulf.

Un silence flotta sur leurs épaules.

— Comment la dépouille d'une reine a-t-elle pu se retrouver dans le réservoir communal ? demanda Sigebert.

— Bonne question. Et pourquoi ?... ajouta Eberulf, d'un air pensif.

— Je n'ai jamais entendu parler d'une reine assassinée, releva Ganelon.

— Personne n'a jamais dit qu'une reine fut effectivement « assassinée », souligna son oncle. Et aucun doyen, comme aucun document officiel relate le décès par *forfaiture* d'une reine. Cela se saurait. De plus je tiens à l'affirmer, puisque j'ai ouvragé dans la salle des registres de la commune. Et toutes les reines sont bel et bien enregistrées décédées dans les conditions que nous connaissons, hélas.

— Alors, qui est-elle ? Et que signifie cette lettre A ? demanda Sigebert.

15

Ses doigts fourmillaient de crampes, tant elle s'activait à dépoussiérer la crédence, les coffres, le dressoir et tout le vaisselier qui va avec... de la demeure du sieur Geoffroy de Clairval puis, dès qu'Isabeau eut *despoudré* le mobilier, elle s'attaqua au pavé, sous l'œil austère et fureteur du domestique de la maison, qui de temps à autre l'épiait, la prunelle plaquée contre le chambranle de la porte. Elle attendit que le bruit de ses pas s'étouffât pour qu'elle s'affaisse de tout son poids sur le banquet, tant l'escabeau lui faisait de l'œil, puis s'épongea le front d'un revers de manche, en posant ses yeux défaits vers la fenêtre entrouverte sur l'artère principale. Elle avait une vue partielle du faubourg de la cité, la façade d'en face offrant à son regard la magnificence de l'édifice bourgeois ; le fenestrage étirait son enfilade de fenêtres en ogive, et une autre partie – encore plongée dans la pénombre –, se parait d'un balcon en encorbellement de belle facture, embelli par des vasques débordant de plantes fleuries.

Elle se redressa de son séant, et s'en fut vers l'ajour pour lorgner la vie du bourg... Son regard balaya le long du fronton opposé, jusqu'à l'étroite portion de la chaussée qu'elle entrevoyait en se haussant du bout des pieds ; une catin s'était postée à l'embranchement d'une sombre venelle entaillant la barre des deux bâtisses, faisant le pied de grue, ses gambilles jouant avec l'ombre et la lumière lorsqu'un damoiseau passait son chemin ou qu'un agent du guet furetait en quête d'une racoleuse à claquemurer dans le cachot. Une bande de joyeux drilles passait par là, trois gars cheminant péniblement tant ils avaient *gobeloté*[47] du soir au matin, le carafon dans le brouillard et la *crigne* ébouriffée à force de ripailler et de lever le flacon, sûrement un hypocras – un picrate sorti d'une sordide gargote. Elle haussa les sourcils, apercevant la mine éméchée de Sigebert aboyer comme un chien dans une basse-cour, la lippe chevrotant une chanson paillarde. À leur approche, la ribaude émergea de la pénombre comme une *sorceresse* en quête du Sabbat, se déhanchant telle une ménade de Bacchus, à faire pâlir la pauvre mère de famille. Il lâcha les compères et s'approcha de la ribaude, affamée par l'odeur de l'argent. Ses amis ne cessaient de l'inviter à calmer ses ardeurs, tant il criaillait au risque d'attirer l'attention du gent d'arme du coin. Il les rabroua, demanda le prix de la passe, puis le singulier couple fondit dans l'encre de la venelle…

Isabeau s'adossa au mur puis s'effondra, son échine frottant contre la pierre tout du long de cette descente aux enfers. Elle s'affaissa, prise de sanglots que son corps épanchait à foison sur les lames du parquet. En face, posé sur une enfilade, le sablier attendait que le valet le renverse à la demande du maître de maison ; une lueur vint soudain éclairer sa conscience…

Ses cursives prenaient des airs de ballerine, avec ses jambages enlevés, ses volutes aux bossures emphatiques et ses hampes festonnées de gracieux frisottis, alors que les aspirations inassouvies de la lavandière la tenaillaient corps et âme, afin de poser ses doigts sur la tige ployée de la plume. La pointe crissait sur le parcours du parchemin, formant des courbes aux ara-

---

47 Boire avec excès.

besques voluptueuses et des droites strictes franchissant la surface du vélin de senestre à dextre, les symboles de caractère se répercutant sans la moindre imperfection linéale, plongée dans sa course calligraphique... Rodéric redressa son échine voûtée par l'âge, le manque d'exercices, les excès de boisson et la viande faisandée. Puis il immisça un rictus qui en disait long sur le parcours de sa démarche, tant il prenait à cœur sa revanche sur le passé. Il fit pivoter le vélin, afin qu'elle puisse approuver et signer le concordat.

— Ayant connaissance de ton érudition, que bien peu de rustres n'ont pu acquérir et n'acquerront sans doute jamais, je te laisse le loisir d'éplucher cette entente entre les deux parties, puis de la ratifier, en bonne et due forme...

Ses yeux parcoururent le chapelet de cursives, ses lèvres énonçant lentement chaque mot d'une voix ténue. Le visage ne laissait rien paraître de l'affliction qui régnait en maître dans son esprit défait, ni des tourments qui dardaient de son âme, issus d'un trait sournois ; la trahison l'avait transpercée comme un carreau filant sur le corps élancé d'une biche et s'y fichant d'un dard cruel jusqu'au cœur, armé par l'arbalète d'un jeune nobliau tapi sous le couvert de la frondaison. Elle redressa son port de tête tout en jetant un regard glacial au faciès de son oncle, recourba l'échine, termina les dernières lignes du pli, ratifia et signa le concordat.

Elle était désormais sous la coupe du vieux scélérat...

La calligraphie était moins somptueuse que celle de Drogon ou de l'usurier Rodéric, mais elle possédait une esthétique embellie de délicats arrondis avec leurs pleins et leurs déliés majestueux, les boucles dérivant vers la dextre, comme soumises aux roulis des déferlantes qu'il faille ramener la voilure sous peine de sombrer corps et biens... la pointe crissant sur le vélin au fil de sa pérégrination. Le prévôt Agylus fit une pause, et d'une main sûre affûta la penne à l'aide du stylet, puis trempa le calame dans l'encrier ; c'est alors que l'on toqua à la porte... L'huis grinça en s'ouvrant. Deux agents du guet pénétrèrent dans le cabinet de travail de l'échevin, entourant l'aigrefin Sigebert la mine enjouée, le jouvenceau fier comme un paon. L'édile de la cité bouffa d'une humeur sombre, à la vue du fripon.

« Merci, Raband, fit-il au garde. Tu peux disposer. »

— Il serait souhaitable que nous restions à vos côtés, Seigneur Agylus... tout en jetant un regard glacial vers le corps athlétique de Sigebert.

— Que nenni Raband, nous n'avons aucun motif pour que cette entrevue se passe sous de mauvais augure, signala-t-il en toisant le jouvenceau. Tu acquiesces à mes dires, Sigebert ?

Sigebert finit par courber l'échine, devant le regard féroce de l'échevin.

— *Oi*, Seigneur Agylus.

— Ah, que voilà une bonne initiative ! Tu vois, Raband, que la jeunesse a bien un cervelet lorsqu'on lui offre l'opportunité de s'exprimer !...

Les gardes quittèrent le cabinet, pendant que les deux hommes se dévisageaient en chiens de faïence. La face de Sigebert arborant une petite mine, car la dernière nuitée fut particulièrement houleuse, tant il avait porté le cruchon à son palais, ensuite passer les matines dans les bras d'une godinette et terminer ses réjouissances en cellule de dégrisement... Il tanguait sur ses gambilles atones, zieutant le banc destiné à l'administré, mais que l'échevin lui évinçait en omettant de l'inviter à s'y installer.

— Que vais-je faire de toi ? s'interrogea Agylus, sa grosse paluche farfouillant dans les replis de sa trogne de fin gourmet. Il croisa ses gros doigts affublés de joyaux scintillants et d'une chevalière, en quête d'une réponse, puis redressa l'échine, observant le jouvencel d'un air dédaigneux. Alors, comme ça tu vas vider tes breloques dans les *entraignes* d'une gourgandine ? fit-il sur un ton cinglant.

— Ben, il faut bien que jeunesse se passe, comme vous dites...

Agylus sentit la colère monter en lui comme les flux puissants d'un mascaret.

— Petit saligaud ! De quel droit oses-tu me rappeler mes dits ? Tu n'étais pas encore dans les bourses de ton père, que déjà je travaillais d'arrache-pied !... Tu passes le temps à fréquenter la racaille, à t'*écluser*[48] dans de vils mastroquets puis assainir tes pendeloques avec la *dévergoigneuse* du coin...

Il se redressa de son séant, fit le tour du bureau et vint à sa rencontre, la mine hautaine et la bouille cramoisie par une rage qui lui dévorait les entrailles. Ses petits yeux de fouine farfouillaient le visage de Sigebert, afin de révéler au jouvenceau la puissance de l'édile qui l'habitait.

— Dès les *mâtines*, je te veux sur la plantation de phacélies du sieur Fulbert, pour effectuer la fenaison. Tu auras du labeur durant deux ou trois jours, escorté des deux fils de Fulbert afin de rendre du cœur à l'ouvrage, tant le travail ne manque pas.

— Je dois déjà honorer mes obligations auprès du ferronnier, ainsi que du curetage de la voirie... Comment pourrais-je m'acquitter de cette corvée supplémentaire ?

---

48 S'enivrer.

— Je me suis déjà entretenu avec le ferronnier, concernant ton contrat de travail... Nous avons convenu d'un accord manifeste à ton encontre : après avoir terminé les fauchages, tu réintégreras ton poste, quant à l'écurage de la voirie, tu l'exécuteras aux heures des *vêpres* – à cette heure-là, l'atmosphère s'imprègne d'une fraîcheur convenable aux travaux de force...

Sigebert fronça les sourcils, à l'audition de cette entrevue ; il ne se voyait pas fournir un travail soutenu, de l'aube au coucher, sans compter qu'il devait s'acquitter d'une dette de jeu, que le nobliau n'avait point connaissance.

— Aurais-je droit à un salaire ?

— Ha. Comment peux-tu solliciter une rémunération, alors que ce sont des travaux d'intérêts généraux ? Mais tu vois, malgré ce que tu peux penser de ma personne, je suis prêt à faire un geste : si le seigneur Fulbert est satisfait de ton travail, en ce cas tu auras droit à un salaire, déduit des charges de paperasserie administrative, des commissions de services que ton maire a, pour toi, endossées à sa charge et des coûts sur les frais d'honoraires des agents du guet, concernant ton arrestation... Après cela, il te restera bien de la *clicaille* afin de subvenir à tes besoins de soiffard.

Le jouvenceau s'apprêtait à sortir, lorsque Agylus le héla :

— Ah, j'allais oublier. Tes accordailles avec *damoiselle* Isabeau ont été rendues caduques, par un arrêté de son oncle et de la commune...

Sigebert fit de gros yeux, son esprit mordant la poussière.

— Pour quelle raison a-t-il mis un frein à mon mariage ? s'enquit le rouquin, le regard sidéré.

— Parce qu'il a jeté un œil sur ta vie de baroudeur, et qu'il voit d'un très mauvais œil cette alliance pouvant causer du tort à la santé de sa nièce…

16

Huit mois passèrent.

Le ciel azuréen s'assombrissait au fil des jours, la période hivernale étant déjà entamée depuis un bon mois – Ganelon observait le disque solaire d'une crainte mystique : la planète Tartare arrivait à son point de périhélie, soit au plus près de son soleil, dont le bleu cyan d'un 15 000 kelvins marquait son agonie future... Mais ce qui influençait ce froid si intense, c'était la forte inclinaison de l'axe planétaire, s'accentuant au fil des âges... Il s'engonça dans son *mantel*, et bifurqua vers l'hôtel de ville... Lorsqu'il parvint sur le parvis de la mairie, les parois des maisons à pan de bois répercutèrent soudainement l'écho du criaillement d'un enfançon venant tout juste au monde ; il redressa l'échine, écoutant les criailleries parvenant du premier étage de la maison communale : la reine venait d'accoucher ! Puis continua son chemin, empli d'une indifférence manifeste sur ce fait majeur de la cité...

Une armée de matrones assistait la reine à accoucher, l'entourant de multiples soins afin que le loupiot vienne au monde dans de bonnes conditions. Lorsqu'elle mit bas, l'une d'elles replaça la chaufferette en cuivre sous la literie, afin de ragaillardir les paturons de dame Hersende. Elle tenaillait entre ses mains et son sein le nouveau-né, l'enveloppant de mille affections, alors qu'une froidure particulièrement tenace siégeait dans le gynécée, drapant de ses serres glacées la grande chambre au faîtage culminant à une douzaine de pieds. Pourtant un brasero trônait à quelques pas du châlit, diffusant des exhalaisons revêches de braises incandescentes et dégageant ses volutes grisâtres dans la vaste chambre, comme l'enveloppe immatérielle d'une *sorceresse*. On toqua à la porte mais la personne n'attendit point la réponse de la maîtresse du gynécée en s'engouffrant hâtivement dans la chambre. L'échevin pénétra dans la pièce, la mine déjà austère et l'esprit préoccupé par les conséquences de cette délivrance, car il connaissait le dénouement de cette affaire de femmes, et ne se faisait aucune illusion au sort réservé au *mignard*. De plus, c'en était fini des gésines devant la *menuaille*, bien trop ignare des conventions didactiques de la commune pour apprécier la naissance d'un enfant.

La chaise d'accouchement avait été écartée, afin que la parturiente puisse rejoindre le châlit. Les femmes continuèrent les soins, laissant un espace visuel au notable. Il s'approcha de la couche, inclinant légèrement l'échine devant le tableau où la respectable Mère-matrice enveloppait son enfant, ce « Siège de la sagesse » immergé dans un cocon d'affection.

— Comment vous portez-vous, Hersende ?

— Comme une femme qui vient d'accoucher, déclara-t-elle en couvant son nouveau-né d'un regard félin et de ses bras enveloppants.

— Et le nouveau-né ? tout en jetant un œil intrigué sur le petit corps pelotonné contre son sein.

— Il se porte à merveille, enchérit la matriarche de la corporation des ventrières.

« Un mâle », fit-il d'une voix atone, excluant toute allusion au fait qu'il serait arraché aussitôt aux bras de la mère.

Sur ses dires, le prêtre Drogon pénétra dans la pièce sans y être invité – mais l'homme de Dieu n'avait pas besoin de l'aval de la reine pour accéder au gynécée.

Il arpenta la pièce à grands pas d'échassier, parcourant l'espace entre l'huis et le châlit en quelques secondes, jeta un regard sournois vers Agylus et porta son attention à l'enfant puis à la mère, tout en ordonnant à la plus jeune des sages-femmes et aux servantes de quitter les appartements *illico* ; elles sortirent précipitamment du gynécée, d'une mine colérique. L'échevin et le prêtre se regardèrent en chiens de faïence ; leurs esprits portaient une accointance idoine sur ce qui allait se passer, mais pas leur cœur.

Hersende tenaillait l'enfant comme une femme devant le fait accompli qu'une menace pesait sur le rejeton. L'enfançon criaillait de plus belle, ressentant l'inconfort affectif de sa mère.

— Alors, ma toute belle, comment vous portez-vous, en ce jour fastueux ?

— Bien mieux que de porter le joug de l'infertilité, déclara la reine, dont ses yeux effilés perçaient d'une lourde lame d'effroi le regard du curaillon. Il ressentait que sa mainmise sur la situation lui conférait l'hégémonie, qu'un pontife de la foi portait comme une tiare sur son chef.

— Je dois bassiner l'enfant, signala la ventrière au curé.

— Faites faites, dit-il en marquant son approbation d'un mouvement de la pogne.

La sage-femme reprit l'enfançon des mains de Hersende, non sans une appréhension dans son regard vitreux dont le bleu de l'iris se délavait sous le jour naissant, issu d'une angoisse évidente. Elle le baigna dans la bassine émaillée, puis le frotta vigoureusement devant la froide vigilance du curaillon, attentif aux gestes précis et attentionnés de la ventrière.

Et pendant que la matrone continuait à badigeonner le nourrisson d'une portion de sel et d'une part de miel, il se tourna vers la génitrice de Tartare, dont le visage d'albâtre portait le masque de l'accouchement – Agylus était légèrement en retrait, car on le savait bien que le profane ne faisait pas le poids face à l'empire de l'Église. Drogon observait le tableau idyllique, lui offrant la récurrence d'une épreuve maintes fois séculaire : celle où le servant de Dieu allait soustraire à la mère le fruit de ses entrailles…

— Hersende, tu connais les ordonnances de Notre Seigneur… : « aucunement tu garderas ton rejeton, si celui-ci vient en ce monde dans le corps d'un garçon… Car ce qui importe à Ton Dieu, c'est que tu enfantes une *drolesse* afin de repeupler Tartare pour Sa gloire éternelle… »

Elle tressaillit aux paroles du curaillon, tout son être monopolisant son attention vers le nourrisson, aux bons soins de la sage-femme. Hersende se risquait à s'arracher de ce châlit afin de protéger le fruit de son giron, alitée jusqu'à ce que les domestiques l'assistent pour l'y extraire tant elle était corpulente.

D'un pas solennel, Agylus se dirigea *derechef* vers la matrone couvrant le bambin d'une chaude layette, et lui arracha le nouveau-né de ses gros doigts couverts de gemmes fastueux, puis l'offrit en pâture aux pognes du prêtre – la sage-femme resta coite, au fait inéluctable du prédicant. Il observa le rejeton sous toutes les coutures, bien emmailloté afin qu'il ne prenne froid, et le porta contre sa robe de bure dont les replis en occultaient son visage poupon. Le nourrisson braillait, l'écho se répercutant sur les hauts murs des appartements de la reine. Hersende hurla son affliction à l'adresse du vagissement stridulant de son enfant, redressa son échine puis se haussa sur les coudes, les bras chancelant d'un lymphatisme élégiaque, la larme à l'œil et le cœur battant contre sa poitrine comme la masse d'un forgeron cognant le métal en fusion. Pendant que la ventrière jeta son attention sur les murs en torchis de la chambre, afin d'écarter de ses mirettes le terrible drame proclamant son hégémonie.

Drogon fit volte-face, se déplaça jusqu'à l'huis et biaisa son regard vers le buste de Hersende, les vagissements du bébé envahissant l'espace sonore de la chambre. La reine gémissait sous l'effroi du rapt de son enfançon, sous l'emprise d'une crise nerveuse que la matrone ne réussissait point à apaiser.

— N'oubliez pas, Hersende : votre destinée appartient à Dieu. Telle la reine des mouches à miel, votre charge en cette prison dorée se résume à être fécondé… et engendrer tout une armée de *drolesses* afin de repeupler les terres de Tartare, pour la grandeur de Ari le Glorieux… Sur ses dires il quitta précipitamment les appartements.

Agylus resta de marbre, observant le couffin abandonné de l'enfançon. Le nourrisson fut offert à une femme stérile, afin que, fait homme, il participe aux travaux des champs pour subvenir aux besoins du peuple…

17

Marguerin ployait l'échine tant le marmouset était pesant, arrimé à l'échine de sa mère, l'enfançon pelotonné dans son panier d'osier. Des effluves de vapeur s'exhalaient de la bouche de la lavandière, tant la froidure était intense ; résidus arachnéens issus d'un *fatum* amer. Elle accéda au lavoir, essoufflée comme une *vieillette* au déclin de sa vie, puis déposa le linge sale à côté du cabasson, prenant soin de ne point le renverser dans le bassin. Isabeau l'observa d'un œil évasif, puis reprit son labeur, d'ailleurs fort ajourné par les heures à *despoudrer* au domicile de son oncle et du curaillon.

La jeune maman déposa son fardeau de couffin en osier sur le sol gelé du lavoir, puis jeta un œil maternant sur son bambin, plongé dans les bras de Morphée. Elle posa ses jambes chaussées de houseaux dans le cabasson, les gambilles enfilées de guêtres en toile de piètre qualité, puis redressa l'échine et fit un *souris* pincé à son acolyte, postée à l'autre bord du bassin. Isabeau lui rendit un trait ampoulé, et recourba le buste vers le tas de linge croulant à ses flancs. Marguerin entama la conversation, tout en déballant les affaires de noblaillons et de riches maquignons. Elle attaqua sa corvée par le *chainse* ample d'un margoulin ; le genre de notable bien connu dans la région, sans cesse à l'affût d'une affaire juteuse qu'il finissait toujours par s'approprier et mettre à profit en gonflant sitôt les tarifs.

— J'ai ouï dire que ton mariage a pris l'eau... fit-elle sur un ton affable, tout en pesant ses mots. Elle s'obligea à poursuivre son travail, afin de ne pas redresser le buste, doutant que son regard révèle le fond de ses pensées.

— *Oi*, attesta Isabeau, une colère sourde gravissant soudainement ses entrailles. Ce n'est qu'un *goindre*, un verrat trempant sa truffe dans tous les vagins qu'il croise... Il aime encorner la godinette, la paillarde, la *dévergoigneuse* écarquillant ses gambettes, fit-elle d'un ton acerbe, le regard irradiant d'une rancœur malsaine. Elle prit sa batte, infligeant une correction à la tunique, afin d'évacuer son excédent d'animosité sur l'avatar d'étoffe incarnant le jouvenceau Sigebert.

Sa collègue n'osa pas hausser ses prunelles, restant dans ses affairements de peur d'affronter le visage fielleux d'Isabeau. Son enfançon se mit à criailler si fort, qu'elle lâcha la cotte qu'elle avait commencé à brosser, pour se porter vers le moïse qu'elle ballotta du coude par inadvertance, le couffin glissant dangereusement sur le dallage et continuant son escapade sur le plan d'eau en provoquant de gros remous. Le berceau tangua dangereusement sur la surface froide du bassin, des vapeurs sourdant en volutes laiteuses à l'appel d'un disque solaire anémié. Marguerin s'affola, fourmillant en tous sens devant la scène tragique qui s'anima à son regard dévasté ; elle se sentit soudain perdue, le regard affolé et les gambilles gigotant sur le rebord du lavoir, désorientée à l'idée de ne pouvoir secourir son bambin du risque de noyade, car elle ne savait pas nager et avait en horreur les plans d'eau. Elle s'accroupit, tendant une main secourable au couffin évoluant au péril de la vie du nourrisson, sous les exhalaisons de vapeur ondulant sur la surface laiteuse du bassin. Hélas, le panier oscilla, vira de bord puis s'élança vers l'embouchure du lavoir à une allure exponentielle, porté par le courant qu'il aurait fallu qu'un miracle se produise pour le sauver de la perdition... Isabeau s'arracha du cabasson, retira ses sabots, releva ensuite son jupon et se hâta à glisser ses gambilles dans l'eau froide, la hauteur du bassin atteignant sa poitrine. Elle fila aussi vite qu'elle le pût (alors qu'à maintes reprises elle faillit riper et se retrouver dans le bassin à demi gelé), transie par l'eau froide mais ne renonçant pas à progresser de peur que la coquille de noix vînt à prendre la poudre d'escampette, puis se jeter dans le collecteur dans une allure folle, à la merci d'une onde turbulente dévalant le vallon avec une vélocité surprenante. La lavandière tendit le bras et parvint à agripper le rebord du berceau en osier *in extremis*, alors que la mère se plantait près de l'escarpement, dont la pente se raidit en de multiples replis de l'échine d'une tarasque *dormaillant* d'un œil sournois, sa position étant bien trop isolée du lit de la ravine pour saisir le frêle esquif.

L'enfançon était sauvé !

Le jour tirait sa révérence, offrant dans l'entrebâillement de la fenêtre du presbytère l'éclat rougeoyant du soleil poursuivant sa révolution dans les limbes, sombrant lentement sur la prairie faisant face à l'éminence du mont Ithom... Isabeau poursuivit d'arrache-pied son ouvrage, alors que la maison curiale était abandonnée de son illustre résident, sûrement à redresser le comportement malfaisant d'un ribaud, ou d'une *dévergoigneuse* possédée par le Malin... Le froid la tenaillait comme les morsures d'un serpent, raidissant les membres en de piètres bouts de bois qu'il faille tous les efforts du monde pour *despoudrer* l'enfilade de fioles et d'étranges contenants de verre destinés à la transmutation des essences. Mais cette fois-ci, elle ne s'engagea pas à subtiliser un brin de chènevis, de peur que le servant de Dieu ait usé de subterfuges démoniaques pour l'appréhender sur l'instant. De ce fait elle s'employa à besogner sans commettre la moindre bévue, car le prêtre l'avait dans le collimateur, et l'aurait châtiée à la mesure du délit : la noyade, pieds et poings liés, ou sectionner l'oreille droite afin de donner l'exemple aux aigrefins en devenir… Elle entendit le bourdon du beffroi sonnailler les *vêpres*, alors que le disque solaire terminait sa course en coulant derrière la rotondité prononcée du planétoïde, dont la vaste plaine ruisselait ses rondes-bosses de terre à présent sableuse. Elle expulsa les balayures sur le pas de la porte et sortie de l'huis, le pas prompt à déboîter les jointures… Car Isabeau n'avait pas achevé pour autant sa journée de dur labeur, son corps et son esprit cinglant vers la demeure de son oncle, comme le contrat le prévoyait…

Le valet l'a reçu d'une mine arrogante – le regard froid d'un serpent déployant la condescendance d'un homme ayant fait don de servitude à un maître arrogant.

— Dépêche-toi d'enfiler le tablier. Tu es en retard, et le maître manifeste de l'aversion à l'adresse des paresseux et des oisifs.

Tout en s'apprêtant, elle le voyait soutenir un regard de crapaud, les paupières mi-closes et la bouille chiffonnée de replis disgracieux, que l'on supposait qu'il avait peu d'accointances pour le vilain ou le serf, tant il s'acoquinait avec un chevalier de la rosette[49].

L'heure canoniale des *compiles* avait largement sonnaillé, que la lavandière fourbissait les couverts dans l'évier généreusement enraciné dans sa niche – la table et ses tréteaux étaient encore dressés, le pichet de

---

49 Un homosexuel.

vin dégoulinant de sa vinasse –, dont le bouquet revêche d'un picrate empuantit l'atmosphère. Elle attrapa les couverts, et se mit à récurer à l'eau froide le gobelet, le tranchoir et l'écuelle puis fit volte-face et donna un coup de chiffon à la desserte, qu'elle finit par replier et poser à l'écart de l'étroite cuisinette. C'est à cet instant que Rodéric débarqua dans la pièce ; le pas chancelant, la mine grise, un éclat de porcin scintillant dans ses pupilles enfouies sous de lourdes paupières. Il se campa sur le seuil de l'huis, et posa sa grosse pogne sur l'encadrement tant il tenait debout par une dextérité physique qu'il arrivait tout juste à maintenir. Il empuantit la vinasse, son corps tanguant comme le mât d'un vaisseau emporté par une mer déchaînée, alors que le valet gagna le large, en empruntant l'autre porte menant vers l'entrée.

— Bien bien, ma toute belle. Je vois que tu tiens à demi tes résolutions, fit-il d'une voix éraillée par l'hypocras.

Elle l'observa d'un regard froncé, tout en maintenant sa charge de travail d'un effort soutenu en arborant une mine anxieuse ; elle tenait le balai d'une main moite, son petit cœur tambourinant dans sa poitrine à rompre les amarres.

— Bonjour, mon oncle. En vertu de quel mobile, dites-vous que je ne tiens qu'« à demi » le traité que nous avons ratifié ?

Sa grosse paluche se dégagea de l'huisserie, puis il chemina vers sa nièce en dodelinant de la tête, la *crigne* ébouriffée. Arrivé à bon port vers la silhouette rondelette de la belle, il fléchit le buste en prenant des airs de mentor.

— Tu as l'esprit versatile, ma fille. N'aurais-tu pas oublié, à résider à demeure chez ton pauvre oncle ?

C'était l'accord que nous avions conclu, me semble-t-il !

Elle courba l'échine, le regard glissant vers le plancher, à la recherche d'une réplique crédible…

— *Oi*, mon oncle. Laissez-moi encore la semaine, le temps que je prépare mes affaires, et que j'ouvre un contrat en vue d'une location : une jeune veuve serait intéressée par ma chaumière.

Il redressa la nuque d'une mine altière, le regard plongeant sur une affaire juteuse qu'il avait déjà échafaudée dans l'antre de son mental tortueux.

— J'ai une meilleure idée, ma toute belle : je te propose de racheter le bail. Et je pense que tu t'en sors avec tous les honneurs, sachant qu'elle a besoin d'un bon ravalement et que le chaume est dans un triste état : il pleuviote, et l'averse traverse la toiture… *Après cela, j'en tirerai un bon parti*, pensa-t-il sans la moindre culpabilité.

Elle se sentit perdre la main – la chaumière datait du temps de son grand-père, façonnée avec soin et amour. Mais la demeure familiale avait fait son chemin, et son père n'avait pas respecté les dispositions qu'il devait engager après le décès de l'ancêtre. La masure méritait un bon coup de rafraîchissement, si ce n'est à refaire le chaume, et l'addition s'avérait pour le moins salée. Isabeau ne détenait pas les deniers permettant de la restaurer ; elle se sentit acculée à l'abandonner aux mains crapuleuses de son oncle, et résider dans l'opulente maison bourgeoise avec toutes les conséquences qu'elle connaissait.

— Que nenni, déclara-t-elle en redressant l'épine dorsale, sa généreuse poitrine tapant dans l'œil du *goindre*. Je prendrai le temps qu'il faudra pour retaper ma chaumière, et de toute façon elle possède assez de qualité pour être louée… La future locataire l'a déjà visitée, et elle semble ravie d'y loger ses petons sans tarder ; sans plus, que je dois affronter les rigueurs économiques afin de tenir l'engagement que mon père a eu bien du mal à honorer. Alors *oi*, je tiens à garder et entretenir ma maison afin que mes futurs rejetons puissent détenir un héritage digne d'un rentier...

Rodéric s'esclaffa aux dires de sa nièce, qu'il faillit partir à la renverse.

— Ha ! « digne d'un rentier »... As-tu conscience de l'ampleur budgétaire d'un bien immobilier ? : ce n'est pas avec quelques sols que tu pourras honorer l'héritage de ton grand-père. Il en faut bien plus, pour affirmer maintenir un capital foncier en bonne et due forme, sans qu'il faille mettre la pogne à l'escarcelle et payer grassement la main-d'œuvre... rétorqua-t-il en la regardant de ses deux billes incandescentes.

Elle resta sans voix à la riposte de son oncle, agrippant le manche du balai comme si elle allait tordre le cou d'une poularde.

— Je maintiens mes objectifs de conserver ma demeure et d'ouvrir un contrat de bail, contre attaqua-t-elle, en lui jetant un regard sulfureux.

— Bien bien... Nous en restons là. Mais si les choses tournent mal, ne viens pas gémir sur mes braies, car la valeur de ta masure fond dans le temps comme neige au soleil. Mais n'oublie pas que tu dois honorer le contrat en résidant en ma demeure avant la fin du mois, pour *despoudrer*, *escouver*, préparer mes repas et prendre soin de ma personne lorsque ce corps tombera malade à la faveur d'un vent mauvais... Et si tu te dérobes à tes obligations, je ne prendrai pas de gants pour t'envoyer notre échevin frapper ta jolie petite croupe de *sorceresse* !...

18

Sigebert écarquilla ses deux orbites, en apercevant Rodéric dirigeant au licol le plus râblé bœuf de trait de son cheptel bovin. Le filou menait au pas sa monture, ses larges paturons bien arrimés dans la charrette ; le notable filait vers le cimetière de la commune... Du bas-côté du chemin, le jeune cantonnier observait le singulier charretier d'un œil troublé, le torse fléchit et les pognes accrochées sur le manche du balai.

« Par toutes les bêtes à cornes, où va-t-il comme ça, le *nobilis* ? soliloqua Sigebert, le regard froncé. Ce n'est pas dans ses usages d'aller fureter aussi loin du bourg, pour un homme plus apte à porter de fastueux pourpoints et des chausses de grande valeur, que de vêtir des braies de gueux. »

Il le regarda parcourir son champ de vision, tandis que Rodéric menait la bête sur la chaussée d'un air absent, son torse dressé contre la ridelle et guidant le bovidé d'une poigne nerveuse. L'homme avait tellement l'esprit absorbé, qu'il n'avait vraisemblablement pas aperçu Sigebert du haut de sa carriole (ou tout du moins négligé de lui conférer la moindre attention). Tout un amoncellement de matériaux sautillait durant l'excursion ; mais le matériel était bâché, seuls quelques segments de pans de bois débordaient de la toile. Il l'observa s'éloigner et s'engager sur la route menant au marais, les roues cahotant sur le chemin investi par une constellation de nids-de-poule. Sigebert décida de mettre à profit cette rencontre opportune pour pister le nobliau... À quelques pas de l'embranchement il traversa le caniveau, franchit le talus puis s'immergea dans un amoncellement de fourrés, dont un sentier s'y réfugiait et serpentait à quelques pas de là, enfanté par l'activité récurrente des habitués du lieu ; le layon ondulait entre les sylves : des bouleaux ornés d'une ramée maigrelette (principalement du bouleau verruqueux au port élancé), leurs chatons d'un jaune soufré pendouillant en grappes aux pourtours de rameaux graciles. Le jouvenceau forçait le pas, afin de gagner de vitesse l'argentier et de révéler la nature mesquine de ses étranges agissements. Les derniers pollens de la saison voletaient autour des fûts blancs des arbres, créant une *faërie* éthérée à la moindre opportunité d'un vent taquin ; Sigebert s'immergea en traversant ces myriades de pollen. Il contempla l'image féerique de ces escarbilles ambrées virevolter sur le souffle du vent puis adhérer à sa peau, créant une fine pellicule cuivrée sur ses avant-bras. En parcourant le sous-bois, il entendait par intermittence le claquement des sabots du bœuf et le crissement des roues longer la lisière de la futaie, la charrette étant occultée par de hauts bosquets. Il accentua son allure, soucieux à l'idée de rejoindre trop tard les lieux nichant un délit de *forfaiture*...

Ha, le goindre. Que peut-il fureter, pour aller batifoler dans le maresche ? s'enquérait le cantonnier, tout en avançant à grands pas.

Après quelques mètres, il déboucha à l'orée du marais, à proximité d'une masure qui servit jadis de débarras à la commune – mais la bâtisse avait fait son règne, et le bardage pourrissait sur un sol tapissé d'une tourbe fangeuse sans compter les attaques des larves du charançon et autres bestioles friandes du bois, qu'on avait mis l'ouvrage au rebut tant il penchait dangereusement ; mais apparemment, certaines personnes l'utilisaient encore à leurs fins personnels. La charrette était postée le cul vers l'huis, et le gredin argenté conversait avec le chef des gardes, hélas Sigebert ne distinguait point les paroles des deux acolytes. Les deux hommes se mirent à décharger le plateau de son chargement ; d'abord des lattes de bois flexibles, puis un rouleau de toile de jute et trois fûts d'un volume de boisseau qu'ils portèrent contre leur bedaine, et qu'ils déposèrent aux abords du mur. À l'intérieur, il y avait tout un appareillage posté au centre de la pièce, plongé dans la semi-pénombre, l'entrevoyant péniblement de sa position. Il attendit patiemment caché dans l'ombre des fourrés, puis au bout d'un laps de temps lui semblant une éternité, les deux hommes se séparèrent, Raband reprenant le chemin vers le bourg par une sente qu'il connaissait, pendant que Rodéric grimpa sur le tombereau et donna un coup de longe afin de mettre en branle le bovidé, armé d'une placidité relative...

Il attendit que le bruit du véhicule *s'estofe*[50] sur le chant d'un coucou posté à la cime d'un arbre, puis il redressa l'échine et sortit du sous-bois en jetant un œil de destre et de senestre afin de se garantir qu'aucune âme vint contrarier sa venue. Et tout en ployant son rachis – comme un vieux chemineau fourbu ayant parcouru tant de lieues que le vagabond sentit venir le terme de sa vie –, il courut jusqu'au perron de l'huis en quelques enjambées. Étrangement, la porte et son encadrement étaient encore de bonne facture, malgré l'âge de la bicoque. La plaque de la serrure présentait un gabarit d'une impressionnante proportion, sachant qu'à l'origine la commune garnissait la masure d'outillages propres à attirer communément l'aigrefin. À part quelques panneaux vermoulus par les larves du charan-

---

50 S'étouffe.

çon, le placardage de l'ouvrant semblait de bonne facture pareillement aux lourds battants de l'église ; et le chambranle se présentait de la même trempe : édifié dans une boiserie en chêne robuste, qu'il faille appeler le plus rustre des bovidés pour le desceller. Il effleura l'ouvrage des ferrures... Les paumelles forgées en forme de feuille avaient subi l'agression du temps et des maintes conduites sur l'ouverture de ladite huisserie, qu'elles avaient sans doute enduré de fortes tensions sur leurs gonds ; la fragilité résidait donc sur ces parties endommagées par des fonctionnaires peu soigneux dans leurs besognes. D'ailleurs, la charnière du bas fut mise à mal par une manœuvre pour le moins agressive : Sigebert attribuait le descellement partiel de la paumelle suite à une charge pesante postée sur la traverse basse du vantail.

Il jeta un œil de gauche et de droite, à la recherche d'un outil permettant de dégager le pêne, mais la quête s'annonça ardue pour découvrir un accessoire apte à être employé comme une clé passe-partout. Il fit le tour du magasin, puis courba l'échine en découvrant dans l'herbage un ferrage pouvant faire office de rossignol. Le jouvenceau positionna l'un des bouts de la tige au niveau d'un angle offrant l'opportunité d'y glisser une petite section de l'extrémité de la barre, puis fit une traction s'avérant pour le moins assez pointue à exécuter. Il y parvint par force adresse et revint au fronton de la masure. Il crocheta le bout de la lame dans la serrure, tournant, pivotant le ferrage jusqu'à ce qu'il parvienne à entendre le cliquetis de la victoire. Fier comme un coq, il poussa le vantail et pénétra dans l'antre du magasin...

À la faveur de l'ouverture de l'huis, un essaim d'escarbilles voltigea lorsqu'il franchit le seuil ; une nuée de poussière grisâtre lui prit soudainement à la gorge, qu'il se mit à toussoter à pleins poumons. L'endroit était plongé dans une semi-obscurité carcérale. Au centre de l'aire, un plateau s'étirait sur des tréteaux bancals, recouvert d'une toile de jute ballonnée par un appareillage abrité du regard. Les murs s'érigeaient d'une multitude d'outils tels que, scies, bêches, faucilles, serpettes, fourches à foin et j'en passe… Mais tout cela fut mis au rebut tant le matériel montrait des signes de fatigue et de rouillure manifestes. Au sol, tout autour des tréteaux, fourmillait un débarras de matériel hétéroclite peu usité, tant il reposait sous un dais de voilages arachnéens recouverts d'une couche de poussière.

Son regard accrocha le bâchage déployé sur la table, créant une ronde-bosse se dressant à mi-hauteur d'homme. Lancé par une curiosité lui dévorant l'intellect, il souleva et retira la toile afin d'en révéler le mystère… Sigebert recula d'effroi devant l'œuvre démoniaque se révélant à sa vue ; les battements de son cœur s'accélérèrent et cognèrent subitement contre son torse, et ses sourcils froncèrent en découvrant la carapace de la bête abominable, encore assoupie sous la bâche, comme le cadavre d'un *porcor*[51] gisant sur l'autel des sacrifices de la bonne chère. « La Bête… » dit-il d'une voix tremblotante. Il fut néanmoins intrigué que ce nécrophage *dormaille* de tout son saoul, le plastron posé sur une vulgaire planche, et enveloppé de tous les soins que des humains lui procurent… Il revint à la charge, mesurant ses gestes afin de ne pas réveiller en sursaut « la Bête ». Sigebert effleura la carapace, puis glissa sa pogne vers son cou large et élancé, jusqu'aux énormes pinces permettant d'agripper le corps des défuntes reines soumises à l'oblation, mais le cuir de l'animal intriguait son esprit ; cela faisait plutôt penser à de la

---

51 Cochon, sanglier.

peau de cochon traitée contre l'humidité, tant il sentait une émanation suspecte de poix. Il se mit à farfouiller autour de lui, reflua vers l'entrée et tomba sur une bougie de suif et un briquet, qu'il frotta contre les fibres de la mèche. La lumière se fit jour, faiblement, puis la flamme grandit en dégageant une fumerolle noirâtre et une odeur rebutante. Il orbita autour de la litière de l'animal, déplaçant la bougie au-dessus de la créature afin de mieux saisir son anatomie.

Sigebert sentit venir la supercherie poindre son nez, tout effleurant de l'autre pogne la carcasse du vil charognard. Il se posta devant son crâne, l'échine positionnée aux abords de l'entrée, et c'est à cet instant-là qu'il reçut un coup sur la tête, son corps chancelant et son esprit sombrant dans le gouffre noir de l'inconscience...

— On ne te voit guère, ces derniers temps...

L'esprit de la jeune lavandière s'ébranla aux dires de Ganelon, qu'elle fut soudainement animée de soubresauts alors que sa mine frissonnait d'une tension convulsive, semblable à l'impulsion d'une crise nerveuse. Puis tout en arpentant l'avenue centrale menant à la place du marché de plein vent, elle ralentit le pas et pivota sa frimousse vers le faciès bourgeonneux de Ganelon, les yeux pétillants face à cette rencontre fortuite mais fort agréable.

— Que crois-tu ? dit-elle de son visage à l'arrondi lunaire. Je dois épousseter le mobilier, laver le pavé, préparer bombance, mettre la table, puis dès les *vêpres* remettre les couverts, ranger la table après le repas, *escouver* le parquet, et, comme si cela ne suffisait pas, apprêter le *châlit* de monsieur... répliqua-t-elle, en le regardant des yeux froncés, tout en maintenant une cinétique alerte de ses pas.

Il était enveloppé dans un *mantel* ayant fait son chemin, de moufles troués aux premières phalanges et de houseaux élimés au niveau des coutures et des œillets pourvus pour le laçage. Néanmoins il présentait toujours son regard rayonnant, qu'elle en fut confuse au point de s'empourprer des pommettes, la pèlerine calfeutrant les signes chamarrés de son embarras émotionnel, et ambitionnant de chasser ses pensées impures dans la fosse de l'oubli ; la rigueur hivernale aidant en cela.

Ganelon n'osa plus sortir la moindre parole, et c'est à cet instant qu'elle comprit qu'elle avait fait un impair sur leur conversation. Elle interrompit son cheminement, le regard armé d'un sourire surfait, son minois plongé dans le capuchon qu'il fit un trait sur la bévue de la belle, tant elle rayonnait de fraîcheur.

— Désolée, dit-elle en immisçant un regard pétillant. Je n'ai plus une seconde à moi. Je suis comme une tripotée de linge à plonger dans la buée : complètement lessivée !

— Ce n'est qu'une étourderie occasionnée par un abattement attisé par des heures de labeur que tu amoncelles au fil des jours, fit-il en la regardant d'un œil complaisant.

Ils cheminèrent ensemble… puis Ganelon jeta un regard biaisé vers le panier en osier, qu'elle portait en le faisant osciller sciemment afin de purger son malaise. Isabeau remarqua son coup d'œil.

— C'est qu'en plus, je dois faire les courses de *monsieur*, afin que sa panse soit sustentée, dit-elle, le col dressé comme une déesse vers le zénith.

— Il peut bien jeûner de temps à autre, à la vue de ses *entraignes*[52] de cochon, lança-t-il d'un air narquois.

---

52 Les entrailles.

Ils rirent de bon cœur, tant celui-ci brûlait dans leur coupe commune. Ils abordèrent le marché dressé sur la place de la mairie, le brouhaha des bonimenteurs, des camelots, des boutiquiers et des maquignons submergeant leurs esgourdes. Peu avant d'aller butiner entre les étals, il lui tendit une perche :

— Avec l'appui de mon oncle, nous avons pensé à toi, et nous nous sommes creusé la tête afin de te sortir de ce mauvais pas...

— Je t'arrête tout de suite, tonna Isabeau en lui coupant la parole et en le regardant droit dans les yeux. Ne pense pas que je vais renoncer à mes charges... J'assume entièrement mes nouvelles responsabilités, il est donc hors de question que je délaisse mes ouvrages auprès du curé et de mon oncle, pour aller fourailler ailleurs un... Je-ne-sais-quoi, et dans des conditions plus que précaires, fit-elle en lui tendant un cou vers sa mine défaite.

— Je suis navré de t'avoir blessé, dit-il en faisant amende honorable. Je pensais que... Je pensais que... Je me suis dit qu'après toutes ces épreuves que tu traverses, nous t'aurions donné un coup de pouce, afin de te dénicher un boulot plus pénard, donnant moins de matière à faire dresser les férules du curaillon et de ce vieux coc... de ton oncle, affirma-t-il en se reprenant de justesse. Et d'ailleurs, ajouta-t-il pour conclure ses argumentations, pense à ta santé : crois-tu que tu parviendras à tenir dans la durée ; tu es ni une héroïne ni une sainte, vouée à sacrifier ta vigueur sur l'autel des holocaustes...

Elle le regarda d'un air désabusé, tout en lui occultant ses tourments affligeant son âme en détresse, et ne lui céder qu'un ersatz d'humeur badine, en signe de réplique ; sa bouche immisça une légère saillie, une déclivité s'achevant en javeline aux commissures des lèvres.

— Je dois respecter les engagements auxquels je me suis engagée. Et rien d'autre ne pourra m'y soustraire ! dit-elle pour clore la conversation. Puis elle reprit son chemin, et ils s'immergèrent dans la place du marché…

19

Elle enfourna la cuiller de nectar sur sa langue râpeuse, les lèvres tremblotantes d'un malaise allant croissant : la démence guettait les premières failles de sa psyché, pour s'y engouffrer dans une fluidité reptilienne au fil des semaines. Tout en ingurgitant le philtre, Hersende tendit le cou vers la servante, ses frétillantes prunelles délivrant à la cameriste l'avènement de la névrose.

« Avalez tout ! ordonna la première chambrière du gynécée. Vous devez vous armer de vaillance, et respecter 'à la lettre' l'ordonnance de notre bon curé », fit-elle d'un ton glacial, le regard empli d'animosité pour cette femme qui passait son temps à ingérer un breuvage destiné à redonner la vie au genre féminin, à copuler du soir au matin et engloutir des litrons de pitance qu'elle en devienne énorme, au point de lui fournir un châlit adapter à sa morphologie. Mais rien n'était moins sûr qu'elle enfante d'une drolesse, en ce vaste monde où foisonnent à la pelle, des alchimistes, des sorciers et des bonimenteurs...

La cameriste déposa la fiole et la cuiller sur le plateau d'un geste sec, et revint armée de l'écuelle emplie d'une pâture aussi visqueuse qu'indigeste, mais dont le contenu devait, supposément, apporter tous les éléments nutritifs permettant de fortifier son corps des carences nutritionnelles de la lèpre et des autres affections malignes noircissant les annales de la bourgade.

Hersende lui jeta un regard empli d'affliction, mais cette dernière resta de marbre face au désarroi de sa reine.

— *Mangeaillez* ! ordonna-t-elle d'un ton rude.

Hersende apporta à sa bouche la première cuillerée de ragoût, et la fourra dans son gosier en prenant tout le temps qu'il faille, que la chambrière dut la remettre sur le droit chemin…

— Par tous les saints du mont Ithom ! s'exclama-t-elle. Voulez-vous que je fasse appel à la férule de notre prêtre, pour vous demander d'ingurgiter juste quelques cuillerées de cette pâtée ?

D'un geste tremblant, Hersende enfila sa ration de brouet, la mine abattue par ce mets outrageusement relevé en épices et des tranches de lard fortes suiffeuses que cela lui soulevait le cœur. Arrivée au terme du repas, et à la faveur d'un instant d'inattention de la camériste, elle enfonça un doigt au fond de la gorge, régurgitant l'intégralité de la becquetance. La chambrière fit volte-face – le relief du visage frémissant sous l'éclat jaunâtre du clair-obscur créé par la lumière ambiante des chandeliers. Elle écarquilla ses globes oculaires à la vue de Hersende restituer sa dernière cuistance sur le drap blanc du châlit. Elle fondit sur la bordure du lit, ses galoches claquant sur le parquet, la bouille affreuse et les yeux exorbités en apercevant les vomissures maculer la literie.

— Vous n'êtes qu'une sotte ! hurla-t-elle à son encontre, tout en jetant un regard mordant au linge revêtu d'immondices. Vous abusez de ma patience, déclara-t-elle, en soulevant une poitrine si menue qu'elle forçait sur les brassières afin de gonfler le téton. Elle frotta le drap souillé de vomissure, et s'apprêta à lui jeter un soufflet lorsqu'on toqua à la porte.

Le prêtre pénétra dans le gynécée, escorté de la ventrière en chef.

— Allons allons, ma fille... siffla-t-il comme un serpent en arpentant l'espace en quelques enjambées, sa silhouette ascétique se découpant sur le mur du fond, comme une ombre malfaisante surgit des enfers. Sa plastique maigrichonne grossit dans les prunelles de la domestique. Il lui jeta un regard de soufre, alors que sa face d'ophidien n'était qu'à deux empans de la sienne. Je vous interdis de lever la pogne sur la reine ! somma-t-il d'une voix rogue. Pour qui vous prenez-vous ?...

La chambrière baissa le front, alors que la sage-femme vint à la rencontre de Hersende, observant le drap souillé du restant de vomi. Elle fit une volte, et d'une humeur maussade fusa vers la jeune camériste.

— Vous changerez la literie et prendrez soin de procéder à la toilette de la reine dans les règles de l'art, fusa-t-elle, en lui parlant d'un ton catégorique. Elle re-flua vers les pieds du châlit. Venez constater à quel point votre travail a été négligé ! tout en dressant un menton hautain vers la subalterne, les yeux embrasés d'un éclat soufré. La chambrière se dirigea vers la couche en haussant l'échine, subissant les affronts de ses maîtres devant la femme qu'elle haïssait au point d'en faire des cauchemars récurrents. La ventrière tendit un doigt charnu vers les draps. Depuis combien de temps ne les avez-vous pas changés ?

La jouvencelle se tenait coite, le regard vague et la mine livide pointant vers le drapé de toiles de lin, maculées de sang noirci depuis moult jours. Puis elle pivota la nuque vers la ventrière.

— Je n'ai pas constaté cet état de fait, déclara-t-elle, les traits émanant une sincérité douteuse. Pourtant j'ai sommé Brunissende et Théophane de renouveler la literie *martis dies*[53] dernier, avança-t-elle, pour se dédouaner de manquements sur les soins de la reine.

— Alors secouez-vous, et allez les chercher, avant de vous passer le col au pilori sur la place du marché…

Derechef, elle prit ses pieds à son cou, passa devant la stature fluette du curaillon et sortit de la chambre en claquant la porte. L'ecclésiastique aborda le châlit de la Mère-matrice, jaugeant et pesant son âme, alors que cette dernière lui soutenait un regard sulfureux. Il feint l'indifférence, puisant les ressources insoupçonnées dans son psychisme afin de mesurer les valeurs d'intégrité dévotionnelle qui l'habitaient.

La nigaude, c'est-elle au moins qu'elle sera sacrifiée sur l'autel des holocaustes ?

Son regard glissa vers sa panse énorme, tant elle s'était engraissée ; un ballon de chair et d'os revêtu d'un relent de vomissure prenant aux entrailles.

— *Oiez, ma Dame, Deus vos croisse bonté*, fit-il en pliant l'échine devant la mère des bourdons déglutissant un gobelet d'eau, que la ventrière lui offrit en déployant une mine narquoise.

Elle le fixa d'un regard vipérin, noyée dans les ourlés de ses sourcils défaits, sa *crigne* d'un blond arachnéen dès à présent virant en tonalité cendrée suite à l'affaissement des endorphines ; le goût de la vie s'étant consumé pour ne livrer dans sa bouche qu'une amère raison de vivre, qu'elle attendait le jour faste où la faucille de Thanatos daigne enfin trancher le fil de son âme, de ce corps épuisé par la parturition, afin de fuir de cette prison que l'on appelle, la vie… Des images éthérées d'une corvée désormais révolue orbitaient dans son champ de conscience : elle se revoyait à mille *dies* de là, frottant les toilettes des nobles *dame-*

---

53 Mardi, jour de Mars.

letes de la contrée, puis savonner les braies, les *chainses* et les pourpoints des nobliaux devant le disque embrasé du soleil Ari, s'arrachant du mont Ithom et grimpant comme un bouclier flamboyant sur un vaste éther ambré et empourpré des lueurs d'un astre voué à péricliter... Tant d'heures à plonger, décrotter, frotter et presser les fibres du tissu pour livrer une *gonaille* immaculée des immondices d'une vie bien cruelle, surtout pour le vilain.

Elle ne répondit pas à sa formule de politesse, alors qu'en d'autres circonstances, le notable lui aurait voué à l'anathème pour injure envers l'Église.

Drogon se retourna devant la plastique corpulente de la ventrière, celle-ci prenant notes des dysfonctions maïeutiques engendrées suite à une dénutrition, que la reine s'évertuait à pérenniser afin de mettre un terme à cette servitude qui endurait depuis trop de lustres...

— Elle me paraît bien affaiblit, pour une femme en devoir d'enfanter... murmura-t-il à la matrone, d'une voix ténue.

— Qu'il plaise à Monseigneur que je vais, *ipso facto*, remettre les bœufs devant la charrue, affirma-t-elle d'une voix à peine étranglée par une tension portée à son acmé. Elle connaissait l'esprit retord du prieur pour tâtonner à la limite de l'indécence, lorsqu'elle lui causait des infortunes des petites gens, et des faiblesses des grosses bourses pour quelques entorses à pécher par orgueil.

Il se fourailla la mâchoire d'une main dextre, prenant le taureau par les cornes, car le prêtre sentait pointer l'odeur sulfureuse de la Mort, comme un prédateur sournois quand la faim étrille ses entrailles...

— Prend-elle au moins, assidûment, la potion lui étant dévolue ?

— *Oi*, Monseigneur, fit-elle en le regardant d'une mine aguerrie par des années de conciliabules avec le servant de Dieu.

Il s'approcha de son visage bedonnant comme un serpent à la vue de sa proie : un regard soporifique émanait des cavités oculaires, et ses paturons se mouvaient en coulant sur le sol tel un reptile à l'odeur de sa pâture, sans qu'elle s'aperçoive qu'il maintenait son emprise mentale dans ses anneaux glacés.

— Qu'il plaise à Notre Seigneur que cela soit *effectivement* le cas, lui susurra-t-il dans le creux de l'oreille. Sinon je serai contraint d'user de prérogatives bien moins attentionnées, fit-il sous forme d'admonestation tout en prenant le large, la voilure sombre de sa robe de bure flottant au-dessus du parquet comme les ailes d'un rapace, en proie qu'un grand malheur advienne…

20

Son esprit émergeait des limbes de Morphée, alors que d'insoutenables élancements cognaient contre ses tempes comme un tambourin, lors des festivités de printemps ; il redressa son échine, la tête lourde, la langue pesante et râpeuse et la gorge sèche, qu'une outre de vin n'aurait suffi à étancher sa soif. Sigebert ouvrit un œil, puis le second. Son crâne cogna contre le mur d'où il s'adossait. Il voulut couler une pogne derrière sa hure de viandeur, hélas il comprit qu'on l'avait ligoté à un anneau arrimé solidement à la paroi de la geôle. Il se débattit, mais l'anneau en métal était bien trop pesant et coriace pour l'arracher comme un vulgaire fétu de paille, puis sentit un épanchement de sang suinter sur sa tignasse roussâtre d'écureuil. Une lumière diffuse pénétrait par un vantail situé à hauteur de plafond, que l'on s'en doutait qu'aucune âme en perdition ne pourrait s'y glisser afin de déguerpir de ce lieu ténébreux, tant le battant était bien trop haut ; à la lueur émise, il admit que la journée était largement entamée, mais depuis combien d'heures résidait-il ici ? ... Puis il tendit l'oreille, mais assurément l'oubliette avait été conçue afin que personne puisse entendre les suppliques des prisonniers. Sigebert connaissait les moindres ruelles et venelles de la cité, néanmoins il se creusa la tête en imageant la topographie des lieux, telles la maison communale et les différentes artères y menant. Mais rien n'y fit, car la douleur fusait dans son crâne lorsqu'il s'abandonnait à une bonne cuite, le maraud vautré à l'arrière de la remise d'un vil troquet à vider ses tripes d'un trop-plein d'hydromel. Le temps passa, sans qu'aucune âme daigne venir à son secours ; déjà la soif se faisait pressante, et les entrailles lui signalaient qu'il avait grand faim.

Une souris grisâtre pointa son museau dans la geôle, son regard finaud s'appesantit sur le sort de l'humain, observant ce drôle d'animal tout en couinant des babines. Le rongeur fit quelques pas vers la silhouette ramassée de Sigebert, prit une pause et frotta ses vibrisses et son museau de manière assidue, puis se dressa sur son arrière-train comme une bête de foire. Il reprit son cheminement, sinuant sur le sol terreux et humide du cachot, comme prit de griserie après à une bonne cuite, puis fouailla le sol de son museau effilé à la recherche de la moindre pitance, et finit par se planter à quelques pas de Sigebert en couinant l'aumône à son adresse.

« Ha, ma pauvre. Je suis comme toi, en plein désarroi d'avoir la panse aussi creuse qu'un cruchon délaissé par son maître », dit-il au rongeur d'un timbre railleur.

L'animal couina de nouveau, semblant lui donner une réplique sibylline, puis un bruit grinçant de clé pivotant dans une serrure vint contrarier leur conversation singulière ; les gonds d'une porte gémirent sous l'effort, puis des pas claquèrent sur les marches d'un escalier, sans doute en colimaçon. Le rongeur se fit la belle, laissant son interlocuteur à deux pattes affronter son destin... Un éclat lumineux diffus s'intensifiait par l'entrebâillement de l'encadrement de la porte de la geôle. Il entendit la voix rauque d'un homme causer à un autre individu ; sûrement le garde de la mairie. Les cliquetis de déverrouillage de la clenche grincèrent, et le lourd vantail pivota en geignant sur ses gonds, laissant paraître le visage austère de Raband et la stature trapue du nobilis Rodéric trépigner à ses talons, emplit d'une arrogance de nobliau argenté. Ils s'approchèrent et plantèrent leurs gros brodequins devant lui, l'agent du guet posant un panier d'osier qu'il tenait de sa poigne puissante pendant que Rodéric croisait ses bras corpulents sur son énorme bedaine, d'une attitude souveraine. Sigebert ramena ses jointures avec harassement contre son torse, ses gambilles engourdies par tant d'heures sans les avoir bougées d'un empan.

— Redresse-toi ! intima Raband, ses mirettes saillantes des orbites comme celles d'un serpent devant sa proie.

— Comment le pourrais-je, puisque c'est sûrement toi qui m'as saucissonné comme une vulgaire pièce de venaison…

— Prends garde à ton verbiage, tonna Raband tout en lui envoyant un coup de brodequin sur le flanc.

— Suffit ! Raband. Nous avons d'autres chats à fouetter sans s'affairer à perdre du temps avec un aigrefin…

L'échine déployée vers son zénith de nanti, le notable s'approcha du rouquin.

— … Je présume que tu connais le motif de ton incarcération ? lui dit-il sur un ton glacial.

— Si, messire Raband. J'ai ma p'tite idée de ce que vous tramez depuis des lustres sur la contrée… lui signala-t-il en immisçant un sourire narquois. Alors, vous m'avez donné un bon coup de gourdin sur le chef, afin que je n'aille pas babiller au village de vos agissements sournois…

— Cause à Monsieur Raband sur un autre ton, gronda le garde, sinon tu auras à goûter de ma férule, tout en dressant un bras armé d'un bâton.

— Raband ! tonna l'argentier, en freinant de son bras replet l'action vindicative du garde.

L'homme de pouvoir tendit l'échine vers le visage carré de Sigebert, suffisamment proche pour que le champ de vision de ce dernier soit immergé par l'image dévorante du prêteur sur gage.

— Raband, notre petit roturier a des choses à nous dire... Mais je présume que notre jouvenceau a forcément des hallucinations, suite à son addiction au tord-boyaux...

Sigebert le regarda fixement dans les yeux, les traits durs comme de l'acier et une tension extrême de la mâchoire, qu'à une autre occasion il aurait broyé menu une côte de bœuf d'un coup de dents. Le garde gloussa derrière le dos du créancier.

— Je sais très bien ce que mes yeux ont vu dans la remise ! déclara-t-il d'un regard d'acier.

— Ah bon ? Et qu'ont-ils donc vu ?... tout en se redressant sur ses larges gambilles.

— Vous le savez aussi bien que moi, puisque vous m'avez enfermé ici, et sans doute sans l'aval de notre maire, ajouta-t-il, en donnant un coup de menton vers le plénipotentiaire fantôme de l'échevin.

— Ha ! Monsieur Sigebert *pense*, qu'il y a des choses que l'on aurait cachées à notre échevin, à lui et aux administrés... puis il éclata d'un rire glaçant, l'écho se répercutant dans la cellule austère en froide résonance.

— Je ne pense pas, j'en ai constaté les faits !... Toute cette structure posée sur l'établi de la remise, dit-il en esquissant vaguement la forme dans les airs d'un bras faiblard. Je l'ai bien vue, cette chose sous l'apparence d'un monstre... Et j'ai compris ce que tout cela augure depuis tant de lustres : vous avez échafaudé un plan démoniaque dans le simple but d'effrayer les villageois, et ainsi leur faire croire qu'un prédateur rodait et se terrait dans le *maresche*, mettant en branle un funeste tribut pour chaque reine, afin de parfaire à jamais votre gouvernance sur les pauvres gens, vous, le maire et le prieur...

Rodéric se tourna vers Raband.

— Il est fou ! Je te l'avais bien dit, Raband, que ce jeune ne possède plus de cervelet à force d'abuser plus que de raison de l'hydromel, et de bien d'autres breuvages fort alcoolisés... Son addiction lui pourvoit une imagination démesurée... Il divague et affabule, tant sa lippe s'imprègne des relents de l'alcool. Puis il refit une volte vers le jouvenceau, et plia le col vers le corps recroquevillé de Sigebert, l'âme aux abois. Non, Sigebert, tu as simplement déliré suite à un taux d'alcool trop élevé ! Qui donc peux souscrire à tes dires ? Tant ton esprit baigne dans l'esprit-de-vin... Hein, dis-le-moi !... Entendu que tu es un boit-sans-soif et un *vide-gousset* ; et n'oublie pas que l'on retrouve régulièrement des poivrots étendus dans un caniveau, à force d'étancher leur *gargueton*[54] à coups d'hydromel, ou au fond d'un puits à trop rabattre le col pour vider sa panse, d'avoir copieusement trinqué à la gloire de Bacchus...

Sigebert plia l'encolure, sachant pertinemment que peu de personnes n'accorderaient crédit à ses dires. De plus, il flairait que les défroques de ce prédateur créé de bric et de broc et savamment chamarré à l'aide de quelques couches de peinture ne résidaient plus dans l'ancienne remise communale ; le harnachement s'était sûrement évaporé, conservé à présent dans une autre bâtisse, sa plastique de tourmenteur écartée des regards indiscrets d'éventuels fureteurs...

---

54 Le gosier.

— J'ai soif… et grand faim, affirma-t-il tout en regardant le nobliau de biais et en pliant l'échine. De plus j'ai terriblement envie d'uriner.

— Défais ses chaînes, Raband !… pendant que Raband libéra le jouvenceau de ses liens, Rodéric fila vers la porte ; une souris se pelotonnait au niveau du seuil. Il bouscula de son paturon le corps inerte du rongeur : l'animal était mort. Et fiche-moi cette créature du diable dans les ordures ! puis retourna à ses affaires…

— Pour les *aysements,* tu as une fosse servant de latrines, dit-il en pointant du doigt un recoin de l'oubliette pendant que Sigebert s'enfourna une pinte d'eau fraîche dans le gosier, tant la soif tenaillait ses entrailles. Et tu peux remercier notre bon seigneur Rodéric, qui t'a généreusement approvisionné en pain et en eau sur ses deniers, par ce que si c'était moi, c'est cent coups de bâton que je t'aurais donnés, pour lui avoir causé tant d'avanies !…

Le garde reprit ses affaires et avant de quitter les lieux, il se retourna et ajouta :

—… Aussitôt que tu as terminé ton repas, tu me jettes cette *sourisete* dans la fosse d'aisances et tu déguerpis. Et que l'on n'ait plus de nouvelles de ta personne… Tiens-le-toi pour dit !

21

Quelques mois plus tard.

Le gynécée était en proie à un fourmillement singulier dans toute la maisonnée, car la reine s'apprêtait à accoucher ! Chacune vaquait à ses devoirs : la matrone en chef surveillait au grain, lançant des ordres à ses subordonnées, tançant l'une pour avoir omis les linges destinés à l'accouchement, tonnant une autre qui s'attardait à dresser le siège obstétrical et une troisième qu'elle estimait défaillante dans ses fonctions... Quant à la cameriste, elle foudroyait du regard les deux chambrières, et si l'une d'elles ne présentait pas la ligne directive comme il se doit, elle ne s'empêchait pas de la remettre sur le droit chemin. Les deux servantes aidèrent Hersende à accéder à la chaise d'accouchement ; elle s'installa sur ce trône que tant de mères à présent décédées siégèrent jusqu'à laisser choir de leur panse la chair de leur chair, vêtues d'un *chainse* virginal tombant jusqu'aux petons. Sous le masque de grossesse, ses prunelles n'étaient plus que deux petits calots de verre bleuté dégageant une mine défaite par tant de labeurs à être engrossée pour, à terme, ne délivrer de ses entrailles que des *droles*...

La cloche du beffroi sonnaillait l'heure des *compiles*, alors que la Mère-matrice commençait son travail, entourée par les matrones la couvant d'un cocon d'affection... On frappa à l'huis. Le révérend pénétra dans le gynécée, le front en sueur et la mine anxieuse ; sa robe de bure feulait sur le parquet, tout en progressant vers le siège obstétrical... La ventrière principale le reçut avec toutes les attentions que le servant de Dieu devait recueillir pour un homme de son rang. Il n'en fit cas, se jetant au-devant de la scène pendant que la sage-femme le suivait comme son ombre. Il juxtaposa ses deux pognes en signe de prière, puis regarda la silhouette énorme de la reine, en proie aux afflictions de l'enfantement.

« À quelle heure canoniale le travail s'est enclenché ? » demanda-t-il à la matrone sans daigner la regarder dans les yeux, observant plutôt ce tableau génésique où les hommes y étaient exclus, tant cela concernant Dieu et la femme.

— De sitôt, Monseigneur.

Hersende soufflait comme un bœuf, pendant que les sages-femmes lui offraient des conseils avisés, une connaissance puisée au fil des âges... Drogon inclina son chef vers Hersende, le menton du cureton pointant vers sa bedaine hypertrophiée, enfouie sous le drapé de la toilette d'accouchement.

— *Oyez, ma Dame, bénéit seies-tu...* elle redressa fugitivement sa tête, laissant paraître son masque de grossesse, puis recourba le chef vers son bassin, d'où une ventrière s'y postait et se préparait à recevoir le fruit de la semence. Priez Notre Seigneur, ma reine... Priez Notre Seigneur...

Plutôt crever sur le siège, pensa-t-elle, tout en ahanant d'une voix cassée. Elle agrippait les accoudoirs avec tant de force dans les bras, qu'elle avait finie par les desceller partiellement.

Les minutes s'étirèrent...

Les grains de sable du sablier s'écoulaient dans l'étranglement du col, apportant son lot organique à l'édifice du seigneur du Temps... La nuit déploya sa sombre voilure, laissant les chandeliers et bougies embraser la pièce de lueurs tremblotantes, où se dévoilait l'aube d'une nouvelle vie. Au bout de la première heure des *compiles* le crâne du mignard apparut au regard de la sage-femme, toujours ébahie par la magie de l'enfantement, agenouillée entre les grosses gambilles de la reine des faux-bourdons. L'enfançon pointa son petit nez, puis le reste sortit enfin, glissant dans l'utérus sans que la mère fût obligée de forcer, contrairement au précédent accouchement. La patience de Dragon se consumait comme un feu de broussailles. Ses yeux s'écarquillaient sous la scène se profilant devant lui, ses nerfs subissant une trop longue attente qu'il sortit de ses gonds :

— Alors, Madame, est-ce une *drolesse* ? Dites-moi si c'est une *drolesse*...

Il ne voyait que la croupe de la femme, le tronc s'étant glissé sous le bassin de la Mère-matrice.

— Patientez, Mon Père, patientez, l'enfançon arrive... ; je dois trancher le cordon ombilical, et laissez-moi terminer mon travail en toute sérénité... fit-elle, la voix étouffée par sa silhouette noyée sous la chaise obstétricale.

Elle émergea enfin des jupes de la reine, puis redressa son échine tout en s'agenouillant, ensuite pivota son poitrail tout en présentant le nouveau-né à la mine suspendue de l'ecclésiastique.

— Montrez-moi le sexe ! dit-il d'un ton agité, redressez le marmot vers ma face...

La sage-femme faillit tomber à la renverse, à étirer ses bras vers le curé. Puis les deux billes sulfureuses du prêtre s'écarquillèrent, tout en plissant le col afin que l'image floue se reflétant dans sa cornée puisse atteindre une netteté parfaite.

Finalement, il eut la preuve de ce qu'il suspectait. Alors il regarda la matrone d'un air glacial, courba l'échine et y plaqua ses deux pognes, ensuite prit la direction de la sortie du gynécée, les bords de sa robe de bure frottant sur les lames du parquet, sans qu'il ait émis la moindre parole…

La matrone arracha de l'exécutante l'enfançon de ses bras, toujours agenouillée aux pieds de la reine languissant que l'on niche son enfant contre son généreux sein, et le vêtit d'un lange ; elle tendit ensuite le nourrisson devant les silhouettes des subalternes, d'un regard acéré ; un demi-sourire saillant comme une faucille entre ses pommettes. Puis elle dit face à toute l'assemblée des chambrières, sur un timbre haut et puissant :

— C'est encore un *drole*, affirma-t-elle d'un ton gouailleur, sans que la *menuaille* ne puisse discerner le sexe de l'*enfançon*.

22

Le crépuscule pointait ses doigts de bleu lavande et de jaune d'opale iridescents, nimbant d'éclats scintillants quelques nuées échappées d'un moutonnement nuageux défait par les fortes chaleurs ; les premières étoiles livraient leurs lueurs vibrantes sur la voûte céleste, taiseuses spectatrices chapeautant trois étranges individus explorant une section du réservoir communal. Les hommes avaient préalablement poireauté, le temps que l'agent du guet fasse son tour de garde, plongeant leur chef dans un bosquet, bien à l'abri de son regard fureteur. Puis ils se redressèrent et débutèrent leur inspection, armés d'un grappin, d'un panier en osier, d'une brouette (bien graissée au niveau de l'essieu) et d'une grande bâche.

« Argh » tonna Ganelon, dans la bouillasse jusqu'aux reins.

— Chuuut ! lui intima son oncle, veux-tu retrouver ta tête enfournée dans un pilori ?

Son neveu fit la moue, puis s'approcha du secteur où Sigebert avait découvert la gemme huit mois plus tôt. Des émanations infâmes lui tenaillaient les tripes, et ses gambilles se fardaient d'une masse spongieuse verdâtre, qu'il n'avait qu'une envie : se carapater jusqu'à sa masure pour *dormailler* dans les bras de Morphée.

— Un peu plus sur ta destre… signala Sigebert, planté sur la berge du bassin. Encore plus à droite, enchérit-il en s'agaçant d'une manière intempestive, alors que la situation demandait de l'introspection et surtout mille prudences, afin d'éviter de se faire raisonner par les agents du guet.

Ganelon le regarda d'un œil furibond.

— Ben, j'te laisse ma place... Après tout, c'est qu'en même toi qui l'a découvert, cette souillure de bijou !...

— Vous avez fini de vous chamailler comme deux garnements ? !... Nous n'avons pas le temps de jacasser comme des *vieillettes* causant de l'époque où elles n'avaient que de la barbiche sur leur foutre... Je te l'avais précisé, Ganelon, que l'on t'avait désigné parce que tu as le plus grand gabarit. Alors tu progresses encore de deux pieds sur ta destre et tu plonges le grappin dans l'eau, ensuite tu tires dessus, juste pour saisir ce qui en émerge... on récupère le macchabée et on se carapate...

Il progressa ses petons dans la nappe verdâtre fourmillant de lentilles d'eau et envahie d'herbes folles et d'ajoncs poussant jusqu'à ses *espaules*. Des racines fibreuses s'agrippaient à ses paturons, freinant sa progression, puis il buta sur une pierre, ou quelque chose s'y apparentant ; Ganelon ancra le grappin dans ce bouillon filandreux, alors que son oncle maintenait l'autre bout du cordage et tira dessus. L'eau noire bouillonnait sous les billes scintillantes des étoiles, une masse de filasses, de racines et d'ossements à présent disloqués émergeaient lentement du bassin de rétention des eaux pluviales, d'où des effluves de putréfaction envahirent son museau de jouvenceau constellé de lentigos.

Ganelon déposa le tas d'os dans le banneton, puis replaça l'anse sur le grappin, revêtu d'un amas de racines et d'une bourre d'algues noires fuligineuses.

Son oncle tira de nouveau sur le crochet équipé du panier d'osier, au dernier instant, un fardeau invisible le priva d'achever le sauvetage de la dépouille, laissant l'étrange contenant tremblotter entre ciel et eau.

— … Trempe ta pogne dans l'eau. Tu vois bien qu'il y a des racines ou quelque chose m'empêchant d'arracher le macchabée du réservoir ! tonna-t-il.

Il plongea ses grandes paluches dans l'eau tiédasse, son regard biaisant les restes du squelette pendouillant à quelques empans du limon, sa lippe de garnement se froissa d'un rictus nauséeux. Eberulf le regarda se dépêtrer avec un objet assez pesant, que son neveu peinait à sortir des flots sombres. Il redressa l'échine, portant à bout de bras un boulet en pierre, manifestement assez pesant pour lui, la corde y était arrimée et laissait pendre une sorte de gélose verdâtre suintant d'eau, mais comme il n'était pas homme à forcir journellement sur ses biscoteaux, il ne possédait pas une carrure d'Hercule de foire et forçait sur ses gambilles à se rompre le jarret.

— Tu as une dague sur toi ?

— *Sifait*, certifia-t-il, en lui montrant du doigt son couteau au fil élimé. Puis reposa la masse dans l'eau turpide, extrait son coutelas et attaqua la corde à l'aide d'une lame émoussée, dont l'affûtage était largement négligé, les pognes plongées dans la bouillasse, les clavicules de la trépassée dansant au rythme des coups de rognure. Il fallut patienter que Sigebert termine de sectionner le lien reliant le boulet, afin de libérer le restant de la dépouille de son entrave…

— Ben, le fil de ta lame est aussi aiguisé que ton esprit est futé, ironisa Sigebert.

— J'voudrais t'y voir, les pognes dans la vase, en train de taillader dans ce… cette *ligotte*[55] emplie de purin…

— Assez causés ! gronda Eberulf. Le garde ne devrait pas tarder à refaire sa tournée, alors dépêche-toi de boucler ta besogne !

Il parvint enfin à dégager la corde restante, puis Eberulf ramena le tas d'ossements sur la berge, le déposa sur la bâche et l'enveloppa de mille soins dans la toile de chanvre ; sur ce fait, Ganelon rebroussa chemin, ses paturons clapotant dans le bassin, une grenouille coassant et prenant la fuite en sautant à son passage…

Ils ramenèrent l'étrange bagage dans la brouette, et firent le chemin de retour, prenant des sentiers détournés afin de ne croiser âme qui vive…

Deux jours plus tard.

Ils auscultèrent des yeux le tas d'ossements, juste à la lueur d'une flamme revêche ruisselant sur la couche de la trépassée ; en tout cas de ce qui en restait. Le débarras était accolé à la chaumière, chargé de semences et des nombreux outils que nombre de paysans dépendant d'une tenure, étaient en charge d'utiliser et de gérer à la sueur de leur front. Il va sans dire que tous ces biens étaient sous la responsabilité du vilain, et qu'en cas de négligence le sort de ce dernier prenait une tournure que peu de ses confrères lui enviaient. Eberulf détaillait le crâne de la pauvre défunte ; la mâchoire laissait poindre quelques dents déchaussées ; témoignage d'une sous-alimentation sévère, bien qu'à l'origine les premières reines fussent particulièrement choyées, mais celle-ci n'avait apparemment pas bénéficié de toutes les faveurs de la commune. Et cette puan-

---

55 Une corde.

teur limoneuse qui prenait aux tripes, de quoi faire jaillir de votre lippe le dernier repas.

— Pouah ! quels relents infâmes ! s'écria Ganelon, sa pogne pinçant son groin de jouvenceau.

— Plutôt vilain, son sourire édenté... fit remarquer Sigebert.

— *Oi*. Pourtant ce n'est pas dans les usages du bourg, de laisser la santé d'une Mère décliner au point que sa dentition se déchausse pareillement, développa Eberulf. Il se fouilla la face, d'un air interrogateur. Sans perdre de vue, que le reste des reliques est de la même trempe, émit-il d'un air d'effroi : fragile et bien étriqué, qu'elle devait être sous-alimentée, ou avoir des traumatismes osseux, articulaires, que sais-je ?...

— Qu'en est-il, mon oncle, de tes recherches sur les affairements de la défunte ?

Il le regarda d'une mine embarrassée, la lueur de la bougie papillotant sur sa face austère.

— Je n'ai pas trouvé grand-chose concernant le destin de cette reine ; malgré tout, j'ai puisé quelques éléments intéressants au fond des archives... Ayant maintes fois dupé l'agent en fonction afin d'éviter tout soupçon. Il m'a fallu du temps pour percer les sombres arcanes du passé, fit-il tout en se redressant de son séant et se frayant un passage entre les nombreux outils destinés à la culture des phacélies... Huit mois d'investigations, pour ainsi dire. Puis il se dirigea vers le rayonnage du matériel d'apiculture, fouilla au sein d'une vieille souche (en plongeant sa pogne jusqu'au fond), puis en déracina une balle de chiffon. Il revint s'installer sur l'entassement de bois, puis déploya l'étoffe de chanvre qu'il déposa sur le tonneau faisant office de table ; les jouvenceaux courbèrent l'échine devant la bourre de lacets, dont on entrevoyait deux ferrets en cuivre y émerger, oxydés par du vert-de-gris.

« Qu'est-ce donc ? » demanda Ganelon.
— Des ferrets, répondit Eberulf.
— C'est pour ferrer le gardon ?
— Non, pour attraper le nigaud… répliqua Sigebert.

Eberulf les remirent sur le droit chemin :
— Cessez de vous quereller ! Ce sont des aiguillettes, que les anciens ont conservées dans les archives ; c'est en fouillant dans le secteur des « pièces antiques », que je suis tombé dessus. Il déploya les cordelettes offrant à leur bouille de vilain leur séculaire facture. Malgré l'ancienneté des ferrets et le voile d'oxydation vert-de-gris les recouvrant, les lacets conservaient un état fort convenable.
— Et, c'était en possession de la reine ?
Il redressa l'échine et répondit à Ganelon.
— Effectivement. La caissette enfermait une annotation concernant la dixième souveraine – Arnegonde –, avisant qu'elle fut décédée dans des conditions mystérieuses et tragiques… Mais nul commentaire ne mentionne lesquelles, et quelles furent les justifications pour qu'elle soit éliminée en catimini ; les notes furent déposées à la va-vite sur un bout de vélin, ainsi que les ferrets abrités dans un vulgaire casier, placé aux tréfonds d'un rayonnage antique et poussiéreux. D'ailleurs, je vous ai naguère conté qu'aucune mention n'officiait le décès d'une reine dans les registres des archives, mais cette découverte replace les contextes de jadis dans une autre dimension, que nous en sommes à pressentir que le présent n'est, en fait, que le miroir d'un passé pas si révolu que ça…
— Alors, pourquoi aurait-on déposé ces aiguillettes dans une caissette, si l'on ne voulait pas que cela se sache ?

— Bonne question, Sigebert. Je pense que l'individu ayant déposé les lacets dans le casier, devait besogner au sein des archives. Il avait sûrement prévu une action de grande envergure, mais son entreprise fut, hélas, mise à l'échec, pour des raisons que l'on ignore. La loi du silence ayant dominé, en cette époque troublée où il suffisait de quelques babillages entre voisins pour se retrouver pendu au gibet de Montfaucon.

Ganelon allait poser ses doigts sur la pelote d'aiguillettes, lorsque son oncle intervint de justesse :

— N'y touche pas, malheureux !...

Son neveu le regarda d'un air d'effroi.

—... Ces lacets sont noués par une force occulte. Regarde les fils de soie fixés aux cordelettes... L'individu les a entrelacés à l'aide de maléfices de *sorceresse*, afin de livrer à la Mort la reine à qui les aiguillettes étaient dévolues. Mais le maléfice n'est pas pour autant achevé, car celui qui les effleure risque sa vie à ses dépens.

— C'était qu'en même risqué de placer un document dans un casier, alors que le conservateur du patrimoine pouvait tomber dessus dans de fâcheuses circonstances... s'enquit Sigebert.

— Peut-être, mais nous savons bien que c'est toujours dans un lieu coutumier que le diable ose se cacher. Ces aiguillettes étaient dissimulées dans un rayonnage où guère d'individus n'oseraient les exhumer, tant ces annales ne possèdent guère plus d'intérêts actuellement ; en fait qui oserait remettre à jour des faits passés sous silence depuis près de deux cents ans ? Les temps sont peu propices aux investigations, car à présent nous avons d'autres problèmes à résoudre comme, la pauvreté, la sécheresse, l'aridité des sols et les conflits d'intérêts au sein du bourg...

—... Et le curaillon ? manifesta Ganelon. Depuis combien de temps réside-t-il sur le bourg ? Il me semble être issu d'une lointaine contrée. Siégeant depuis tant de lustres au presbytère, qu'il y demeure depuis des décennies, le bougre. Malgré le temps qui passe...

— Ganelon, tu sors depuis peu de temps du sein de ta mère, que pour toi le prêtre demeure sur la cité depuis fort longtemps... Mais tu n'as pas entièrement failli dans tes dits, lorsque tu soutiens qu'il y demeure depuis une éternité, car la doyenne Betho l'a connu dès sa naissance, l'homme de foi l'ayant baptisée, ainsi que ses aïeuls...

— Et personne ne s'en étonne ?

— Drogon a maintes fois expliqué à ses ouailles qu'il effectua au temps jadis des austérités sous l'ombrage d'un sanctuaire abandonné, lui permettant d'accéder au séjour du dieu Ari. Durant une apparition, la déité l'aurait béni et récompensé de ses mortifications, en lui offrant de séjourner sur Tartare durant un demi-millier d'années, toujours en se conformant à ses dires... C'est à cet instant-là qu'il débarqua dans le village, promettant à l'édile de l'époque de refaire éclore les *drolesses* des entrailles des femmes en couche, afin d'accroître la population. La favorite devait accepter de prendre dans son châlit le plus râblé des jouvenceaux de la commune, et si elle accouchait davantage de *droles*, alors son compagnon abandonnait sitôt ses fonctions pour qu'un autre jouvenceau engrosse la reine des bourdons à son tour, jusqu'au jour où elle parvienne à concevoir d'une *drolesse*... Hélas, cela ne fut le cas, alors le vieux cureton prit le taureau par les cornes, et lorsqu'une nouvelle reine enfanta le dixième *drole*, par de sombres conjonctures astrales émergea du tréfonds du marais une bête démoniaque causant de terribles maux à la populace… Dès lors, celle-ci fut sacrifiée ; un holocauste afin d'apaiser les colères du sombre prédateur. Les reines se succédèrent au fil des décennies… Et il en fut de même des faux-bourdons, car si l'étalon faisait défaut à ses impératifs de libido (pour différentes raisons), Dragon décida qu'il serait castré, bon à rebrousser son *chainse* pour des travaux de force. Ainsi, siècle après siècle, le légat de Dieu accomplit ses fonctions, allant jusqu'à épuiser le filon des futures mères qu'il devient *au jour d'hui* éprouvant pour une femme, qu'elle mette au monde une *drolesse* sans que son cœur batte rudement à l'annonce faite par le prévôt, que sa géniture sera offerte sur le châlit de la chambre royale à devoir coucher et s'engrosser, pour ne porter en son flanc qu'un déplaisant *drole*… La gent féminine se réduisant comme peau de chagrin, *dies* après *dies*…

Un silence poignant déploya son ombre dans la remise ; tous regardèrent d'un œil craintif la pelote d'aiguillettes, posée dans son carré de tissu. Eberulf replia le lambeau de toile de chanvre, prenant soin de n'effleurer par mégarde les sombres lacets, envoûtés par un ténébreux récipiendaire des forces occultes. Puis, il se redressa de son séant et replaça la pièce au fond de la ruche-tronc, à l'abri des regards inquisiteurs.

23

L'automne revint, emplissant l'air d'une impétueuse exhalaison.

Eslaver le pavé, *s'estriquer* à *despoudrer* le mobilier, élaborer le repas et dresser la table, tel était désormais le rituel d'Isabeau... du matin au soir. Le notable avait réussi à différer les anciennes obligations de la lavandière pour qu'elle assume, dès à présent, de nouvelles fonctions au sein de la demeure de l'argentier ; et c'était bien peu dire que le travail ne manquait pas, sans compter l'œil fureteur du majordome, ne se privant pas de lui signaler la moindre faute, un oubli fâcheux ou d'ajouter en fin de soirée quelques labeurs en sus, juste de quoi l'éreinter, qu'elle tombait sèchement sur sa couche de fatigue, sans avoir avalé la moindre bouchée de pain. Certes, elle n'était plus dans le besoin, puisque son oncle lui offrait le gîte et le couvert, mais l'homme avait la dent dure, à savoir qu'il ne parvenait pas à mettre la pogne sur la masure de sa nièce, rabâchant de temps à autre qu'elle faisait une mauvaise affaire en louant son bien immobilier en l'état ; pourtant, la belle lavandière avait réussi à trouver preneur en la personne d'une jeune veuve détenant un petit pécule issu de l'héritage de son défunt mari, lui permettant de louer la masure pour quelques sols. Cependant, elle n'avait plus à se lever aux aurores pour affronter les rigueurs du froid et les mille et une pièces de linge à *eslaver* dès potron-minet... jusqu'au crépuscule.

D'ailleurs, le soir tombait sur le bourg dans une atmosphère maussade ; Ari exhibait son disque d'un bleu turquoise, accompagné de protubérances filasseuses sourdant des champs magnétiques, certes plaisant au regard, mais son rayonnement calorifère déclinait au fil des siècles, l'activité thermodynamique devenant insignifiante au point que de nombreuses espèces animales agonisèrent pour certaines et évoluèrent pour d'autres... La dure loi de l'évolution. Isabeau détourna le regard de ce soleil agonisant, puis se remit au turbin avant que le maître des lieux pénètre dans sa chaumière...

Elle avait pratiquement achevé d'installer la table, lorsqu'elle entendit un gros boucan, suivit de mots obscènes émergeant de la lippe du sieur Rodéric.

« Il est plein comme un cochon ! » dit-elle, tout en se dirigeant vers la cheminée, dont un pot trônait au-dessus du feu que le majordome avait pris soin de faire sourdre du briquet. Tout en remuant le brouet, elle l'entendit s'approcher, cognant contre les murs tant il avait bu, ses paturons traînaillant sur le parquet et maudissant l'architecte pour avoir conçu la bâtisse avec tant de recoins et de couloirs aussi étriqués que le croupion d'un gallinacé... Il atteignit le seuil de la porte, s'accotant contre le chambranle d'une allure de pochard ayant bu plus que de raison, tout en déshabillant du regard sa nièce ; l'œil lubrique, la *crigne* embroussaillée et le visage cramoisi par la boisson et l'effort qu'il déploya pour escalader (et le mot n'est pas trop fort, pour exprimer l'état d'ébriété du personnage) les quelques marches de la demeure. Son corps tanguait comme un navire en perdition, et à un certain moment ses gambilles faillirent céder sous le fardeau d'un organisme imbibé par le picrate, qu'il se retint de justesse en cabrant son échine plantureuse, lâchant un rictus d'acharnement afin de paraître convenable devant sa nièce ; si l'on pouvait narrer la chose ainsi.

Alors qu'elle *bouillait*[56] le pot-au-feu à l'aide d'une grande cuiller, elle l'entendit s'approcher à grands pas de loup ; il planta ses gambilles à une coudée de son échine, son corps massif ballottant comme le mât d'une embarcation agriffée par un mauvais grain. Rien qu'à éprouver son haleine emboucanée, elle se pétrifia comme une austère cariatide, un fluide glaçant ruisselant tout du long de son dos... Il empuantit de vinasse et de suée ; ses lèvres gercées, attisées par des vins capiteux, effleuraient le col soyeux d'Isabeau. Elle huma son haleine infâme, et perçut sa respiration saccadée longer sa nuque jusqu'au bas du dos ; une entêtante odeur revêche empuantit et sourdait de ses pores, à rendre de sitôt son dernier repas... Le petit cœur de la lavandière tonnait comme les foudres du ciel, éprouvant un malaise allant croissant...

« Ma petite-nièce, dit-il d'une voix sirupeuse, ma *touuute* petite nièce », tout en dressant sa pogne de malotru, ses doigts pâteux touchant la peau de pêche de la jouvencelle, puis les faisant glisser tout du long de son échine...

Il n'en a fallu pas plus pour qu'elle fasse une volte, et lui envoyer un soufflet sur sa face de goindre, qu'il fut sidéré, pétrifié par cet affront venant de la *blancheresse*[57], étirant ces sourcils vers les combles, l'esprit emplit d'une nébuleuse introspection sur le sens qu'il fallait donner à cette humiliation attisée par une *garcelette*... Elle comprit aussitôt, que son destin venait de basculer : elle laissa choir la cuiller dans le bouillon

---

56 Remuer un liquide.
57 Blanchisseuse.

de pot-au-feu, prit ses gambilles à son cou en se coulant à toute allure dans l'huis de l'entrée...

Éole expirait son courroux sur la contrée, les frondaisons pliant l'échine devant le fougueux maître du vent. L'huis s'ouvrit brusquement sur le visage anguleux et doucereux de Marguerin, devant les *crignes* défaites par la bourrasque de Eberulf et de Ganelon. Elle les invita à entrer dans sa chaumière ; ils pénétrèrent dans la masure, à la lueur de quelques bougies de suif dansant sous un courant d'air fantasque. L'enfançon *dormaillait* dans ses bras, malgré la fureur des éléments. La chaumine était ramassée d'un seul tenant, l'endroit particulièrement lugubre, malgré le chatoiement de quelques lumignons diffusant leurs miséreux éclats dans l'unique pièce de la maison. Elle les invita à poser leur séant sur un lit de paille, alors qu'elle s'installa dans un recoin de la couche, prenant la majeure partie de la longueur du mur. Son rejeton s'éveilla brusquement en braillant sous la fureur des éléments. Et tout en relevant sa chemise, elle présenta son téton à son enfant ; il but goulûment, son effort de succion se répercutant dans le modeste logis. Ils regardèrent fugacement l'enfant et la mère, envahis par une aphasie pesante, hormis celui de l'allaitement.

Le temps passa, alors que le grain expira pour engendrer des trombes d'eau secouant les sylves de la région comme une vulgaire roselière prise à l'acmé d'un tourbillon venteux. Le clapotis de l'averse semblait apaiser les esprits, rendant l'angoisse moins palpable, et l'attente moins pénible. Soudain, le battant de l'huis s'ouvrit de nouveau et deux créatures pénétrèrent dans la chaumière, la *crigne* ruisselant sous l'averse ; Rémi entrant le premier, un baluchon sur l'épaule, suivit par les pas d'Isabeau se conformant en égale démarche, la face rembrunie à faire décocher une mine guillerette à un trépassé. Ganelon se dressa de son séant, son petit cœur de jouvenceau pilonnant son poitrail comme le maillet du forgeron sur l'enclume, à s'interroger si le moteur de ce martellement découlait d'une humeur enflammée à la vision de la lavandière, ou simplement issu d'un subtil frémissement cardiaque à s'être soudainement redressé sur ses gambilles, par égard de bienséance.

Rémi posa le baluchon sur le sol en terre battue, alors qu'Isabeau restait pétrifiée par cette giboulée, l'eau glacée ruisselant le long de sa *crigne* d'un noir de jais. Le maître de maison lui lança un essuie-mains en toile de chanvre, dont elle le plaça sur son crâne en le frottant de manière énergique.

« Vous en avez mis du temps… » nota Eberulf.

Rémi jeta un regard d'affection à son épouse, puis observa Eberulf se redresser, s'approchant d'Isabeau afin de lui offrir toute son attention.

— Nous avons dû patienter au coin d'une venelle, le temps que le majordome retourne dans sa chaumière, justifia Rémi, tout en pliant des jointures devant la *fäerie* de l'allaitement.

Ganelon fronça des sourcils, en considérant le volume étriqué du baluchon :

— C'est bien peu de chose, pour avoir pris tant de risques ! déclara-t-il, d'un ton déconcerté. Puis il releva le chef, jetant son regard de braises vers le visage d'albâtre d'Isabeau.

Un sourire pincé éclaira sa mine défaite, et tout devint radieux sur l'instant, dans l'esprit penaud du jouvenceau.

— Je n'ai pris que le nécessaire, dit-elle d'une voix éraillée par l'émotion et la froidure qui tenaillait sa poitrine ; car par ce geste de rébellion, tout en légitimité, elle venait de mettre un terme au contrat qui la liait à son parent. Sans oublier que son acte mit en branle une mécanique procédurière infernale, et bien huilée, ourdie par un édile ayant pignon sur rue, un usurier des plus arrogants, une crapule vénale d'une malignité sans égale dans le bourg, que dorénavant la jouvencelle était mise à la vindicte de son ascendant, et que sa marge de manœuvre se livrait comme peau de chagrin... À moins de présenter ses excuses au trublion et de réintégrer *derechef* le logis de son oncle, évidemment en courbant l'échine.

Le jouvenceau aborda les rondeurs aguichantes de sa dulcinée, le pas maladroit, le cœur battant comme un tambourin et la pogne tremblant à l'idée de la *mignoter*[58] pour réchauffer son corps des peines de l'âme, et de la fureur des éléments. Il allait lui apporter assistance, lorsqu'une voix rauque brisa son élan :

— Ganelon ! Au lieu de rester planté comme un benêt, tu devrais porter le linge de la *damoiselle*, afin qu'elle puisse se changer et l'étendre pour l'assécher...

Tous deux se dirigèrent vers l'appentis jouxtant l'arrière de la maisonnée, sous les regards brillants et mutins de Eberulf et de Rémi, alors que Marguerin leva les yeux au ciel, tout en terminant la tétée.

Dès le retour, son esprit sombrait dans les abysses de l'affliction, Isabeau prenant conscience qu'un simple soufflet a pu affecter à ce point son destin. Son corps se pelotonnait sur la couche, enroulé dans son cocon d'amertume, alors que Ganelon posait d'une délicate attention sa pogne de soupirant, sur le bras tremblotant de la jouvencelle. Pendant ce temps-là, Marguerin réajusta son *chainse* recouvrant un sein généreux, tandis que l'enfançon, la panse pleine, replongea *derechef* dans un profond sommeil. Rémi et Eberulf

---

58 Cajoler, câliner.

discutaillaient entre eux, s'entretenant sur le devenir de la lavandière...

— Peut-être qu'en négociant son retour, Rodéric deviendrait indulgent et disposé à la réintégrer en sa demeure... proposa Rémi, tout en jetant un regard fugace vers la protagoniste de cette assertion.

— Ah, et que proposes-tu de soumettre à l'argentier, afin qu'il lui ouvre en grand l'huis de sa demeure ?

— Isabeau pourrait céder la vente de sa maison à son parent, pour un tarif singulier. Tant son appétence dans l'investissement immobilier lui laboure les tripes...

Eberulf se massa le menton, sceptique quant à bailler la demeure de la jouvencelle à l'enfièvrement trésorier de son oncle.

— Après qu'elle eut cédé son bien, nulle promesse tenue ne l'empêchera d'user de sa mainmise sur la petite ; je connais le *goindre*, pour avoir tenu tant de discours pompeux devant l'image angelot de quelques *bachelettes*... Décidément, non, je ne pense pas qu'elle doive lui brader sa chaumière pour une bouchée de pain. J'ai une alternative dans mon escarcelle, afin qu'elle soit écartée de son pourceau de parent, affirmat-il, tout en considérant la scène des deux jouvenceaux chatoyer le recoin de la couche sous les embrasements d'un nouvel Éros.

Elle avait redressé son échine, l'œil larmoyant et la *crigne* défaite, une mèche noir de jais dissimulant partiellement ses lèvres pulpeuses. Isabeau écarquilla ses paupières, la prunelle se braquant sur les deux hommes en grande conversation, alors que Ganelon la regardait d'un esprit enjoué, l'œil pétillant ; la jeune fille repoussa précautionneusement le corps du *jovencelin* du plat de la main. Puis elle se redressa, et s'avança jusqu'aux deux hommes, alors que Marguerin s'occupait de préparer le repas ; les panais, fèves et cardons mijotant doucement sur le feu, sans compter les châtaignes crépitant dans le poêlon.

— Dès *matines*, j'irai présenter mes excuses à mon oncle... Je ne peux me permettre de quitter ses pénates, tant il a eu la bienveillance de m'accueillir dans son logis et de m'offrir le gîte et le couvert. En dédommagement de ses bonnes actions, il est tout à fait légitime qu'une contrepartie vienne équilibrer la balance de sa généreuse hospitalité... estima-t-elle, dressant son chef vers Eberulf et Rémi, étonnés de ce revirement.

— Tu connais le gredin, lança Eberulf, passé un laps de temps il réitérera ses *forfaitures* ; crois-tu pouvoir résister longtemps à ses mesquineries ? Tu passeras à la casserole, quoi que tu en dises !

— Il faut bien que je remplisse ma panse, et qu'une couche me tende son *materas*[59], pour y étendre mon corps abattu par le labeur que chaque jour Dieu fasse... affirma-t-elle, tandis que Ganelon s'approcha à grands pas, sa stature s'élançant comme une sylve altière de sapinettes. Il s'invita dans la conversation :

— On pourrait lui offrir l'hospitalité, déclara-t-il, l'œil pétillant... juste le temps qu'on lui trouve un pied-à-terre, rajouta-t-il, sachant que la chaumière appartenait à Eberulf.

— Et moi, ce que je veux, on me le demande ? fit-elle d'un ton cinglant. Ils se regardèrent, la lippe taciturne et la mine décontenancée par les dires d'Isabeau.

— La seule chose que nous désirons, chère Isabeau, c'est qu'il ne t'échoit aucune mésaventure, dès lors comment pourrions-nous avoir l'âme en paix, alors que nous savons que ta vie était en danger ?...

---

59 Matelas.

Elle fronça des sourcils, ne s'attendant pas à ce déploiement d'affection de la part de ses amis ; elle qui passait pour une insoumise, une séditieuse prête à fomenter une révolution contre l'autorité établie. Il la regarda, les sourcils accrochés au ciel. Puis il y eut un deuxième instant d'aphasie rongeant le frein de certains... Eberulf décida de briser cette hégémonie sentencieuse :

—... Je connais bien mon daron – un homme d'une grande bonté, si l'on ne le prend pas pour une cruche. Tantôt, nous devrons récolter le miel de nos ruches-troncs... Je solliciterai ton intégration dans l'équipe ; et en attendant que tombent tes premiers appointements, nous t'invitons à demeurer chez nous, une pièce n'attend que ta présence, afin de l'occuper... dit-il en tendant un bras d'Hercule vers l'alcôve à l'état impalpable.

— J'ai approuvé le contrat qui nous lie formellement, soutint Isabeau ; tantôt il foulera ses paturons sur les parquets de son avocat, puis dépêchera les gens d'armes afin de me ramener *illico* dans sa sombre demeure.

— J'appuierai ton dossier au prochain Conseil municipal... et faire évoluer la situation, argumenta-t-il. Je connais mon patron, il est déjà en froid avec ton oncle pour quelques raisons foncières, sans compter qu'il a une certaine antipathie pour cette canaille. Nous aurons l'appui d'une partie des élus, comme notre échevin, et ferons en sorte qu'il ne puisse profiter de sa position de substitut parental, contraint de subvenir à tes besoins et à ta sécurité – il est mal placé en cela, le bougre, pour venir clamer haut et fort ses droits et devoirs parentaux, alors qu'il ne se gêne pas pour retrousser ton bliaud !...

24

    La brume drapait la contrée d'un suaire d'organsin blafard, laissant paraître de fugaces pans de paysage agreste se découvrir entre leurs draperies opalescentes, fluctuantes au gré des courants aériens ; la sylve se revêtait de lambeaux de brumaille enveloppant les fûts des arbres comme des replis de tissu soyeux, épousant leur tronc revêche de leurs bras diaphanes filandreux. Sigebert grimpa sur le talus, se fraya un passage dans la broussaille puis sauta par-dessus le fossé quasiment à sec, d'où un piètre filet d'eau croupissait dans son lit raviné par d'illustres colères du ciel, à présent narrées dans les annales de la commune – la sécheresse ayant dépouillé aux généreuses Hyades, les ondines de la pluie, le royaume de Tartare. Ses pas foulaient une glèbe à présent asséchée par manque d'eau, révélant de chétifs herbacés et graminées affleurant un sol altéré par la déficience des précipitations, les nappes phréatiques aussi creuses que la panse d'un vil mastroquet, et où des crevasses se découvraient à l'œil perçant du jeune braconnier, alors que nous étions en période automnale ; ses paturons laminaient une terre pulvérulente, où chaque enjambée faisait voleter des escarbilles de glaise ocre, prouvant l'ampleur du désastre climatique. Car malgré la rosée, et quelques mièvres averses tombées durant l'année, la flore dépérissait au fil des années…

Il parvint au replat d'une piste débroussaillée par le maître des lieux, l'infâme *nobilis* Rodéric ; le layon serpentait dans un domaine d'une dizaine d'hectares, que de nombreux bourgeois et argentiers prenaient une envie pressante d'y commettre leurs sordides forfaits de chasse à cour, ou de tirer à l'arc sur un chevreuil aux abois, poursuivi par une meute de chiens hargneux. Qu'importent ces terres dépouillées à de faméliques vilains, alors que la gueuserie, la lèpre et la peste noire ont fauché la vie de leurs parents et grands-parents, et qu'il faille allouer au notable leurs dernières vitalités pour démanteler leur chaumière, suspendre pénates à leur col et se retrouver à tendre la paume sur la place du marché, leur ventre criant « famine ! ». Durant une vingtaine de coudées, il longea les broussailles jouxtant la voie menant au marais, puis la laie plongeait dans le *buissonet* aux frondaisons clairsemées de branches chétives ; majoritairement des érables et des chênes, ainsi que des troènes croulant sous leurs baies nocives pour la santé. Il progressa dans le sous-bois au chant d'un coucou, alors qu'un ciel encore blême s'échauffait à l'approche d'un soleil brûlant… Des chablis enchevêtrés l'invitaient à contourner leurs fûts à présent morts, peuplés d'insectes, de mousses, de lichens et de champignons à l'apparence de farfadets. Le jouvenceau connaissait le secteur comme le fond de sa poche, et ne craignait pas de croiser âme qui vive, car les temps n'étaient plus à la battue et à la vénerie, tant la faune faisait grise mine. Ses pas aboutirent à l'orée d'une clairière, la sente glissant sur un faux plat descendant, pour finalement se frayer une coulée dans la trouée entre de hautes herbes ; des graminées où venait butiner à foison une constellation d'insectes, sous les lueurs rasantes et rougeoyantes de l'illustre soleil Ari. La gibecière plaquée à son flanc, il sortit du sentier et se dirigea vers le recoin d'une butte, en foulant ses paturons dans les taillis, dont un collet était savamment caché par le couvert végétal ; le bruissement des herbes s'invitait dans l'espace sonore de la clairière, frémissant son altérité dissonante face aux mélodies fastueuses des oiseaux, tout en joie devant l'arrivée du disque solaire.

Il découvrit un lapin de garenne prit au piège du lacet, la gueule entravée par le fil de fer, le nœud coulant s'étant refermé de lui-même tant l'animal dut se débattre de cet horrible traquenard qu'il n'avait aucune chance de s'en déloger. Sigebert courba l'échine, puis dégagea le cadavre encore chaud, le soyeux du pelage glissant dans sa poigne. À peine avait-il terminé cette cueillaison, qu'il entendit le grognement d'un vieux solitaire à l'autre bout de la clairière ; un secteur impropre à cheminer, car l'herbage y était particulièrement touffu et épineux, hanté par de hautes herbes abritées par l'ombrage de la frondaison, le terrain étant orienté au septentrion qu'il favorisait une flore plus résistante et fertile qu'à l'accoutumée – un cas à part dans ces contrées se désertifiant. Il redressa précautionneusement son dos, le regard portant à quelques dizaines de pas du mamelon, observant le gros sanglier fouler le sol de sa truffe noire. Sigebert enfouit le gibier de basse venaison dans sa besace. Dès lors, poussé par la curiosité il contourna la butte d'où foisonnaient quelques arbustes siégeant comme des princes sur leur trône terreux, progressa lentement, tout en marchant à pas mesurés vers la bête noire... L'animal redressa sa masse hirsute, un mâle trapu, un solitaire à qui rien n'effraie, excepté le genre humain toujours à le chasser des terres arables... Sa hure se fardait d'une terre boueuse, des racines et des herbes folles s'y étaient lovées, un filet d'écume crémeux dégoulinant jusqu'au sol. Sigebert patienta, en attente du bon vouloir du maître des lieux ;

la laie et ses petits étaient probablement qu'à quelques foulées de-là, mais à présent le mâle avait recouvré son indépendance, bien décidé de profiter d'une escapade sur son aire, et en des espaces éloignées de la harde, alors que des paysans n'hésitaient pas à lever une milice communale lorsque des troupeaux de sangliers déboulaient dans les champs. Le suidé le regardait de ses yeux sombres et profonds, puis poussa un grognement plaintif, son groin laissant paraître deux énormes canines. Il bougea sa grosse hure de droite et gauche puis décida de laisser le champ libre à cette espèce à deux pattes, rabaissa son col massif et s'enfonça dans les fourrés, une bande de moineaux s'envolant à son approche.

    Sigebert fit les dernières enjambées jusqu'au lit de souille[60] où le solitaire s'était plaisamment vautré. Arrivé sur le lieu, il découvrit que des mottes de terre constellaient le sol sur une vingtaine de pas ; tout un damier de taupinières s'étirant sur une vaste étendue, les plus anciennes occupées par de hautes herbes, se réappropriant leur domaine sauvage, à l'abri des empreintes des chasseurs tant le coin n'était point propice à fouler ; l'animal avait bêché une partie du monticule de son groin puissant. Cela l'intriguait, car en son for intérieur il sentit que cette découverte n'était pas des plus opportunes en ces temps terribles. Il jeta un œil aux alentours, s'apercevant que le terrain meuble avait été malmené et piétiné par les bottes d'un humain, tant les marques des pas s'y lovaient dans la glaise rouge, juste à côté des deux cicatrices biaisées du gros solitaire. Puis il pivota son chef sur la bande de terre constellée de petits mamelons, dont certains édifiés récemment tant le site avait été retourné récemment. Une piste créée par les pas de l'homme serpentait jusqu'au

---

60 Barbotière de boue.

liseré de boqueteaux opposés, s'enfonçant dans la broussaille. Le jouvenceau mit genou à terre, extrait son couteau du fourreau et pratiqua une excavation à l'aide de sa lame toujours finement aiguisée ; le terrain était meuble, malléable à dégager, le sol n'était pas si bourbeux qu'il le pressentait, car la terre commençait à lentement s'assécher, même en ce secteur si fréquemment à l'ombre de la futaie. *La glèbe est si souple, que la motte a été remuée récemment*, songea-t-il d'un air contrarié. Sigebert remua la marne lentement, déplaçant des lambeaux de terre sur le rebord de la motte laissant paraître les restes d'une petite pogne décharnée se dresser vers un ciel rougissant – la paluche d'un enfançon, dont les tendons manifestaient encore leur présence, constata le jeune braconnier – l'envie de régurgiter son dernier repas lui tenailla les *entraignes*. Ce singulier fossoyeur continua l'excavation et parvint à dégager le terrain, faisant preuve de minutie afin de ne pas endommager le restant du cadavre... Il découvrit le crâne de l'enfançon, des vermisseaux traînaillaient entre une paire de petites orbites, et il en fut bouleversé, au point qu'il faillit vomir à même la petite fosse obituaire. « Par tous les dieux, le chérubin a été enterré depuis peu ! » s'exclama-t-il d'une voix rauque, le sourcil froncé et la mine défaite par cette découverte horrible. Il courba des *espaule*s, les deux billes béantes devant l'image d'une cordelette en chanvre fixée au chétif poignet du squelette du nouveau-né ; une amulette s'y lovait, l'ultime assurance pour sa nouvelle vie dans l'au-delà.

 Il enfonça la dague dans la glèbe, et dégagea le lacet de la petite poigne, jetant un regard de culpabilité aux deux avens des orbites, désormais comblées de terre et de larves grouillant comme une escouade de fantassins bataillant au fond d'une combe. Puis il astiqua la pendeloche, mais la surprise ne fit que grandir lorsqu'il décela sur le médaillon le glyphe du symbole féminin, s'y livrer à son esprit ébahi !...

25

Les essaims bourdonnaient et voletaient sur le ciel empourpré de Tartare, frôlant les massifs de phacélie de leurs ailes diaphanes dans une chorégraphie céleste et endiablée... Isabeau fut emplie d'ébahissement en admirant le ballet des abeilles embellir le tableau idyllique du drapé d'efflorescences des plantes mellifères, qu'elle en oublia de redresser le panier garni de victuailles, le pain noir, les noix et noisettes battant en retraite sur le sol du lopin de culture. Ganelon la regarda d'un sourire mutin, alors que Eberulf se donnait corps et âme sur la parcelle du rucher, à retirer d'une ruche-tronc (posée sur une pierre plate, afin qu'elle ne pourrisse) la précieuse récolte de miel, le brandon de l'enfumoir dans une main, pendant que de l'autre il déposa gaillardement la tuile sur le sol. Il récolta quelques fragments de cire débordant d'un miel ambré, qu'il déposa dans le panier d'osier, l'ambroisie dégoulinant de part et d'autre du contenant tant elle était opulente. L'esprit émergeant de sa rêvasserie, elle plia le col et s'aperçut de sa bévue, la provision éparpillée au pied de sa cotte.

Eberulf tonna de colère :

« Par tous les dieux ! Ganelon, nous n'avons pas le temps de bayer aux corneilles... »

Le jouvenceau se dirigea *derechef* vers une ruche-tronc, tout en baissant le filet sur sa face de galopin, puis souleva le couvercle en fourrant le brandon dans le ventre de la ruche, tandis que son oncle jeta un œil à son encontre, les sourcils froncés sous le voile de tulle, élimé par les années d'usage.

— Ganelon ! Tu commences à m'échauffer les oreilles de te voir faire n'importe quoi ! Combien de fois, t'ai-je expliqué la marche à suivre pour étourdir l'essaim, pas de le roussir !...

L'adolescent redressa le chef, alors qu'un bataillon enragé de mouches à miel émergea de la ruche, se lançant à l'assaut du jeune aigrefin... Il lâcha soudainement l'affaire, et sauta en criaillant à qui veut l'entendre sous l'affliction des piqûres des abeilles, pour avoir osé attiser un brasier au sein de leur logis, tandis qu'Isabeau s'esclaffa devant la pantomime de Ganelon bataillant contre un escadron d'abeilles sournoises. Eberulf releva son échine, et vint à sa rescousse en enfumant l'escouade, puis remit de l'ordre au sein de la ruche, évacuant des fétus de paille rôtissant la cire, à présent dégouttant dans le tronc évidé. Il le regarda, accompagné d'une humeur maussade.

—...J'arrive à point nommé, dit-il un brin emporté. Quelques secondes de plus, et le couvain était définitivement perdu, déclara-t-il, la mine sévère.

— Désolé, mon oncle, j'ai failli à ma tâche en voulant précipiter les choses, révéla Ganelon, le col ployé vers le sol.

Ils entendirent gronder la fureur du ciel, une enveloppe nuageuse grisâtre progressait de septentrion à l'allure d'un cheval au galop.

— Le temps se gâte, fit Eberulf. Terminons nos affaires, avant de subir un grain particulièrement vigoureux...

Isabeau tendit sa mine vers le ciel, apercevant une masse de nuées, sombre comme l'antre du mont Ithom, charrier une onde pluvieuse lourde comme une cataracte ; tout en progressant le rideau d'eau tombait à verse à quelques lieues du bourg, alors qu'une bourrasque particulièrement virulente bousculait les fûts des arbres comme de vulgaires brindilles de paille. Soudain un éclair fusa de l'enveloppe nuageuse, perçant l'éther et grondant d'une sourde colère. Elle sursauta sur ses gambettes, devant les forces élémentaires de la vie.

« Isabeau ! s'écria Eberulf, nous avons besoin de tes petites pognes… »

Elle tourna du chef à la dépression qui s'accentuait de minute en minute, et fondit vers les deux hommes penchés sur leur couvain respectif, des coups de vent maussades arrachant des sylves une multitude de feuilles et brindilles tourbillonnant dans un éther en furie… Quelques instants plus tard, alors qu'ils terminaient leur récolte de miel, trois gardes débarquèrent sur le rucher, appuyés par le maire de la commune. Agylus portait un visage déconfit, pendant que Raband et les autres gens d'armes enceignirent le corps d'Isabeau. Il s'approcha d'Eberulf, la patte lourde, la mine embarrassée à devoir s'expliquer devant un conseiller de l'assemblée municipale, même si celui-ci appartenait à la classe populaire.

— *Oyez*, Eberulf. Je dois causer à damoiselle Isabeau, nous détenons un mandat d'arrêt contre sa personne ; elle est inculpée pour avoir jeté un soufflet au sieur Rodéric, ajouta-t-il, l'air penaud, et faillit à ses devoirs institutionnels : elle a rompu le contrat qui la liait à son parent, rajouta-t-il, tout en regardant la mine affligée de la jouvencelle. Puis il s'avança vers la lavandière, la démarche pataude dans son pourpoint d'un bleu ardoise, les chausses étriquées sur des gambilles boudinées à trop se repaître de viande faisandée.

— *Oyez*, Isabeau, tu connais le motif de ma présence en ce lieu, fit-il en la déshabillant du regard.

— *Oi*, Monseigneur, tout en pliant le buste, d'où il pouvait voir poindre un généreux mamelon de son bustier. Le goindre a voulu m'*esforcer* et m'*encorner* comme une vulgaire *baiselete*, Monseigneur, déclara-t-elle à l'échevin.

L'élu oscillait sur ses gambilles, comme un navire par vent fort. Il soupira d'une manière insidieuse à la réplique de la lavandière, sachant qu'il connaissait bien le bougre, mais sa marge de manœuvre était délicate, s'il voulait conserver son ministère lors de la prochaine élection municipale.

— J'entends bien tes suppliques, ma petite Isabeau, mais sache que tu n'aurais point dû lancer un soufflet à sieur Rodéric, en ce cas-là tu aurais dû appeler un agent du guet à la rescousse, voire m'aviser de ses actes délictueux à ton encontre…

Ganelon intervint *illico*, déballant la cause de la jouvencelle en brayant comme un mulet :

— Vous connaissez le goindre, seigneur Agylus, il y a bien des lustres que ce pourceau *coquelique* toutes les jouvencelles du bourg ! tonna-t-il, les pupilles s'embrasant comme des braises. De plus, tout le monde a connaissance des vues lubriques qu'il ne cesse de porter sur Isabeau…

— Qui sont ces « on », et qui es-tu pour porter une accusation sans fondement auprès d'un gentilhomme du Chapitre ? As-tu la moindre preuve pour incriminer un membre du conseil municipal, de faits de violence sur un administré de la commune ?

— Que nenni, monsieur le maire, fit-il d'une voix ténue et chevrotante, mais c'est un secret de Polichinelle à savoir qu'il aime *encorner* toutes les *jouvencelles* qu'il croise sur son chemin, se reprenant d'un ton brusque à la face grassouillette et trépignante de l'échevin... un brin énervé devant ce jouvenceau se prenant pour le champion de la dame.

— Tous ces dires ne sont que des ragots de colporteur, tonna Agylus. Si tu continues de porter des diffamations non fondées sur un membre du conseil municipal, tu auras connaissance des cachots de la mairie ! fit-il, la mine écarlate à force de s'exciter du palais. Il tourna le chef vers la face lugubre de Raband. Raband, conduisez damoiselle Isabeau jusqu'à la geôle ! Nous allons avertir son oncle de ce pas, déclara-t-il d'une humeur acariâtre.

Il allait retourner à ses affaires, lorsque Eberulf lui coupa le chemin.

— Ne croyez pas, Monsieur l'échevin, que nous allons rester en plan sans battre la mesure ! déclara-t-il d'un ton rogue. Je vais ouvrir une enquête concernant les agissements délictuels du sieur Rodéric, et pensez bien que notre équipe fera en sorte de sortir la jouvencelle Isabeau de ce mélodrame, qu'elle n'ait plus à plier sous le joug de son goindre de parent, afin que chaque *pucelette* du bourg n'ait plus le cœur à tambouriner de frayeur, dès qu'elle croise ce vil coquin...

L'élu resta un instant sidéré, les membres flageolant à l'idée que les prochains jours ouvraient une nouvelle dimension à sa vie communale : celle où il devra lutter pour conserver ses attributs de premier élu du canton...

La salle du Chapitre bourdonnait comme jamais ; non pas le vrombissement des abeilles, mais celui de l'assemblée des élus de la commune siégeant dans la grande pièce, d'une cause que tout le bourg avait soif d'en connaître enfin l'issue. Le gratin des gentilshommes s'y amoncelait, au fur et à mesure que les nobliaux et les représentants de la *menuaille* traversaient le seuil de la grande porte, les battants grands ouverts. Le prévôt Agylus discutaillait avec deux négociants du bourg ; des hommes de fortes corpulences, tant sur l'esthétique que sur le plan financier. Eberulf pénétra dans cet atrium voué à la politique de la cité, l'esprit ailleurs, à la recherche du talon d'Achille de la partie adverse, dont sieur Agylus et le curaillon Drogon siégeaient en dyade hégémonique – il vit Héraclius discutailler avec Ainmard et le forgeron Gocelin, dans un des recoins de la pièce ; il déambula entre les silhouettes repues des nobliaux, se frayant un passage entre les notables, le lorgnant d'un sale œil lorsqu'il s'approchait de leur noble personne. Car il est vrai qu'il n'avait bonne presse à la tête de la coterie de vilains, quand il parvenait à faire plier la majorité, parce que le Quorum n'était pas représenté, obligeant l'assemblée d'ajourner la séance...

« La journée s'annonce ardente », augura Eberulf, étreignant à bras-le-corps Héraclius aux grandes gigues, puis salua d'une poigne ferme le minotier Ainmard et celle de Gocelin.

« *Oi*. Hélas, notre formation semble amputée de plusieurs de nos membres, signala Ainmard, plongeant ses prunelles d'épervier sur l'assemblée des édiles majoritaires (patientant de l'ouverture du ban, et babillant entre eux dans une causerie des plus sournoises). Je ne vois point la face de Godefrid, ni celle de Odon-le-Preux baignant leur *crigne* dans l'Aréopage d'escogriffes... »

Gocelin referma un poing vengeur, tout en jetant un regard nerveux vers la hure grassouillette du prévôt, en grande conversation avec les premiers édiles de la Cour. « M'empresserait bien de lui caresser sa face de goindre à celui-là, toujours à baisser ses braies devant les pendeloches du curaillon !... » grogna-t-il, les yeux embrasés d'un feu qui y couvait depuis trop longtemps déjà. Eberulf lui posa une patte lourde sur l'épaule.

— Avant de l'étreindre affectueusement, Gocelin, il y va de l'avenir de la petite, en ce jour... N'oublie pas que notre échevin est corps et bras liés à l'évêché ; je ne souhaite pas que l'Église aille en ces lieux organiser des autodafés. Nous avons assez de problématiques avec ces margoulins sans avoir à affronter le Grand inquisiteur, lui dit-il, tout en observant la partie adverse converser sur le sort d'Isabeau.

Le prévôt Agylus regarda la clepsydre, posée sur une armoire liturgique particulièrement ouvragée et imposante, puis tourna sa trogne vers l'assemblée, dont les voix bouillonnaient d'une exaltation fiévreuse, tout ce beau monde debout face aux bancs de l'imposante table du Chapitre.

— Messieurs, il est temps de prendre place !

Enveloppé d'un vacarme effervescent, tout le monde posa ses braies sur les bancs, l'opposition régie par Eberulf faisant front aux hures fardées des nobliaux.

Ils attendirent patiemment que l'échevin déclare la séance ouverte, et se retinrent d'exprimer leurs requêtes emplies de sourds désaccords. L'eau de la clepsydre dégouttait d'une forte impatience, le temps allongeant interminablement la préséance du symposium...

Le valet de séance débou la enfin par la grande porte, le front empli d'une suée abondante. Le jouvenceau était partiellement débraillé – sûrement pris de court, face à l'arrivée imminente du prêtre Drogon.

— Mes seigneurs ! Veuillez vous lever et plier le col devant notre prêtre Drogon ! tonna-t-il, d'un ramage nasillard émergeant tout juste de l'enfance.

La communauté se leva d'un seul tenant devant la silhouette étriquée de Drogon, sa robe de bure d'un noir d'encre flottant dans les airs, telle la voilure déployée d'un sombre corvidé à l'heure de pâture. Droit comme un échassier, il vint à la rencontre du maire, le corps de ce dernier figé dans une attitude emplie d'effroi. Puis, Drogon lança son invocation à l'appel du Seigneur Ari, Grand pourvoyeur d'afflictions… Les faces des hommes ployant vers un parquet aux lames patinées par le temps, pendant que leur lippe faisait résonner leurs implorations au sein de l'austère Chapitre…

Enfin pointa le terme de cette adjuration à ce dieu si terrible.

— Le Quorum est largement représenté pour ouvrir la séance… tonna Agylus.

L'échevin s'épongea le front d'une pogne moite, le cœur en proie à une eurythmie dissonante ; la séance avait pris une dimension qu'il ne soupçonnait pas, tant l'opposition lui tenait rigueur pour la désinvolture à traiter l'affaire d'Isabeau. Gocelin dressa un doigt virulent à l'élu, le regard s'embrasant d'une âpre colère.

— *Oi*, Monsieur, vous avez laissé ce scélérat commettre de sordides méfaits durant des lustres… Et tout en connaissance des causes, car tout villageois constate la teneur lubrique de ses vils agissements ! *Oi*, Monsieur, vous n'avez même pas usé de votre droit d'exécutif, en tant qu'officier de police judiciaire ; sachant que dans vos charges d'officier d'état civil, vous avez omis de consigner sur le registre le comportement délictueux de sieur Rodéric… Comment se fait-il, Monsieur, que vous ayez commis autant d'impairs, pour un homme de votre rang ?…

— Qui êtes-vous, pour parler ainsi à notre échevin ? fulmina l'un de ses adjoints, se redressant soudainement sur ses gambilles, alors que l'Assemblée était en proie à une grave crise interne.

— Il ne fait qu'établir la vérité, contre-attaqua Eberulf. Même si j'admets que Gocelin à un franc parlé, en portant l'affaire devant l'Assemblée !...

La salle communale se couvrit d'un brouhaha insoutenable, les deux fractions se livrant à une joute oratoire enfiévrée et inconvenante, au sein du Conseil municipal (des noms d'oiseaux fusaient de part et d'autre du spacieux bureau), que le prévôt finit par interférer afin de mettre un terme à cette querelle de gentilshommes. Il jeta un œil au profil crocheteur du prêtre Drogon, puis tapa du maillet sur la table.

— Messieurs, Messieurs, de la retenue, ou je fais évacuer la salle !...

Il fallut qu'il réitère ses injonctions pour ramener l'ordre au sein du Chapitre, puis l'élu observa du coin de l'œil la silhouette de charognard du prêtre, l'esprit toujours empli d'une quiétude monacale.

Agylus se dressa de son séant, afin de répliquer à l'attaque de l'opposition :

— Pensez-vous que j'ombrageais un homme que l'on considère comme débauché, sous mes ailes de premier édile ? Que nenni ! Je ne fais qu'appliquer la Loi... Quel que soit l'individu, et quelles que soient sa fonction et sa corporation. Et ce n'est pas sur les brûlots de simples ragots, colportés par quelques manants ayant soif de péripéties sordides, que je vais céder à l'infamie et décider à déposer le col d'un conseiller municipal à la corde du gibet de Montfaucon, en vertu d'une loi corrompue !... Tout le monde a connaissance des plaisirs de la chair du sieur Rodéric ; et je sais que certains d'entre vous ne sont pas que de chastes brebis, dit-il en regardant d'un œil torve Gocelin. Alors, *Oi*, il est vrai que Rodéric n'est pas un saint homme, mais qu'elle personne, en ce lieu, peut-elle dire qu'elle n'a pas fauté ? tout en glissant un regard biaisé vers l'ambassadeur de Dieu... Euh, mis à part notre révérend, incontestablement.

Héraclius sollicita la parole :

— Que propose, en ce cas, Votre Seigneurie ? la lippe déployant un rictus sardonique.

Le maire se fouraille une barbe cendreuse de trois jours, alors que le col de son pourpoint dévoilait une pilosité grisonnante affleurant de la veste matelassée ; deux lacets ayant lâché.

Drogon se leva *illico* de son séant, la silhouette étriquée et sombre se découpant sur le halo rougeâtre du brasero, installé à quelques empans de sa personne.

— Nous, ambassadeur de Notre Seigneur Ari, décidons qu'il faille délibérer au sein de la Justice de Dieu et celle des hommes : auparavant, le seigneur Rodéric et la pucelle Isabeau devront confronter leur dit devant cette assemblée. Puisse ce « lit de Justice » faire éclore la Vérité.

Sur un hochement de tête du prévôt, le valet de séance sortit de la salle ; après un laps de temps particulièrement oppressant, l'argentier et sa nièce apparurent aux bras des hommes d'armes. Raban tenaillait Isabeau d'une main ferme ; l'agent du guet se dirigeant vers un angle de la pièce, approprié à la juridiction échevinale, alors que le marchand de biens foulait le parquet d'une mine hautaine, les manches amples de son surcot flottant comme un camouflet au regard de la partie adverse. L'oncle et la fille de son frère se retrouvèrent sur un alignement à l'avenant, simplement séparés par les corps mastards des gens d'armes.

Le prêtre Drogon n'avait qu'un regard à livrer puis exécuter un hochement de tête pour ordonner à l'usurier d'avancer d'un pas, afin de fournir d'amples explications aux édiles...

La situation s'éternisa, afin que le *nobilis* daigne affronter ses dires à l'interrogatoire viscéral du curaillon :

— ... Et pourtant, malgré votre... addiction licencieuse des œuvres de la chair, vous avez accepté d'héberger la fille de votre frère... sans qu'elle la quémande.

— *Oi*, Monseigneur. N'est-il point évident que de secourir ma nièce ? alors qu'elle fut emplie de désarroi après avoir subi tant d'embûches sourdant d'une destinée bien cruelle, tout en montrant une dentition parfaite – des dents en ivoire, reliées entre elles par des fils d'or montés par un ingénieux barbier de la cité (une œuvre inabordable pour le simple manant).

— J'abonde à votre causerie, sieur Rodéric. Mais, revenons-en aux motifs de votre présence en ce lieu, afin que ces gentilshommes puissent voir émerger de vos lèvres la Vérité, ou tout du moins son esquisse, face aux dires de quelques manants colportant insidieusement des rumeurs malsaines sur votre échine... Drogon accola ses deux pognes, emplit d'un esprit de circonspection.

Le marchand de biens s'épongea le front, une suée abondante gouttait jusqu'au col de sa tunique ; un bliaud de lin côtelé de grande valeur.

— *Oi*, j'entends bien vous fournir des preuves de ma bonne foi, Mon Père... puis remis de l'ordre dans son esprit brouillon. (Le temps sembla s'étirer en longueur, Rodéric subissant le mutisme de l'auditoire)

— Quelles relations entreteniez-vous avec votre nièce ?

— Une relation de nièce à oncle, basée sur la confiance mutuelle et une retenue toute naturelle comme il se doit, lorsqu'une jouvencelle pénètre l'humble demeure d'un homme charitable – l'opposition s'esclaffa aux dires fallacieux du financier.

« Messieurs, de la retenue », tonna l'édile, tandis que le prêtre fronça du sourcil à l'endroit de cette incise déclamatoire, forcément inappropriée devant l'ambassadeur de Dieu.

— Éclairez notre lanterne, en ce jour où tout a basculé... insista Drogon, son profil de busard entaillant l'atmosphère austère de l'immense salle communale.

— C'était un soir où je revenais de l'une de mes transactions immobilières avec un client ; hélas, une fatigue passagère vint écourter le contrat en court, que j'ai eu tant de mal à négocier...

—... Allez au fait, sieur Agylus, allez au fait !...

Il redressa une mèche mutine.

— *Oi*, Mon Père. Comme je vous le disais, je pénétrai dans mes pénates, la faim titillant ma panse, lorsque je vis Isabeau concocter le repas. Je m'approchai de ma nièce, afin de la complimenter sur l'attention qu'elle prenait à préparer le bouillon, d'où un fumet des plus exquis venait titiller mes narines. C'est alors qu'elle m'envoya un soufflet, que je ne compris sur le coup, affirma-t-il, en la regardant d'une mine qui se voulait emplie de désarroi... Comment une jouvencelle, secourue par l'aile d'un parent, peut-elle le gifler sans qu'il en ressorte un brin d'amertume pour cet homme attentionné, qui a vu expirer son père puis sa mère ? J'ai tendu une main secourable, et ma bourse, Monseigneur, à cette jeune fille, pour qu'en contrepartie elle me remercie d'un ignoble camouflet... Que dire de plus, si ce n'est qu'un profond désarroi m'est tombé dessus, affectant l'amour parental que je portais pour une nièce que je considérais comme ma propre fille...

— La jouvencelle Isabeau a exposé des faits d'une tout autre nature, fit remarquer Drogon. Vous auriez glissé votre pogne sur l'échine de la petite, affirmat-il d'un air détaché.

— Ce n'est qu'un malentendu, Monsieur le Curé, un terrible malentendu, car nous savons que ma petite Isabeau souffre de terribles maux de ventre depuis l'adolescence ; il est vrai que j'avais, par souci d'affection, posé une délicate pogne sur son *espaule*...

— Vieux vicelard, coupa Gocelin, on te connaît : tu aimes enfiler ta pogne sur le *con* de chaque pucelle que tu croises sur le chemin... Je vais te les amputer, moi, tes pendeloches !... Des clameurs et des insultes fusèrent de part et d'autre de l'assemblée, causant un profond malaise dans le Chapitre.

— Suffit, Messieurs, arrêtez de vous *estriquer*[61], sinon je clos aussitôt la Cour du Tribunal ! pesta Agylus. Et vous, sieur Gocelin, si vous proférez une nouvelle menace envers un homme du Chapitre, je vous envoie *illico* au cachot ! Continuez, sieur Rodéric...

Rodéric jeta un regard apeuré au visage rogue de Gocelin, ce dernier illustrant sa mine d'un sourire sarcastique.

—... Je disais donc... que j'attouchai d'une main chaste la jointure de son épaule, lorsque ma nièce me lança un soufflet, d'une manière inconvenante pour l'éducation d'une jouvencelle, commenta le vil financier. J'avoue que, sur l'instant, la moutarde me monta au nez, et qu'une envie pressante de flageller son *bacul* de petite dévergondée me vint à l'esprit ; toutefois même en cette fâcheuse circonstance, je n'ai eu aucun écart de conduite envers sa personne...

— Sale goindre ! criailla Isabeau, les yeux rougis par la colère. Comment peux-tu fausser ainsi l'au-

---

61 S'agiter.

thenticité des faits que tu as commis ? Ta sale pogne a coulé tout du long de mon échine, pendant que ta lippe dégoulinait d'une humeur lubrique, me causant d'un ton gouailleur dans le creux de l'oreille... La sénilité t'a donc flétri ton esprit, au point de travestir l'authenticité des faits ?...

Les membres de l'opposition se levèrent et applaudir d'un seul homme ; des vivats enveloppaient l'atmosphère houleuse du Chapitre, alors que la majorité communale lançait des invectives à la fraction adverse de l'assemblée. Agylus n'arrivait plus à tempérer le conseil communal, haussant le ton d'une intonation nasillarde et brandillant ses pognes auprès des deux fractions adverses, afin de ramener le calme sur les bancs du Chapitre, que sa pantomime en devenait fantasque. « Et comment, se dit le prêtre, une femme peut-elle répondre à un homme, séance tenante, alors qu'elle possède un demi-cerveau ? »

La séance se poursuivit, Isabeau intervenant à la barre, exposant son plaidoyer en subissant toutes les critiques et les nombreux différends occasionnant des conflits entre les deux parties... Elle avait conscience que désormais son existence allait prendre un nouveau tournant, et quel que soit le dessein du jury, son destin allait basculer inévitablement dans une ère chagrine, où elle devra plier le col lorsqu'elle croisera son oncle, et coudoiera le regard réquisitoire d'une grande partie du village.

Enfin poignit l'heure de la délibération, dont les jurés furent constitués de Drogon, Agylus et Eberulf ; de ce fait, l'opposition eut connaissance de la disparité procédurale pour l'une des parties : celle de Eberulf, puisque le prêtre apportait systématiquement sa part à la majorité. Les trois hommes se confinèrent dans une petite pièce attenante à la grande salle, pendant que la clepsydre écoulait les secondes, les minutes puis l'heure, ouvrant inévitablement une surexcitation des humeurs, que seul un anachorète aurait pu accueillir, cloîtré dans l'antre de la sagesse, cette longue et pénible attente...

Le valet de séance tonna le retour des jurés émergeant de l'huis comme trois spectres surgissant des enfers. Ils se glissèrent derrière l'immense bureau, d'où leur poitrail trônait en farouche magistrature.

« La Cour ! Que l'Assemblée, ainsi que les deux prévenus, se lèvent !... » lança le valet de séance, d'une intonation dithyrambique.

— La Cour vient de délibérer, fit Agylus d'une voix caverneuse. Sieur Rodéric, Damoiselle Isabeau, veuillez avancer d'un pas, afin que nous, Drogon, vicaire apostolique du Seigneur Ari, Agylus, échevin du bourg et représentant de la majorité au sein du Chapitre, et Eberulf, élu de l'opposition délibérions au nom de Dieu et en notre âme et conscience de la décision de justice qui en découle, suite à vos *forfaitures*... jetant un regard fugace vers la silhouette revêche du curaillon, son nez busqué se profilant sur le halo rougeoyant du brasero situé entre le fenestrage de la pièce et l'échine du prêtre, alors que la carrure de Eberulf se campait à l'instar d'un fier paladin résolu à faire triompher la noble cause. (Agylus déroula le vélin précautionneusement, les mains moites tremblotant d'un effroi trop fort, pour ce petit homme de stature échevinale, assidu aux conflits d'intérêts et aux faits divers courants se déroulant durant son mandat...) Au nom de Ari-le-Glorieux et de l'autorité civile, le contrat liant les deux parties, c'est-à-dire, entre le seigneur Rodéric et damoiselle Isabeau, est rendu caduque... soudain, la salle explosa de joie, les murs épais du Chapitre tremblant sous les ovations de l'opposition, tandis que les membres de la majorité se renfrognaient derrière leur hure dépitée. De ce fait, rajouta-t-il, damoiselle Isabeau est libérée des contraintes la liant à son parent. Le Chapitre demande à la pucelle Isabeau de besogner sur la tenure exploitée par sieur Eberulf, en tant qu'apprentie apicultrice, mais si au terme de son contrat d'apprentissage, le seigneur de ladite tenure ne semble point satisfait de ses tâches, alors la jouvencelle réintégrera *illico* sa fonction première de lavandière, avec toutes les contraintes la liant à son précédent emploi... La séance est close !

26

Ses songes accouchaient d'une imagerie fantasmagorique, car son esprit ne se raisonnait pas à la perte de son enfançon ; elle revoyait son bambin criailler entre les doigts crocheteurs de l'ecclésiastique, hurlant qu'il ait été arraché du sein protecteur de sa mère, ses petites pognes boudinées gigotant dans l'air maussade du gynécée, alors que de la bouche édentée du curaillon émergeait un rire macabre, sardonique, d'où émanaient des vapeurs pestilentielles d'un jaune soufré... Hersende tendait ses bras énormes vers l'ambassadeur de Dieu, sa silhouette étriquée revêtue d'une ample pèlerine d'un noir d'encre l'enveloppant comme un oiseau maléfique sourdant des enfers. Il portait l'enfançon entre ses deux mains, puis le souleva afin que la reine des bourdons puisse contempler son corps de poupon, nu comme un vermisseau, agriffé dans les serres d'un hiératique corvidé. Hersende balaya d'un regard d'effroi la plastique étirée de son rejeton pendouillant entre les bras du curé et gambillant ses petons dans l'air, comme s'il cherchait à mettre en branle la station debout. Ses pupilles glissèrent à l'endroit du bas-ventre, puis ses mirettes prenant des traits tirés lorsqu'elle découvrit que le sexe du nourrisson ne correspondait pas à l'attention qu'elle soutenait, dans ce monde factice créé par Morphée : entre les gambilles frétillant à souhait du chérubin, elle aperçut le *con* que toutes créatures du genre féminin affichent à leur naissance !...

Elle s'éveilla en sursaut, le cœur frétillant comme les ailes d'une libellule prise au piège dans le filet d'un garnement. Puis elle redressa son échine du châlit, ses pognes affrontant les rigueurs de la surcharge pondérale, en s'enfonçant dans la literie, les chairs tremblant sous des songes un brin visionnaires, qu'un voile de sueur âcre découlait de ses terreurs nocturnes, en s'épanchant entre chaque pore de son corps cabossé par de sombres philtres qu'elle absorbait *dies* après *dies* sur ordre du prêtre Drogon...

Potron-minet s'invitait dans le gynécée, sous l'avatar d'un filet rougeoyant pénétrant par les interstices des contrevents ; Hersende jugea qu'elle devait mettre un terme à cette cage dorée, bascula sur le flanc puis glissa ses membres puissants et incommodes du châlit ; hélas le restant du corps ne suivait pas, tant l'obésité la contraignait. Elle fit maintes entreprises pour se hisser du *materas*... Lasse, elle abdiqua et redrapa son échine d'un air furieux, en projetant le coin du drap dans l'air maussade de la chambre.

On toqua. La carrure du bourdon s'invita dans le gynécée, sa masse athlétique cognant sur les lames du parquet à chacun de ses pas. Il s'avança fièrement vers la couche, dépouillé de ses défroques de vilain – sûrement un rustre habitué à hausser des tonnes de foin, roulant des *espaules* jusqu'à déboîter ses jointures, la mine altière animée d'un sourire animal et contrefait dessiné sur un faciès trapu, et ses lèvres déployant une mâchoire édentée. Hersende découvrit cet étranger au corps herculéen et surfait, musclé par des heures à cheminer des charges lourdes ; un énième étalon à la mesure de son nouveau labeur : labourer et engrosser la reine des bourdons !

Elle ramassa ses gambilles dans le gîte encore chaud de la literie, observant avec effroi le membre viril s'ériger comme la cime du mont Ithom ; un pénis hors norme qu'elle devra étancher, le *goindre* animé d'une insatiable avidité lubrique...

La pâleur de l'aube éveilla Hersende ; une froidure tenace s'invitait dans la chambre de la reine. Elle tourna son chef vers l'autre bord du châlit : l'étalon s'était éclipsé, comme à son habitude, puis fit une volte vers le brasero – les braises encore rougeoyantes trépassaient en offrant à son regard défait leurs dernières lueurs écarlates agoniser. D'un esprit enténébré par une ultime assurance à sortir du châlit, elle coula ses membres sur le rebord de la literie, puis le restant du corps vint sans qu'elle dût fournir un effort démesuré. Hersende accomplit les quelques pas la séparant de la chaise d'accouchement, en petits pas mesurés, le temps qu'elle se réapproprie le sens de l'équilibre. La pièce était aussi sombre que l'était son esprit ; car des décennies de douleur l'affectaient au point qu'une seule résolution tournait en boucle dans l'antre de son moi, après avoir écarté toutes les alternatives qu'elle avait maintes fois fait défiler dans son esprit, torturé par une vie brisée par les foudres de l'Inquisition... Jusqu'en ce jour où, après avoir *escambillé*[62] devant les *pendeloches* de vils margoulins durant des mois, elle parvint enfin à mettre en branle le dernier instant où elle fit appel aux fileuses du Destin ; surtout la plus jeune, la plus terrible : Atropos, celle qui tranche le fil de la vie !

Elle fila jusqu'au siège d'accouchement, non sans avoir souffert durant son cheminement de son invraisemblable corpulence, posant chaque peton sur le plancher en s'assurant qu'elle pouvait enchaîner le second sans que ses membres cèdent aux forces de la gravité. Lorsqu'elle parvint à destination, ses bras bour-

---

62 Écarter les jambes.

soufflés agrippèrent les accoudoirs, le souffle court et le cœur battant contre sa poitrine à rompre les amarres. Après un fébrile instant de repos, la reine fit le tour de la chaise, agrippant ses serres (élimées afin qu'elle ne cède à la tentation de se trancher la veine jugulaire) sur le lourd brocard du rembourrage de l'étoffe. Elle redressa la tête, pointant un regard intense sur les rais de lumière filtrant à travers les interstices de la boiserie, plongées dans un contre-jour confus. Puis, animée d'une sourde détermination, elle poussa le fauteuil d'un élan étoffé, les pieds du trône grinçant sur les lames du parquet. Tous les deux pas elle fit une pause, tant le siège fut pesant, autant que l'ossature de son corps épuisée par tant d'artifices fallacieux, à faire naître de chimériques *drolesses*, qu'en fin de compte elle comprit sur le tard qu'aucune des précurseuses n'avait abouti à mettre en gésine une seule *bachelette*, et que nulle autre à venir ne pourrait repousser le lent et inexorable déclin de l'espèce humaine...

Et d'un suprême effort elle parvint au terme de son voyage, observant de ses deux billes écartelées par une tension démesurée, les pans du volet dans un contre-jour aveuglant ; l'astre Ari flamboyait déjà à l'envers des battants, les panneaux de bois s'échauffant à la vigueur tenace d'un jour nouveau. Hersende entendit le parquet craquer sur le pas décidé des chambrières, accompagnées sûrement de la cameriste, afin de lui offrir la toilette matinale et tout le cérémonial concernant une thérapie dont elle n'en comprenait pas le sens et l'utilité... Elle se dépêcha de plaquer le dossier de la chaise obstétricale contre le mur, puis s'empressa de poser un pied sur l'assise, en ayant pris soin qu'il ne traverse l'embrasure servant à récupérer le rejeton, puis agrippa ses deux pognes sur les accoudoirs pour se hausser sur le siège ; Hersende glissa le second pied sur le rebord de l'ajour : « *Par tous les dieux, puisse ce maudit fauteuil ne pas céder sous le fardeau de ma surcharge pondérale !* » fit-elle, en entendant la boiserie du siège geindre d'affliction sous la charge qu'elle devait supporter. La résonance des pas s'amplifiait derrière la porte – les matrones n'étaient qu'à quelques pieds du gynécée. Elle s'activa et repoussa les vantaux des deux mains ; les pans s'écartèrent, permettant aux rayons solaires d'inonder la pièce d'une lumière crue, appuyés d'un coup de vent frais allant en forcissant, alors que l'astre flamboyait – elle fut aveuglée sur l'instant par son éclat intense. Elle entendit le loquet grincer, tout en jetant un regard vers l'huis. Animée d'une volonté farouche, elle ploya l'échine et, la tête émergeant du chambranle de la baie, regarda l'artère principale du bourg s'étirer sur une vingtaine de pieds de là, le cœur battant contre sa poitrine et l'esprit baignant dans un état second. Ses mèches de cheveux d'un blond jaunasse flottaient sur les hurlements d'un coup de vent impétueux et glacial giflant son faciès au teint cireux, qu'elle ne vit que partiellement les chefs de quelques badauds coulant sur l'avenue comme des *crignes* de poupées sur une bande de pavés d'ocre jaune... Elle entendit un hurlement fusé derrière son dos, comprenant que les chambrières venaient d'accéder au gynécée, leur profil accourant à sa rencontre ; elle se hissa des pointes des pieds sur l'assise, posa ensuite l'une de ses jointures sur le bâti de l'encadrement, réalisant aux craquements de l'ossature de la chaise, qu'elle s'apprêtait à céder à tout instant.

« Hersende, Ma Reine, que faites-vous ? » hurla la camériste, d'un timbre vibrant. Elle l'entendit poindre sa binette pointue derrière son échine, ses pas cassant l'austère mur de silence permettant de la cloisonner d'une vie devenue à présent un fardeau, à ses yeux rougis par l'affliction. Elle posa enfin la seconde jointure sur le châssis de la fenêtre, la jambe s'intercalant entre la deuxième et son bras tremblant sous l'effort soutenu, le corps ployé comme un gros oisillon prêt à prendre son premier envol.

C'était durant un instant éphémère où le temps semblait s'arrêter, où la clepsydre du dieu Chronos se grippait – à trop défiler pendant des millions d'années –, que Hersende déploya son corps démesuré, la silhouette saillant dans l'encadrement de la baie (sa masse prenant la place d'une effigie de pierre). Elle tendit ses gambilles, puis dressa ses bras plantureux face aux rafales d'un vent impétueux léchant l'artère principale du bourg et les nombreuses façades des nobliaux. Désormais, les doigts de la chambrière l'abordèrent, ses phalanges accédant au *chainse* violacé de la reine des bourdons ; l'agitation de l'air s'accentua, créant des turbulences au niveau de la façade de la maison communale. L'image fugace d'un oiseau défila dans son champ de vision, parcourant l'aire de la ruelle à tire-d'aile, alors qu'elle sentit la pogne de la cameriste agripper et bander le bord du *chainse*. « Ma Reine, reprenez vos esprits ! Redescendez ! Vous risquez de débouler sur la chaussée, et de vous rompre le col... » s'écria-t-elle, tout en tirant sur la robe de nuit. Hersende baissa le chef, observant dans un cinglant état psychotique la pogne de la cameriste agriffer sa chemise. Animée par une voix née de l'inconscient, elle redressa soudainement son échine, les traits livides prenant dès à présent un air de quiétude, qu'elle avait si peu connue depuis l'enfance ; une sérénité placide l'envahit – une paix intérieure si intense, qu'elle la submergea au point que son col se cambra vers les cieux, en osmose avec le disque sanguinolent du soleil Ari.

À présent, elle ne discernait plus les appels de la servante, juste le souffle du vent parcourant de ses doigts glacés son corps figé comme une austère cariatide, ou une figure de proue d'un grand vaisseau de guerre. Hersende cadenassa ses lourdes paupières, et plongea dans le vide…

L'éclat blafard de la flamme, lovée dans sa lampe à huile, s'étirait vers le plafond à la recherche de l'âme sœur ; les ombres de la pièce ondulaient sur les murs de la chambre sur des airs de danses lascives, mais le cœur n'y était pas, car la mâchoire de la mort avait arraché l'âme de Hersende à la vie. Les visages s'étaient refermés à sa lueur faiblarde ; seuls demeurant dans ce clair-obscur les traits clos de leur lippe affirmant un mutisme singulier plombant l'ambiance de la maisonnée. Alors qu'Isabeau posait sa tête sur l'épaule de Ganelon, Sigebert baissait le col, observant dans la lumière tamisée un moucheron se faire dévorer par une araignée, tapie dans un recoin sombre de la pièce. Eberulf posait ses grosses pognes sur la table, croisant les jointures de ses doigts à voir poindre leur pâleur manifeste. Personne n'osa toucher aux noix et à la soupe, dont les tranches de lard coulaient dans leur jus de couenne et les fumerolles de vapeur s'évanouissant dans l'air maussade – juste un verre de cidre, que Sigebert entreprit d'engloutir dans sa hure de jouvenceau, le breuvage s'y coulant par petites lampées. Un insecte se grilla les ailes sur la flamme vive, pendant que l'on entendait les sanglots d'Isabeau troubler un silence pesant. Sigebert osa rompre ce mutisme, que personne n'osait bannir d'une voix ténue :

« Quand donc, Hersende sera inhumée ?… » s'enquit-il à Eberulf, un ton amer émergeant de son gosier desséché par l'écharde de l'affliction.

Son oncle dressa sa *crigne* dégarnie, le front luisant emmailloté d'une pellicule de moiteur ; sa mâchoire éprouvait une telle crispation interne, que Sigebert apercevait les muscles de la mandibule saillirent comme des amas rocheux déployés au-dessus de strates limoneuses.

— Inhumée, dis-tu ?... le sourcil accroché au faîtage de la demeure. Le corps de Hersende sera offert en pâture à la Bête, affirma-t-il, la voix éraillée par une émotion mal contenue pour un homme de sa trempe.

— Comment ça, la Bête ? tonna le fier jouvenceau, le cœur palpitant contre son poitrail d'aigrefin. Alors qu'Isabeau redressa sa tête, laissant son chevalier servant à sa carence affective.

— Telle est la liturgie commune au sort de toutes les reines... Qu'elles soient sacrifiées ou décédées dans des conditions fâcheuses ; et le corps de Hersende n'échappera pas à l'étiquette protocolaire de l'épiscopat, ajouta-t-il d'un ton cinglant.

— Jamais ! s'écria Ganelon, tout en se dressant subitement, comme un homme ferré par une duperie sournoise. Pendant qu'Isabeau se sentit au plus mal, son petit cœur tressaillait, s'échouant sous les affres de l'effroi.

Elle tomba à la renverse, son esprit achoppant les brisants de la torpeur.

Ganelon et Eberulf déposèrent la jouvencelle sur la couche destinée à Eberulf, puis la drapèrent d'une étoffe de chanvre drue ; un « luxe » que peu de vilains ne possédaient, tant la pauvreté gangrenait la populace. Tandis que l'esprit de Sigebert s'éclipsa ailleurs... Naviguant en ce lieu où sa *Part de fortune*[63] révélerait toutes les potentialités de son talent de fin flibustier...

---

63 En astrologie, la part de fortune (Fortuna : Destin) symbolise la chance et les potentialités pour le natif ; elle est liée à sa position en signe et maison d'un thème natal.

Le châssis de la carriole brinquebalait sur la route menant au marais ; des cerclages en fer enserraient les larges roues, gémissantes sous le cahotement dissonant du véhicule mortuaire, qu'il en fallait de la poigne pour le pauvre chemineau d'en supporter leurs criailleries stridulantes… Deux pleureuses étaient affectées à communier leur chagrin à la populace, accompagnant le crissement torturant des roues et de l'essieu, dans une odyssée que bien des esgourdes s'en seraient passé. Le clerc Drogon précédait le cortège, puis du maire, de son assesseur et de deux enfants de chœur dressant leur col d'une mine qui se voulait altière et austère, mais dont leur esprit s'évadait en de lointaines rêvasseries, peuplées de ludiques griseries et d'augustes pitreries à offrir aux regards méprisants des passants. La défunte Mère-matrice était allongée sur le châlit mortuaire, les mains jointes en une communion avec les esprits de l'au-delà, couverte d'un chapel de fleurs couronnant son front empreint de sérénité.

La toilette avait été faite à la va-vite, car en ce temps-là on se souciait que les morts participent à des bacchanales avec les vivants, ou à revenir hanter les lieux d'où ils ensorcelaient leurs proches durant leur existence, escortés par la légion du Diable pour les plus indicibles sujets de l'échevin et du prêtre Drogon. L'attelage bifurqua pour emprunter le chemin serpentant jusqu'au *maresche* ; les pavés laissant place à un large sentier drapé de profonds sillons et de nids-de-poule, creusés par les lourds attelages des paysans durant les labours et les moissons ; le véhicule longeait les champs de culture de phacélies et de blé, mais la période hivernale sonnait le repos de la terre, pour œuvrer à l'entretien des parcelles et du matériel agricole... Le cocher dirigeait le fardier avec fort embarras, tant il ne fallait pas perturber le repos mortuaire de la passagère, et que le corps aille faire une volte sur la chaussée ; il serait malvenu pour le charretier de regagner ses pénates avec une pogne en moins, déchaussée par le bourreau du coin. La mère de la défunte gémissait derrière son voile cendré, soutenue par les poignes puissantes de Eberulf et de Sigebert, car ce dernier possédait en son cœur une sensibilité débonnaire auprès des vilains et des petites gens, bien qu'il soit un brin viandeur, davantage filou, voire un fieffé *escogriffe,* mais surtout pas un coupe-jarret. À l'arrière de la charrette se déployait une longue procession de pieux croyants et de vils hérétiques, tous en communion pour accompagner *feu* la reine vers son dernier appartement, les longues écharpes des ombres s'étirant sous le halo d'une étoile mourante. Il y avait foule, même si, comme le prêchait le prêtre : « se donner la mort va à l'encontre de la nature divine de l'homme, constituant de ce fait une faute aux yeux de Dieu ». Chacun révélait en son for intérieur l'irradiance euphorique de la jouvencelle, l'esprit rieur, sans cesse empreinte d'une félicité attachante, se vêtant d'une chaste coquetterie sans outrepasser les convenances qui seyaient à une jeune fille convenable. Alors que le convoi approchait de la berge du bas-fond, Marguerin et Isabeau renforçaient leur étreinte, bras dessus bras dessous, leur mine blafarde imageant leurs profondes afflictions, en ces temps lugubres où le vilain n'avait guère que la prière et l'espoir d'une vie meilleure en l'au-delà, pour trouver la paix de l'âme.

Des écharpes de brouillard s'éternisaient au-dessus du *maresche*, aux *matines* où le disque solaire peinait à repousser le voile laiteux de la froidure de l'aube. Les ajoncs et les plantes lacustres chaloupaient sur le rythme lancinant d'un Éole anémié, ployant sous la rosée et l'étoffe granuleuse du givre réfléchissant les rais fébriles du soleil Ari. Le convoi aboutit à la berge, le timbre de la carriole délogeant quelques grenouilles et crapauds de leurs cachettes minérales et végétales ; des reinettes déguerpissaient sous l'onde fraîche, alors que d'autres s'abritaient sur un tapis de grenouillettes, leurs feuilles semblables à de chétifs nénuphars – les yeux globuleux des amphibiens semblaient braver les gentilshommes et les roturiers osant troubler la quiétude du lieu.

La carrure d'un homme se dessinait sur les vapeurs grisées issues d'une bruine lactescente ; le garde-chasse patientait devant la plate obituaire, encordée sur le piquet du ponton. La foule se déploya autour du tombereau, agrémenté de guirlandes de fleurs trônant au-dessus des ridelles chamarrées d'un bleu azur et de jaune safran[64]. D'un signe du chef, le prêtre ordonna aux quatre bourdons que l'on descende la bière de la charrette, tandis que l'échevin somma Raband de diriger ses hommes afin de tenir l'assistance à distance ; des gardes conduisirent la *menuaille* sur la crête de la berge (quelques individus du groupe manifestaient leur mécontentement en rouscaillant d'une lippe hargneuse, mais dès que les agents du guet haussèrent leur bâton, le silence reprit ses aises), alors que leurs alter egos invitèrent la mère de Hersende et les nobliaux du bourg à

---

64 Hommage de l'écrivain à l'État indépendant de l'Ukraine, en ces temps si troublés.

prendre place en bordure du marais, l'esprit emplit de roguerie envers le bas peuple. Le cocher toupilla le chevillard, afin d'évider la corde arrimant le cercueil au châssis du tombereau, pendant que deux bourdons grimpèrent sur le plateau et les deux autres les aidant en tenaillant les bords distincts de la bière ; ils firent glisser la caisse ouverte sur un ciel mouvant vers la bordure de la charrette, puis la descendirent précautionneusement en s'aidant de leurs larges *espaules*. Animés d'une force herculéenne, ils se dirigèrent vers le ponton, dont les lames craquelaient durant leur progression.

Deux gardes descendirent sur l'embarcation, agrippant les bords du cercueil, tandis que leurs acolytes soutenaient les arêtes distinctes tout en dévalant l'appontement, en piteux état de délabrement et de vétusté. Ensuite ils remontèrent sur le ponton, laissant le champ libre au curaillon, ses pognes jointes tenaillant un livre liturgique plaqué au-dessus du bas-ventre, tandis qu'un doux alizé faisait onduler les pans de sa robe de bure d'un noir d'obsidienne, la silhouette efflanquée du prélat renvoyant aux yeux de la menuaille, l'image allégorique du terrible dieu Thanatos. Le prêtre hocha sa hure de rapace aux silhouettes frétillantes des deux enfants de chœur, las de patienter pour aller couler leur *crigne* sous les cottes des *pucelettes*. Animé d'une acariâtre vigilance, il intima au plus petit de soutenir le missel, pendant que l'autre portait la coupe contenant l'eau lustrale et le goupillon, puis lança le *Dies Iræ*[65], pendant que la mère de Hersende s'échouait tel un frêle esquif dans les bras de l'échevin.

Eberulf pivota du chef, apercevant Isabeau ployer le col vers un sol fraîchement imbibé de rosée matinale, un long sanglot animant son diaphragme de petits tressaillements sporadiques, ses *espaules* soute-

---

65 Jour de colère, l'office des morts.

nues par la lavandière Marguerin. Ganelon remarqua son oncle jeter un œil furtif vers les deux jouvencelles.

« Elles étaient de temps à autre comme chien et chat, mais en aucun cas elles ne se malmenaient tant elles étaient inséparables », affirma-t-il en parlant de Hersende et d'Isabeau.

Eberulf observa les silhouettes de Héraclius, Ainmard, Gocelin, Odon-le-Preux et Godefrid postées à l'échine de la dizaine de gardes, armés de gourdins et de piques afin de se prémunir d'éventuels contestataires aux ordres protocolaires de l'échevin et du prêtre Drogon, dont leur soif d'empire prenait de l'ampleur au fil des saisons.

Gocelin branla du chef, à l'adresse de Eberulf.

— C'est l'heure ! fit Eberulf à Ganelon.

Ils se dérobèrent furtivement aux regards sournois des gens d'armes ; une escapade qu'ils avaient planifiée quelques jours plus tôt…

Isabeau souleva sa nuque du gabarit fluet de Marguerin. D'un regard chagriné, elle balaya l'attroupement amassé sur une portion de la berge.

— As-tu vu Ganelon ?

— Je les ai vus sous peu, mais ils ont soudainement disparu de ma vue. Par contre, je suis déconcertée par l'absence de ton oncle aux funérailles de Hersende…

Isabeau s'attendait à plus de considération de la part de son soupirant. Elle opina du chef aux dires de Marguerin, la mâchoire crispée par un trop-plein d'émotions, qu'elle avait du mal à contenir.

— « Déconcerté » n'est pas le mot approprié à la situation, puisque le *goindre* ne participe en aucun cas aux funérailles des reines.

— Mais, le clerc n'a-t-il jamais formulé qu'il était impératif d'assister aux obsèques, sous peine de passer le col sous le joug du pilori ?

— L'usurier est l'exception à la règle, entérina-t-elle d'un air entendu, puis elle renicha son chef sur l'épaule de son amie. *Tu parles, encore un nobliau ayant des passe-droits !* songea-t-elle, la mine emplie d'amertume et de tristesse.

Drogon parvint au terme du requiem des morts, laissant un vide déplaisant accéder aux gémissements de la mère de Hersende, s'enlisant dans les esgourdes de l'assistance – un profond mal-être qui étriquait les *entraignes*[66] des vilains. Il referma le livre liturgique, puis le tendit à l'enfant de chœur, tandis que le second marmouset lui délivra la coupe d'où le goupillon s'immergeait dans l'eau lustrale. L'onde faillit chavirer sur les lames fatiguées du ponton, débridant *derechef* l'humeur maussade du curé – heureusement, à peine quelques gouttes parvinrent à lécher la boiserie de la plate-forme érodée par les intempéries et une défection de maintenance. Il fit une volte, ôta le goupillon de la coupe puis aspergea le corps de la défunte. Une fine aspersion se déversa sur le cadavre, dont le faciès semblait assoupi, placé sous l'aile éphémère de la jouvence. Elle revêtait un fin bliaud d'un blanc écru, retenu à la taille par un cordon cramoisi noué au-dessus de son bedon démesuré. L'assistance restait muette, silencieuse face à ce cérémonial qui se donnait à chaque fois qu'une reine décède ou qu'elle soit évincée de son trône, pour n'avoir pu concevoir que des *mignards* durant son règne s'étendant sur quelques années... Des marmousets gémissaient dans les bras de leur daronne, tandis que l'on entendait des reniflements et des lamentations à Aria, la divine Mère des dieux, émerger des

---

[66] Les entrailles.

mâchoires fripées et rougeaudes des *vieillettes* dressant leurs doigts arthritiques vers un ciel empourpré par le lever solaire.

D'un signe de tête, il intima au garde forestier de dénouer le filin afin que le corps soit offert à la gueule de la Bête, permettant d'apaiser le courroux de Ari-le-Glorieux. Car, si l'ardeur du soleil périclite, c'est bien qu'il y ait eu *vilenie* d'avoir offensé Dieu ! Alors, décennie après décennie la panse de la Bête doit être sustentée, afin que l'on n'oublie pas que le Seigneur Ari est la source même de la Création, et qu'il faille L'implorer pour que les jouvencelles mettent au monde des *mignardes*... afin de repeupler les terres jadis fertiles de Tartare. Immergé jusqu'aux reins, le garde poussa vigoureusement la barque – une plate ancestrale à fond plat, en piteux état –, la dirigeant vers les pleines eaux d'où des vapeurs résiduelles grimpaient vers les cieux. Le frêle esquif fendit les eaux noires en créant des remous pestilentiels à la surface, d'où une fange glauque remontait des profondeurs et formait un bouillonnement nauséabond.

La mère de Hersende se sentit au plus mal, qu'il fallut dépêcher deux matrones afin de la soutenir, son échine se courbant vers le sol comme les fragiles ramures de la futaie ployant sous la tempête, prêtes à rompre à tout instant à ses assauts incessants.

L'embarcation mortuaire fila langoureusement entre les massifs d'ajoncs peuplant le bassin, sans rencontrer aucune résistance du drapé de plantes lacustres recouvrant partiellement les dix premières brasses de la berge. Puis, animée par des courants issus de l'émergence d'une source située à quelques lieues du *maresche*, l'embarcation bifurqua soudainement vers une section de la tourbière, dont la rive se drapait d'un lit graveleux protégé par l'ombrage d'un massif buissonneux et de quelques arbustes, aux ramures s'enlaçant d'une étreinte animale. La barque obituaire continua sa course, sous le regard d'effroi des habitants étant au fait de la finalité de cette odyssée macabre, car maintes fois mise à exécution sous la coupe du sempiternel prosélyte Drogon...

Sa proue fendit les eaux noires, cisaillant le drapé de lentilles d'eau recouvrant la surface du marais d'un vert tendre. Les premières libellules s'envolaient dans leurs bruissements caverneux, leurs ailes irisées scintillant sous le faste d'un soleil céruléen émergeant des frondaisons – leur envol offrait une chorégraphie éthérée, s'animant sur la toile de fond du boqueteau, dont le pied des arbustes plongeait leurs racines dans la turbidité de l'eau. L'allège n'était qu'à une dizaine de brasses de la rive, lorsque surgit d'une brèche végétale le renflement dorsal de la Bête fendant les eaux glauques... Le monstre des profondeurs remontait du fond vaseux dans un bouillonnement d'écume glaçant ; son rostre émergea des flots, animé de deux énormes pinces dégoulinant de limon et de racines de plantes flottantes s'y étant enchevêtrées, pendouillant dans le sillage de cette punaise géante. Les yeux de la populace s'écarquillaient d'effarement devant le tableau dantesque s'animant devant eux, maintes fois imposé à leurs prunelles emplies de sourde mélancolie, leur esprit bouillonnant d'une colère amère, sans qu'ils puissent mettre un terme à la réitération infernale de cette oblation, issue de l'ordre inquisitorial.

Eberulf et Ganelon firent un crochet à l'arrière d'un empilement rocheux, puis empruntèrent un sentier âpre, le sol graveleux coulant sous leurs pas instables ; des massifs de broussailles fréquentaient le layon, éraflant leur hure revancharde. Ils parvinrent à l'orée du marais, prenant en considération qu'ils n'étaient qu'à quelques enjambées de l'attroupement (dans un mutisme qui seyait en tel cas), puis atteignirent une langue de sable granuleuse peuplée d'ajoncs trempant leur fût dans une eau limpide, alors que du cresson et des élodées dansaient sur le flux et le reflux du courant de l'eau. Sigebert se redressa soudainement à l'ébruitement de leur apparition. Son regard s'apaisa, en apercevant la silhouette de Eberulf et de Ganelon poindre dans sa direction.

Ganelon tapota affectueusement l'*espaule* de Sigebert. Ce dernier fléchit ses gambilles, un arc et un carquois posés à son flanc.

— Comment cela se présente ? s'enquit Sigebert.

— Tu ne vas pas tarder à apercevoir le rostre de l'animal, déclara Eberulf.

— Les autres sont-ils prêts à l'action ? Parce que je ne voudrais pas y laisser ma couenne et que l'on me fausse compagnie à l'instant propice, grommela le jeune braconnier, la mine empreinte d'un certain malaise à savoir que l'action allait s'ouvrir sur-le-champ…

— N'aie crainte ! Nous allons employer les grands moyens. Il est temps de mettre fin à l'hégémonie du Grand inquisiteur gîtant sur notre commune depuis tant de lustres, déclara-t-il d'un air entendu. Maintenant, prépare-toi à ajuster ton tir, sans quoi nous n'aurons qu'une infime marge de manœuvre pour faire ouvrir l'*oil* aux gens du bourg, en agissant dans la précipitation avec toutes les conséquences qui en découlent…

Sigebert empoigna l'arc et retira une flèche du carquois – posé sur la litière de graviers –, la pointe emmaillotée d'une étoupe de chanvre, alors que Ganelon préparait le briquet. Ils attendirent patiemment que la Bête montre sa hure maudite…

Ils virent poindre la proue carrée du vaisseau obituaire derrière le rideau d'ajoncs, bercé par un léger remous dû à l'exsurgence d'une source ; le corps de la reine reposait dans la coque, aménagée pour l'occasion. Puis ils aperçurent la silhouette renflée de la Bête fendre le lit de grenouillettes et de lentilles d'eau, dans une débauche d'écume bruyante ; le charognard fonça vers sa proie, ses deux membres s'écarquillant afin d'agriffer le frêle esquif, pour l'emporter vers une issue fatale…

Sigebert releva la hampe de filasse vers Ganelon, puis le jouvenceau alluma le briquet en s'aidant d'un silex, qu'il frotta nerveusement tout en effleurant la pointe rembourrée ; malgré les efforts, il ne parvenait pas à faire poindre un seul éclat sur l'étoupe. Il s'irrita, au point que Eberulf déposséda en un éclair le silex et le briquet de son neveu, puis s'approcha de la bourre, tout en frottant vigoureusement le caillou contre le briquet afin d'en faire éclore des étincelles, tandis qu'ils entrevoyaient les pinces de l'animal s'apprêtant à happer la coque du frêle esquif… Il intensifia son action, des escarbilles naquirent de cette rencontre entre la pierre et le métal, puis une flammèche jaillit sur le rebord de l'étoupe et s'étendit en grésillant sur la balle de filasse. Sigebert redressa son échine, armé de la flèche enflammée… « Surtout prends le temps de bien aiguiller ton tir, somma Eberulf, car tu n'auras pas une deuxième chance. » Le rouquin porta la hampe à hauteur de l'œil, puis visa le dôme sombre de la Bête – le temps semblait s'être arrêté, alors que Ganelon ne cessait de pivoter son chef de la pointe enflammée aux silhouettes mouvantes de la plate et de l'énorme charognard, dont les pinces agrippaient d'ores et déjà le frêle esquif, prêtes à le retourner et à le pulvériser comme une vulgaire coque de noix. Il tendit la corde lorsqu'un homme tonna des sommations à l'adresse de Sigebert :

— Jette ton arme sur-le-champ, ou tu es un homme mort ! beugla le garde, armé d'un arc dont la corde se tendait à l'extrême entre ses gros doigts, et toi ne bouges pas tes gambilles, si tu ne veux pas goûter à mon trait, fit-il à Ganelon.

Il déboula de la butte de broussailles, appuyé d'un acolyte armé d'une hallebarde qu'il pointait dans leur direction. Sigebert se figea, puis regarda la mine impassible de Eberulf, toujours posté à ses côtés, et le regard apeuré de Ganelon en proie à un certain malaise.

— Hé toi ! Recule ! tonna le garde d'un air rogue, en destination de Eberulf. Gomond ! Assure-toi de celui-là... en désignant ce dernier. Le sergent du guet s'approcha du métayer, la pointe de sa hallebarde dirigée vers son torse. Puis le meneur pivota son chef vers Sigebert, le regard perdu entre chien et chat, pour en fin de compte rester figé comme un animal aux abois. Je t'ai ordonné de lâcher ton arc ! fulmina-t-il. Alors que le jouvenceau fusa un œil feutré vers le regard effilé de Eberulf semblant lui faire saisir la teneur de ses intentions, en fléchissant du chef vers la panse repue du sous-fifre...

Le lieutenant tendit son arc, pointant le dard vers le poitrail de Sigebert, tandis que l'on percevait le crissement des griffes de la Bête tirer la plate vers un sort funeste ; le craquement de la coque vibrait aux alentours, sur les hurlements d'effroi de la populace tremblant au-dessus du *maresche*, comme une chimère pourvue de plusieurs gueules saisie au cou par son acerbe prédateur. Les *dameletes* et les *mignards* mettaient genou à terre, et se mirent à prier à l'adresse de la déesse Mère Aria, leur esprit empli d'une constance de bigot.

— *Sifait, sifait*, seigneur, tout en rabaissant son arc. Animé d'une audace larvée, Sigebert pivota son torse et projeta *derechef* la flèche sur la botte du garde… L'homme hurla de douleur, la pointe s'étant fichée sur sa cheville, pendant que Eberulf lança le briquet à la face vile du hallebardier, ce dernier lâchant son arme d'ast sous l'emprise de l'irradiance puis de l'affliction. Eberulf profita de l'opportunité pour lui allonger sa pogne sur la mâchoire. Puis animé d'une ferveur combative, il empoigna le col du rustre homme d'armes par revers et le renversa sur le sol, lui bloquant sa lippe avec un pan de son bliaud afin qu'il ne prévienne ses compères.

— Il n'est plus guère le temps, Sigebert, use d'une dernière pointe afin de mettre un terme à cette mascarade ! tonna Eberulf, tout en maintenant le corps du garde d'une poigne ferme, tandis que l'autre agent du guet s'affaissa sous la douleur, le col tenaillé par les bras de Ganelon afin qu'il ne lui vienne l'idée, lui aussi, à rameuter une escouade de gens d'armes.

— Nous n'avons plus de flamme pour occire la Bête, déclara le rouquin, l'air penaud.

— On s'en passera ! Bouge ! Le temps est compté, appuya Eberulf, alors que le charognard commençait à faire sombrer la plate tout en broyant la proue à l'aide de son rostre.

Sigebert extirpa une nouvelle hampe du carquois et fit face au tableau sidérant qui se manifestait aux abords du marais ; il présenta la pointe dans son champ de vision, ajusta sa visée à hauteur d'œil et tendit la corde, dont le crissement plaintif signalait qu'elle se raidissait à l'extrême. À son œil acéré, il vit la barque tanguer entre les flots noirs et boueux du marais (agrippée par les énormes mandibules du prédateur), la carapace du monstre émergeant de la surface bouillonnante. Il ajusta son tir sous l'image oscillante du monstre, tout en observant la jonction de cuir sombre située entre les deux plaques de la carapace, puis décocha la flèche, le trait filant comme un rapace avide de fraîche venaison... pour se ficher sur le rebord de la calotte. *Derechef*, il enchaîna un nouveau tir, la pointe de celle-ci parvenant à s'enficher dans les replis de la Bête, juste à l'endroit qu'il avait visé. Le jouvenceau délogea une troisième hampe du carquois, l'esprit embrasé d'une ardeur revancharde, et la décocha... le trait fusa dans les airs, pour s'accoler à sa voisine, alors qu'une substance huileuse commençait à perler de ses entrailles ; le sang dégouttait de la face dorsale, sinuant sur les élytres du monstre, pour s'épancher finalement vers l'étendue de l'eau qui déjà ondoyait sereinement au lieu de s'agiter dans un flot déchaîné. Le monstre aquatique lâcha sa proie, la plate naviguant au gré d'un courant toupinant, dû à l'émergence d'une source souterraine. Les deux hommes observaient la scène : la carapace du charognard partit à la dérive, s'enfonçant progressivement dans la fondrière en émettant de grosses bulles...

— Garde au chaud celui-là, tonna Eberulf à Ganelon, tout en montrant du doigt le subalterne (Il lui fournit la hallebarde), encore sonné par l'allonge puissante du métayer, et toi, mets en joue ce gredin, dit-il à Sigebert. Puis il fila vers le bord du marais et s'enfonça jusqu'au bassin, les bras dressés vers le ciel, alors qu'aux alentours un grand brouhaha sonnait la fin de ce cérémonial démoniaque. Le peuple tendit son attention d'un seul homme, apercevant la silhouette trapue de Eberulf se dirigeant vers la plate obituaire, l'attrapant d'une poigne ferme puis coulant le cordage autour du plus proche massif d'ajoncs. Ensuite il revint vers le corps de la Bête. Muni d'une volonté farouche, il renversa la cuirasse et en arracha ses entrailles, incarnées sous la plastique replète de l'usurier, bien mal-en-point mais toujours vivant, alors que sa *crigne* ployait à la surface de l'eau, la bouche oblitérée par une vessie animale et un tuba confectionné par ses soins à partir d'un solide roseau ; la hampe de la flèche s'était fichée entre ses reins, affectant probablement sa future motricité tant elle jouxtait son échine. Il défit le tube et l'embout plongeant dans la bouche du vil marchand de biens, et extrait le corps de Rodéric du singulier habitacle, puis retourna vers la plage de gravier en le tiraillant par le col de son bliaud… Arrivé au terme de cette expédition, il le déposa sur la rive, le corps affalé sur le banc de graviers, mais bien vivant.

Sur la berge du *maresche* des rumeurs se propageaient, alléguant que l'on avait trompé la communauté ; une certaine confusion régnait au sein du peuple, qu'elle apporta la sidération et l'incompréhension dans les esprits surchauffés. Le maire sentit sa raison chanceler à la vue de ce revirement de situation : les *nobilia* les plus proches de sa cause vinrent à son flanc demander des comptes, alors que la populace grondait, découvrant que ce cérémonial n'était en fait qu'un décorum de pacotilles, tandis que d'autres avaient le cœur et l'esprit déchirés, entre la raison qui se jouait devant leurs yeux et l'ardeur de la foi, imprimée dans leur chair durant tant de décennies qu'ils ne parvenaient pas à scinder l'indéniable vérité de l'apocryphe, sur la balance de leur conscience… ; Agylus reprit ses esprits, regardant le prêtre étirer son col vers son zénith, fier et arrogant à souhait, mais la mine ombrageuse par cette rébellion qu'il n'avait point sentie venir. Il observait ce baroud d'un regard austère, fulminant à l'idée de voir ses plans de pêche animique décimés, après tant de mainmises séculaires sur un modeste bourg de Tartare, éloigné de mille lieues des autres congénères.

— Monsieur le maire, qu'attendez-vous pour arrêter sur-le-champ ces malandrins, qui ont frelaté ce rituel des plus nobles aux yeux de Dieu ? clama le révérend haut et fort à son encontre.

L'élite allait mander Raband à la rescousse, lorsque les hommes de l'opposition agirent de concert pour empoigner la police du bourg ; Gocelin avait préalablement donné ses ordres à une vingtaine d'individus concourant à leur cause. Des hommes disséminés dans l'assemblée descendirent à la rencontre de l'échevin et le bloquèrent, alors que d'autres partisans à la rébellion soumirent les gardes à leurs sommations. Suite à cette dissidence insoupçonnée, les cris des femmes et des enfants semaient le désordre et la confusion dans les rangs, situés sur les flancs du *maresche*. Pendant que Raband fusait vers Agylus, Gocelin et deux vieux bougres lui barrèrent le passage. Le garde, particulièrement virulent, ne se laissa pas soumettre de la sorte ; une lutte s'ensuivit entre Gocelin et Raband, semant la zizanie dans l'attroupement des personnes sises sur les lieux, que le vide se fit aussitôt, l'assistance prenant leurs jambes à leur cou et fuyant pour se mettre à l'abri sous le couvert de quelques arbres, alors que d'autres retournèrent vers leurs pénates, en filant comme des damnés surpris par les cornes du Diable...

Pendant ce temps-là, Drogon profita de cette escarmouche pour fausser compagnie et prendre la poudre d'escampette, mais des hommes l'interceptèrent et lui bloquèrent les poignes, puis le ramenèrent *ipso facto* sur la berge, la foule criaillant « Au gibet de Montfaucon ! ». Quant à Gocelin et Raband, ils s'empoignaient dans un corps à corps comme des camelots usant de leurs accointances pour refourguer du matériel frauduleux. Les coups pleuvaient de part et d'autre, et il va sans dire que Gocelin, malgré son impressionnant gabarit, avait affaire à un homme du guet particulièrement virulent ; le bougre détenait une poigne de fer, et quoiqu'il possédât une taille moindre en rapport à la stature de Gocelin, son allonge était d'une pugnacité phénoménale. Raband lui administra une volée de coups de poing dans ses *entraignes*. En geignant sous les allonges du garde, Gocelin fléchit du buste, sentant ses viscères remonter vers sa poitrine, alors que la mine du capitaine des gardes lui jetait un sourire railleur.

« Je vais te couvrir d'opprobre devant la populace, afin que tout le monde ait conscience que l'on ne badine pas avec la Loi, qu'elle soit issue de Dieu ou des hommes !... » grogna Raband, tandis que la foule se clairsemait et reculait devant ce pugilat entre les deux hommes les plus forts du bourg. Ils s'affrontaient comme des taurillons empreints d'une sourde violence bestiale, pendant que d'autres insurgés se mêlaient aux hostilités, allant jusqu'à se battre contre des zélateurs et des gardes du guet, les gambilles plongées dans le *maresche*...

Odon-le-Preux et Godefrid ligotèrent les deux gardes, alors qu'Isabeau, la mère de Hersende et Marguerin surgirent du layon, le regard emplit de désarroi et d'amertume. Eberulf et Sigebert relevèrent leur *crigne*, devant l'arrivée des trois femmes ; la mère de Hersende s'approcha de Eberulf, en train de seconder ses deux compères à redresser le lieutenant traînant la jambe, la hampe encore fichée dans la cheville.

« Que l'on aille voir l'apothicaire, pour soigner ce malheureux bougre... » dit-il à Odon-le-Preux et Godefrid, d'un regard espiègle.

La mère de Hersende s'adressa à Eberulf :

— Pourrais-tu recouvrer la barque, afin que ma fille ait droit à une inhumation décente ? où l'affliction se mêlait à une délicate gratitude, en lui offrant un sourire fugace – une démonstration allégorique de miséricorde à son encontre.

Pendant cela, Gocelin parvint à faire une clé de jambe à Raband, ce dernier foula le sol, l'échine bloquée par la poigne ferme de son adversaire ; les deux hommes affichaient une mine marquée de contusions et de bleus, le faciès durci par un rude pugilat. Le forgeron coula son torse puissant sur le corps du garde, sa *gole* haletait sous l'ardeur de l'affrontement et par insuffisance respiratoire ; l'homme d'armes n'était pas loin de la dyspnée, tant il avait donné de sa personne pour un âge aussi avancé. Leurs regards s'interpénétrèrent, diffusant leur antagonisme au point que leurs humeurs pouvaient se confondre, même s'ils divergeaient sur de nombreux points.

« Je baisse les armes », murmura Raband, saisi par un souffle haletant.

— Es-tu prêt à soutenir notre cause ?

— *Oi*. J'ai ouï dire que le curaillon s'apprêtait à nous fausser compagnie, dit-il tout essoufflé, mais retire ta patte de mon poitrail, afin que je puisse respirer, sinon je crains que mon assistance ne te soit aucunement précieuse…

Gocelin se redressa, puis tendit son bras mastoc à Raband afin qu'il puisse se remettre sur ses gambilles.

— Et pour quelle raison, laisserait-il en plan la commune ? Il a tout à y gagner, à gîter dans le presbytère et offrir la rémission des péchés aux nobles comme aux manants, sans parler des fêtes des moissons, des baptêmes, des épousailles et des enterrements…

— Je n'en connais point la teneur, affirma-t-il, tout en gonflant sa pesante poitrine au souffle tonifiant de la brise poussant quelques nuages vers le ponant. En tout cas j'ai pu attraper quelques bribes d'une conversation singulière entre le maire et notre curaillon, il y a de cela quelques jours ; je devais m'entretenir avec notre échevin sur une affaire de malversation, dit-il tout en se massant les poignes, et lorsque je parvins devant l'entrebâillement de son cabinet, j'entendis Drogon affirmer que le Grand inquisiteur le sommait de ramener ses pénates au palais du Saint-Office – dont personne n'en a vu l'hémicycle, ni sa couleur –, et qu'en contrepartie un clerc viendrait prendre ses quartiers, peu avant qu'il parte...

Gocelin se massa, lui aussi, sa trogne de forgeron, dont les marques du temps diffusées en de profondes ridules sinuaient sur une peau parcheminée, car une besogne épuisante, mais oh combien passionnante, lui ôtait petit à petit sa vigueur d'antan.

« Par le puissant Héphaïstos ! Il faut absolument arrêter ce ratichon ! » affirma-t-il en jetant un regard étendu sur le marais. Il ne vit que quelques hommes de gardes se soutenant mutuellement, sous les regards rogues des rebelles notant qu'ils avaient enfin réussi à ramener la raison du juste dans les ruelles de la commune, mais qu'il allait falloir battre la mesure sur les bancs du Conseil municipal, afin d'édifier un avenir serein, une vie à l'abri de l'intégrisme religieux et des adorateurs du démoniaque dieu Ari, qu'il fallut plusieurs décennies pour éclairer les lanternes des vilains et des nobliaux...

28

L'heure de *prime* sonnailla, le glas du bourdon carillonnant de poignantes funérailles.

Les quatre hommes assermentés aux inhumations descendirent progressivement la bière dans le caveau familial, la corde coulissant entre leurs pognes crottées de terre humide, collante comme de la glu à moucherons – car il avait plu sur les terres de la commune : un signe favorable, à ce que disent les Anciens. La foule était nombreuse à s'amasser autour des tombes aux stèles lancéolées à la déesse Aria, la divine Mère des dieux, leur hampe fléchissant pour certaines vers le sol, comme empreintes d'une ambiguïté temporelle que nulle âme n'avait l'esprit à redresser. Le diacre de la paroisse (car Drogon fut introuvable) clôtura ses paupières et plia l'échine sur l'affaire des porteurs déposant le cercueil de Hersende en sa dernière demeure, entouré de sa mère, sise au flanc de l'ordre du diaconat, d'Isabeau et de Marguerin tenaillant leurs poignes à la fois moites et fermes dans leurs résolutions d'affronter cette terrible adversité de jouvencelle pour l'une, et de compagne pour la seconde – tant elles larmoyaient dans un déluge de larmes, contaminant les *vieillettes* pleureuses qu'elles n'avaient point à se donner la peine d'exprimer leurs sourdes mélancolies à la face de la *menuaille*. La chevelure roussâtre de Sigebert surplombait les *crignes* de la populace d'un empan, son esprit plongé dans un état second, la langue poisseuse d'avoir étanché sa soif de quelques rasades d'hydromel ; sans compter la présence de Ganelon et Eberulf plantés derrière l'échine de la mère de Hersende, au cas où elle s'effondre sur le pavé... de l'échevin et de son cerbère Raband, abrités par les hommes de sa coterie et de la mairie, eux-mêmes ceinturés par Ainmard, Héraclius, Goderfrid, Odon-le-Preux et Gocelin, à leurs poignes nerveuses, supposé qu'un bougre de la majorité ambitionne de troubler le déroulement serein des funérailles.

Soudain, Ganelon tonna d'une voix stridulante :
« Bonne Mère... Regardez là-haut ! » tonna le jouvenceau, tendant un bras famélique et nerveux vers la voûte des cieux.

D'un même tempo les regards se portèrent vers le ciel, leurs yeux profitant d'un spectacle éphémère où une étoile filante griffait le bleu froid de l'éther en traversant l'azur de ponant vers l'orient d'éclat scintillant, à l'instant les *dameletes* et les *paisants*[67] se mirent à s'agenouiller devant l'ampleur de cette manifestation céleste. Puis le bolide plongea dans la brillance du soleil Ari. Les gens se regardaient, étonnés de cette apparition soudaine, que certains individus voyaient en ce tableau astral un signe divin s'y manifester. Les obsèques continuèrent, d'un ardent émoi enchanteur...

Ensuite le diacre fit les éloges de Hersende, tandis que les paturons des proches enceignaient la fosse, leur regard blême se déversant vers la bière, au moment où leurs pognes formaient une chaîne humaine – à leur échine, la foule de manants et de notables éprouva leur glotte, s'enrayant sous les affres de l'affliction. Le substitut du prêtre entama un *De profundis* pour la défunte et un chapelet d'oraisons pour Aria, Mère des hommes et de Tartare... Des louanges à la Mère des dieux sem-

---

67 Paisants : paysans, hommes de la contrée.

blant abolir les sombres heures engendrées des flancs du dieu Ari, clôturant ainsi plusieurs décennies de vilenies attribuées à l'Inquisition.

Un grand nombre de villageois avait tenu à être présent aux procès de Agylus et de Betho ; et bien que la salle du Chapitre soit d'une dimension respectable, une bonne part des individus stationnait dans les couloirs étriqués de la mairie, n'ayant plus que leurs esgourdes afin de jouir de cette péripétie procédurière faisant date pour une petite commune de Tartare…

La *crigne* en bataille et la mine pâlotte, le cœur de Agylus frémissait sous une arythmie cardiaque qu'il n'arrivait point à réguler tant la frayeur du gibet assaillait son mental ; l'échevin n'était plus que l'ombre de lui-même. Son regard errait de destre à senestre, devant le chapelet de l'assemblée des Justes siégeant derrière l'immense bureau ; les Justes observaient l'édile d'un air rogue, escomptant démêler la trame des allégations que le maire du village livrait à leur esprit investigateur…

—… J'avais les mains liées, bredouillait Agylus d'une mine défaite, le cœur martelant comme un tambourin. Je ne pouvais qu'approuver ses dires, ajouta-t-il en parlant de Drogon, dont on avait apparemment perdu la trace. Sa hure de premier édile ne possédait plus l'envergure du plus haut fonctionnaire de la commune, tapi derrière ses faux-semblants et ses aberrations ; seul, livré à lui-même, il devait fournir aux Justes des éléments fiables prouvant de sa bonne foi, permettant de ce fait de le disculper. Vous pouvez questionner mon secrétaire de cabinet, enchérit-il, de ce que nous avons maintes fois palabré dans l'ombre du prélat…

— En ce lieu, vous n'êtes qu'un simple prévenu, Sieur Agylus. Alors laissez l'Assemblée du conseil décider de ce qu'il a à faire ! tonna le juge Godefrid, tiré au sort par les citoyens. Godefrid en profita pour poursuivre sa plaidoirie : « Nous avons réquisitionné une partie de la garde afin d'effectuer une perquisition dans votre cabinet de travail, ainsi qu'en votre demeure et aux foyers de vos plus proches collaborateurs, Sieur Agylus, et croyez bien que si le résultat des saisies et des réquisitions n'est pas à la hauteur de vos dires, alors vous pouvez estimer que vos jours seront comptés... Pour l'instant, sans preuves de culpabilité votre mandat se poursuit, mais sachez que vous serez amené à nous rendre des comptes dès les investigations clôturées... Que l'on amène la tutrice Betho à la barre », ordonna-t-il à la garde en présence.

De sa taille menue, Betho se ratatinait comme une vieille pomme défraîchie, la peau fripée par tant de vécu sur cette terre aride, qu'elle semblait exprimer tout le courroux que la glèbe endurait après tant de millions d'années à dépérir par faute de précipitations ; la doyenne pliait l'échine, suite à des douleurs arthritiques et des problèmes intestinaux, le dos arqué à l'instar d'un arbre centenaire se déchaussant à sa base, après avoir essuyé la dernière tempête, la plus rude... celle qui lui serait fatale. Du haut de sa trentaine d'années, le juge Godefrid s'appliqua à sonder l'esprit sournois de l'aînée, sachant que derrière sa huitaine de décennies, une amère et fruste destinée chemina dans l'ombre de Drogon, vestale d'obédience au prieur sans cesse établissant avec empressement son rôle de tutrice, escortée d'une ténacité implacable et un souci de perfection qu'elle en devenait l'allégorie même de l'absoluité. On disait d'elle qu'elle avait une langue de vipère, et que son intellect échafaudait des plans machiavéliques à l'encontre des *pucelettes* qu'elle avait sous sa férule ; combien de fois les prétendantes à la cellule royale s'effondraient en pleurs devant les asservissements de l'aînée du village, ne leur laissant aucun répit afin de parfaire une éducation rigide et exemplaire... Il la dévisagea attentivement, lui qui pourtant durant sa prime jeunesse la fixait d'une insistance soutenue emplie d'effroi, le cœur battant et les gambilles flageolant lorsqu'il croisait cette femme austère, qu'il en faisait des cauchemars récurrents...

— *Nostre dame*, pouvez-vous narrer brièvement à la Cour, comment vous avez entamé votre ministère sous la férule du prêtre Drogon, et quelles sont les charges qu'il vous demandait instamment d'assumer ?...

La *vieillette* rejoignit ses deux pognes crochues par les rhumatismes, dont les veines gonflées et bleuies sinuaient en de sombres circonvolutions reptiliennes sur sa peau parcheminée par l'âge et son ministère. Ses mirettes s'embrumaient d'un linceul lactescent provoqué par une affection oculaire, mais son entendement avait gardé sa lucidité d'antan et une mémoire infaillible, que nombre d'Anciens ne détenaient guère à leur âge ; les réminiscences du passé émergèrent dans son champ de conscience comme les ressacs de la mer, apportant des images insoutenables d'une enfance détruite par la bestialité d'un père, des conflits d'intérêts entre les différentes classes sociales, la propagation des épidémies et la misère, qu'elle ne s'étonnait plus de la durabilité de son existence... remettant son destin aux mains de Dieu. Ses prunelles opalines sondaient l'atmosphère ambiante de la salle, sans pour autant en contrarier leur appréciation visuelle, désarçonnant l'assurance des proches qui la côtoyaient régulièrement, toujours étonnés qu'elle parvienne à percer les atours fastes des dames et les truculences déplacées des traits grivois du *jouvenceau*, voire à recadrer la *jouvencelle* qui l'aurait raillé en se gaussant audacieusement derrière son rachis voûté, car ladite *vieillette* avait scruté l'image frondeuse de la *bachelette* se miroitant sur la surface frisottante du lavoir, et dans ce cas-là, il valait mieux que cette dernière fasse profil bas.

« Il y a fort longtemps je n'étais qu'une jouvencelle d'une douzaine de printemps, lorsque mon destin s'assombrit à cause de conflits familiaux... Lors du décès de maman, mon daron étancha ses angoisses dans la boisson, le soir venu réintégrant le foyer empli d'une humeur mauvaise, le pas chancelant après avoir plongé sa lippe dans une orgie de cervoise – l'esprit brouillé et échauffé par la vinasse, il pointait ses gambilles flageolantes dans notre modeste chaumine, et si par malheur j'avais omis une corvée, alors il ne se gênait pas pour me corriger à coups de bâtons ou de godillots dans la panse... Et même après avoir achevé ma besogne dans les règles de l'art, il trouvait sans cesse à redire pour me rosser à coups de ceinture », se confessa-t-elle devant le parterre de citoyens, le regard empli d'une lourde contrariété. Elle replia l'échine, ses yeux flétris par le temps observant des scènes qu'elle seule avait l'infortune de distinguer dans l'antre de son mental, éprouvé par une enfance malheureuse... Au fil du déroulement de sa vie, Betho en arriva à l'instant où le prêtre l'arracha des griffes d'un père acariâtre et violent... « Cette année-là, une terrible épidémie ravagea la contrée, et bien des personnes y laissèrent la vie, fauchées par la serpe hégémonique de Thanatos ; la lèpre avait refait sa réapparition, la léproserie s'emplissant d'une manne de malheureux damnés, que rien ne justifiait de les traiter comme des animaux – notre bon pasteur m'affecta à cette maladrerie, que les plus jeunes ne connurent que de nom. Après avoir usé mes pognes, soignant et lavant les corps déformés et pustuleux de ces pauvres résidents durant les trois premières années. Un jour Drogon vint à ma rencontre, m'assignant à prendre congé pour gîter au sein du presbytère ; je devais presser les *jouvencelles* les plus aptes à embrasser la gouvernance de future reine... Un travail d'arrache-pied, où il fallait apporter à ces jeunes filles une éducation rigide, à ce qu'elles leur échoient (le jour où elles seront en *gésine*) à éduquer prestement leurs *mignardes*[68], uniquement des *mignardes*, afin de mettre un terme au dépérissement de l'Humanité. Et pour éviter le pire, notre bon prieur usa de philtres que lui seul parvenait à formuler, dans l'antre de son laboratoire où il fourmillait durant les nuits de pleine lune, à les élaborer dans le plus grand secret... Mais quelque temps plus tard, je compris qu'il surgissait de leurs entrailles que des *marmousets*, alors que la populace déclinait inexorablement, faute de *mignardes*... Car c'était un *maleficium* que notre père se risquait à vouloir combattre, afin de ramener la fertilité dans les *entraignes* des femmes... »

— Quel est donc ce breuvage, que le prêtre contraignit à ingérer journellement à chaque reine ? s'enquit Godefrid, alors que l'assemblée était tout ouïe.

— J'en ignore encore l'élaboration... Il nous disait que ce traitement thérapeutique permettrait qu'il sorte de leurs *entraignes* des femelles, mais je ne voyais que de vulgaires *pendeloches* brandiller sous les gambilles potelées des *marmousets* émergeant du ventre de leur daronne...

Godefrid fronça le sourcil et étira la lippe vers sa joue plantureuse et mal rasée.

— Êtes-vous sûre, de ce que vous avancez là ? tout en haussant le sourcil. N'était-ce vraiment *que* des *garçoncels*, qui sortaient de leurs *entraignes* ?...

---

68 Des petits enfants.

Elle lui jeta un regard condescendant, muette comme une carpe. Il comprit qu'elle ne révélera pas, ce que son esprit occultait à l'attention des jurés. Alors il mit en branle une autre stratégie :

— Quel genre de rapports relationnels entreteniez-vous avec le curé ?

— Que du bon ! s'exclama Betho ; je n'ai aucun mal à souligner la bienveillance d'un homme de foi, m'ayant arraché des griffes d'un daron bestial et d'une vie misérable. Après avoir usé bien des maris, mes journées se passèrent sous l'ombrage d'un être généreux, qui donnait de son temps à tous les miséreux de sa congrégation. Puisse Ari le bénir ! ajouta-t-elle en dressant ses pognes crochues et tremblantes vers le plafond.

— Pourtant vous étiez au courant de son tempérament exalté, et de sa façon arbitraire qu'il affectionnait au sein de la communauté... Combien de *barons*[69], de *paisants* et de *dameletes* se sont retrouvés à poser le col sous le pilori, parce qu'ils avaient commis des péchés de chair, ou parce que leur conviction religieuse différait de la juridiction épiscopale... À aucun moment vous vous êtes posé la question concernant les agissements despotiques du curaillon ?

— Jamais ! Oh non, jamais je n'ai sous-estimé l'éclat débonnaire d'un homme ayant offert son âme, son corps et son temps à Dieu ! émit-elle, ses yeux de braise fulgurant vers l'image sévère du juge. Elle tremblotait comme une feuille morte emportée par une brise sournoise. Et puis, lorsqu'une mère de famille *coquelique* avec un mâle autre que le sien, elle gagne qu'on lui jette l'opprobre sur elle et qu'elle soit rossée jusqu'à ce que le mauvais sang sorte de ses *entraignes* !... annonça-t-elle, d'une mine fière.

---

69 Barons : grands seigneurs.

Un silence pesant enveloppa l'enceinte du Chapitre ; des regards se posaient et s'entrecroisaient, investissant une atmosphère déjà maussade par la verve de la tutrice Betho, qu'à aucun instant personne ne remarqua la venue du valet, ses gambilles plantées devant le seuil de la salle, soutenant dans sa pogne une cassette contenant un objet emmailloté d'un lambeau de tissu.

Godefrid remarqua le *jovencelin* patient sous l'embrasure de la grande porte comme un fantassin de plomb, les bras tenaillant une pièce à conviction capitale afin d'éclaircir les agissements occultes du légat de Dieu.

— *Nostre dame*, nous avons une pièce à conviction à vous présenter... puis elle branla du chef, devant le regard niais du valet.

Ce dernier s'avança jusqu'à la barre où languissait Betho, posa la caissette sur la modeste planchette puis déplia les coins de la pochette effilochée par le temps. Sous l'opacification de la cataracte, elle entrevit les aiguillettes pelotonnées dans le giron du lambeau de tissu.

—... Nous avons retrouvé ces ferrets au Registre, enfouis à l'arrière d'un tas de vieilleries du temps jadis – que pouvez-vous dire à la Cour, concernant ces aiguillettes ayant appartenu à la dixième reine Arnegonde ?

— Par la sainte Aria, comment voulez-vous que je vous donne des éclaircissements sur une affaire dont je n'avais même pas connaissance ! Je n'étais point née, durant les œuvres que notre bon Seigneur offrait aux manants comme aux bourgeois... Alors, ce n'est pas aux *matines* de ce jour présent, que je vais vous conter le destin de ces aiguillettes dont aucun aîné du bourg ne pourrait à présent vous fournir la moindre explication, puisqu'à ce jour les doyens atteignent malaisément l'âge vénérable de la soixantaine d'années... *Oi*, mes seigneurs, aucun d'entre eux ne pourrait donc confirmer ou infirmer mes dires.

« Eh bien moi, je vais vous la conter cette histoire, où la reine sacrifia sa vie pour avoir osé dresser sa face devant cet infâme individu, sorti des pénates de l'Inquisition... ! » lança Eberulf.

Il se planta devant le parterre des Justes, les gambilles droites, sûr de sa personne, la mine déployant une émanation d'éclat solaire.

— En quel lieu et en quelle occasion, as-tu pu dénicher les preuves que tu estimes nous fournir, Eberulf ?

Il pivota du chef devant l'Assemblée, persuadé de détenir la vérité, et surtout d'émerger de son for intérieur l'histoire qui en découle... jetant un œil fugace vers la doyenne du village, désemparée par cette annonce soudaine.

— Je vais vous narrer succinctement le destin d'Arnegonde, dixième reine de Tartare, offerte au joug du plus sinistre prieur de l'histoire... Il sortit un vélin de ses chausses et le déplia sur la table des Justes, devant le regard examinateur de Godefrid, ses grosses pognes prenant soin de ne pas endommager la fragile peau de veau. C'est au sein d'un vieux registre issu des archives de la commune, que j'ai remarqué ce précieux feuillet de veau ; la suite d'un opuscule tronqué, pour ne pas éveiller des soupçons, forcément fatals pour l'auteure de ce manuscrit. Elle n'avait qu'une dizaine d'années, lorsqu'elle fut choisie parmi la douzaine de bachelettes pour régner en tant que nouvelle souveraine des bourdons... Il détailla la singularité calligraphique de l'auteure... Nous n'aurons pas connaissance de la personne ayant compilé les événements sur ce vélin, mais le style calligraphique est toutefois si condensé, que l'auteure avait sûrement la hantise que la maréchaussée tombe sur l'instant où elle était plongée dans ses œuvres... Il fut un temps, où chaque âme de cette bourgade était soumise à un pouvoir totalitaire, bien plus féroce qu'en ces jours pourtant si sombres. Il redressa le col, prenant à témoin l'Assemblée des Justes sur la prose de ses dires, puis continua de lire quelques lignes, s'attardant sur l'instant où la jeune reine haussa sa garde face à la virulence des édiles d'antan, qu'elle fut soumise à de terribles assignations, se retrouvant cloîtrée au sein de la mairie, son rôle se bornant à ouvrir ses gambilles devant les pendeloches du bourdon, afin d'accoucher de *mignardes*... L'auteure de ces dires nous signale encore qu'elle fut témoin d'une scène qui la marqua durement : " Un jour, je fus l'assistante fébrile d'une terrible algarade entre la reine, l'échevin en fonction et le prêtre Drogon ", narrait-elle : " Arnegonde venait tout juste d'accoucher, désirant pelotonner contre son sein l'enfançon issu de ses *entraignes*... Et comme à chaque fois, la matrone tenait l'angelot entre ses pognes puis le tendit vers le prêtre afin de souligner que la mère avait encore accouché d'un *mignard*, mais l'une des deux ventrières parlota dans son patois d'un timbre si puissant, précisant que 'les yeux de la *marmousette* venait de s'ouvrir au monde'; la reine, prompte de caractère, et malgré sa *gésine* se redressa du châlit précipitamment, s'apercevant que les parties génitales du nourrisson se dessinaient bien d'un *con,* dans toute sa splendeur virginale. Elle fut sidérée sur l'instant, alors que je m'apprêtai à consigner sur le registre de la commune, le nom et le genre de l'*enfançon*. D'un regard vipérin, l'échevin m'ordonna de quitter *illico* la cellule royale, pendant que la reine voyait la ventrière remettre le nourrisson dans les griffes du prêtre. Arnegonde criaillait, suppliant l'échevin et l'homme de Dieu de leur restituer le fruit de sa *gésine*... J'en fus fort émue. Puis je sus après ce terrible drame, qu'elle avait mis un terme à sa vie. Néanmoins j'avais pris le taureau par les cornes, bien décidée à mener ma petite enquête, sachant la vaillance de cette mère et de son courage mutin, qu'à l'instant où je sus qu'on l'avait *esforcé*[70] par une troupe de brigands, on la noya incessamment dans le bassin de rétention d'eau, le flanc ancré à un gros caillou. Quelques jours après (expliqua toujours l'auteure), je fus mandée par l'échevin et soumise à un interrogatoire virulent, à la limite d'être déférée dans un des cachots de la mairie, si je venais à jaser de ce que j'avais vu et entendu dans la chambre de la reine. Acculée, j'ai dû donner raison à mes bourreaux et aux paroles blessantes des deux édiles ; je me fis aussi discrète qu'un goupil devant la basse-cour, étant témoin que des gardes m'épiaient des *laudes* jusqu'aux *compiles*[71], que ce soit au perron de ma porte comme à l'huisserie des archives, ajouta-t-elle, ensuite je me mis à consigner ce que j'avais découvert durant ces heures terribles, pour que soient portés à la connaissance des hommes de demain les agissements délictueux d'un homme de foi, peu scrupuleux de bienveillance envers les humains... "

Eberulf se détourna du juge, pour cheminer vers la silhouette efflanquée de la doyenne ; elle baissa la face, la boiserie du plancher crissant sous les derniers pas du vilain.

—... Mais ce que vous ne savez pas, Mes seigneurs, c'est que *Nostre dame* Betho n'est point la descendance d'un père et d'une mère qu'elle voudrait nous faire avaler comme un nid de vipères, car sa vie auprès de son daron n'était qu'un préjudice factieux, afin d'écarter de sombres soupçons concernant son authen-

---

70 Violée.
71 Heures canoniales : du matin à la tombée de la nuit.

tique genèse… (un silence pesant enveloppa la salle du Chapitre) considérant que c'est un fait bien établi par mes propres recherches que je vais vous conter là…

— Tais-toi, langue de vipère ! hurla Betho, sa blanche *crigne* clairsemée flottant dans une atmosphère maussade, tant elle tournoyait son chef de dextre à senestre, en signe de désaccord.

— Suffit ! dame Betho. Vous n'avez pas la parole, pour oser couper les dires de sieur Eberulf, fulmina Godefrid.

Elle s'enfonça dans un mutisme glacial, observant les lames du parquet tracer des nervures et des cernes ; des paréidolies offrant l'image de sa propre défaite : des yeux sournois s'y dessinaient et semblaient renvoyer ses propres peurs, qu'elle n'était pas parvenue à écarter du champ revêche de sa mémoire…

—… Dame Betho nous a dupé depuis des lustres : car elle est en fait le fruit des *entraignes* du prêtre Drogon et d'une Mère-matrice, éclata Eberulf, alors que l'Assemblée se redressa brusquement de leur siège, l'esprit en pleine tempête, et que l'assistance s'agitait, sidérée par la déclaration de Eberulf. *Oi*, mes seigneurs ! Betho n'est point la fille du foyer que nous connaissons, mais bien la ramille du prêtre Drogon acculant une autre reine, à être encornée par ce même pourceau, parce que durant quatre-vingts ans Betho est l'*unique* femelle ayant survécu à l'abominable politique de parturition qu'il mit en route depuis plusieurs générations, tant cet homme semble immortel !…

— Comment est-ce donc possible, puisque les faits prescrits remontent à des lustres ?… lança Godefrid.

— Tout cela n'est que la triste vérité, dit-il, car le cadavre retrouvé dans la citerne n'appartient pas à Arnegonde, mais bien à une autre femme : Azalaïs, cent quatorzième reine du bourg, qui accoucha de plusieurs *mignardes*, mais dont une seule des dix nouveau-nées demeura en vie, puisque l'abominable curaillon les extermina dès leur naissance, tout en regardant d'un œil noir le visage défait de la vieille. Et le dixième fruit de ses *entraignes* fut bien notre Betho que nous connaissons, narra-t-il d'un timbre puissant.

« Je souhaite rétablir la vérité », coupa Betho.

— Qu'il en soit ainsi, acquiesça le juge.

Elle redressa l'échine, tant soit peu que son dos voûté le permettait.

— Tout cela semble véridique, affirma-t-elle. Hélas l'authenticité des faits relatés par Eberulf est à demi véridique... Notre mère Azalaïs fut *esforcée*[72] par Drogon, et rendit l'âme dès ma naissance d'un mal étrange. Alors mon père défroqué me plaça dans une famille modeste, d'où je ne fus que l'unique rejeton du foyer ; le prêtre défroqué donnait chaque mois un sol à ce père de substitution, afin de fournir le nécessaire à ma subsistance et à mon éducation, mais les choses ne se passèrent pas comme mon bon géniteur le souhaitait, car lorsque la femme trépassa, le vil daron suppléant s'adonnait à la boisson, me violentait et me frappait journellement. C'est ainsi que mon authentique géniteur Drogon finit par me retirer des pognes de l'abject gredin, continuant dans un silence sacerdotal à prendre soin de mon destin... Durant quarante ans je fus mariée à trois pourceaux, qui trépassèrent les uns après les autres, tout en prenant mon travail de tutrice à cœur. Quant au cadavre ayant croupi dans la citerne, c'est bien celui d'Arnegonde ; le joyau qu'elle portait appartenait à mère, le « A » de Azalaïs permettait d'installer la confusion dans l'esprit de ceux qui auraient découvert son corps, car mère fut incinérée dans le plus grand

---

72 Violée.

secret, alors que la lèpre fit sa réapparition. Il en est de même des deux manuscrits sur vélin et des aiguillettes : je fus l'auteur de ces billets et des aiguillettes empaquetées dans une simple cassette, attendu que je voulais orienter la personne qui les aurait trouvés sur de fausses pistes… ! Malgré tout, mon esprit fut tourmenté d'être le fruit des *entraignes* de ce démon. Alors je mis en action une stratégie permettant de mettre à jour ces aiguillettes et cet anneau à l'insigne de mère, espérant qu'un fin limier puisse émerger de l'ombre cette sombre affaire, et mettre un terme aux agissements malfamés de mon géniteur Drogon, s'exclama-t-elle d'un ton revêche, c'est pour cela que je décidai de plonger le cadavre d'Arnegonde dans le bassin, puis elle jeta un regard fielleux à la face de Eberulf.

— Et comment donc, à votre âge, aviez-vous pu avoir une telle énergie pour placer les aiguillettes au Registre, et l'anneau sur la phalange de la trépassée ? Sans compter qu'il faille retirer le cadavre de sa sépulture et le jeter dans la bassine de rétention des eaux pluviales… s'étonna Godefrid.

— Je ne révélerai point ma semblable à la Cour, celle qui par sa fougue et son audace a bien voulu m'offrir de son temps et de son ardeur pour mener à bien cette odyssée périlleuse… N'attendez pas, Monseigneur, que je vous donne sur un plateau d'argent son nom et son adresse. Mes heures d'affliction parviennent tantôt à expiration, car je suis emplie d'allégresse à savoir que le *sans nom* vient de se carapater, ne me restant plus qu'à patienter que la faucille de Thanatos moissonne ma longue, ma trop longue destinée sur cette terre de damnés…

Il regarda son aïeule en ce lieu austère, qu'il s'étonna d'éprouver tant de concupiscence miséricordieuse pour la *vieillette*.

« Nous allons prendre congé pour délibérer », fit Godefrid, puis l'Assemblée des Justes s'éclipsa dans une petite pièce attenante au Chapitre…

« La Cour ! tonna le valet. Veuillez vous lever ! … »

Le port voûté, elle dressait son échine comme jamais, le regard froid et la face blafarde sillonnée des replis de la vieillesse ; les membres des Justes reprenaient leur exercice, alors que Betho les observait, les âmes plongées dans un silence sépulcral. Le juge dressa sa face de marbre devant le regard apeuré de l'ancêtre ; et sans se départir d'une certaine outrecuidance qu'elle disposait à longueur d'année, elle surmonta son effroi, osant affronter du regard la mine rogue de Godefrid.

— Dame Betho, la Cour a statué. Je vais donc vous rapporter les conclusions du réquisitoire vous concernant… Il déroula le parchemin en peau de velot[73], puis redressa le menton, le ton rocailleux de sa voix enveloppant l'atmosphère du lieu : Après avoir statué, le tribunal issu des membres des Justes vous condamne à porter assistance aux jouvencelles esseulées ayant été retenues au dernier recensement, afin qu'elles soient appelées à devenir pupilles de la commune… Des *laudes* jusqu'aux *compiles*, vous aurez la charge de seconder les orphelines du bourg, dans leur éducation de jeunes filles – elles seront donc placées sous l'autorité du canton jusqu'à leur majorité. Ayant connaissance de votre âge respectable, vous serez assistée par la chambrière de votre choix… ensuite, il tendit le col vers la silhouette étriquée de Betho. Vous pouvez remercier la commune de sa bienveillance, car votre destin n'était pas loin de tomber sous le joug de la potence ! lui signala-t-il, la lippe légèrement effilée à la commissure de la bouche.

---

73 Peau de veau mort-né.

Le juge appela ensuite à la barre les ventrières, les caméristes et les servantes ayant exercé durant plusieurs décennies sous la férule de Drogon ; des *dames grands* jusqu'aux plus jeunes passèrent en revue leurs longues journées à apprêter, laver, nourrir, vêtir et préparer la reine jusqu'à la délivrance et prendre soin du *mignard*...

— ... Vous avez bien exhibé l'enfançon devant vos consœurs, afin de porter à leur connaissance ses parties génitales ?

— *Oi*, Monseigneur, affirma la plus ancienne matrone de la cité.

— Et vous affirmez que ce n'était que des *mignards*, que les reines sortaient de leurs *entraignes* ? posa Ganelon, le sourcil broussailleux et l'*oil* intrigué.

Elle se trémoussait comme prise d'une soudaine envie de faire ses *aysements*...

— *Oi*.

— Bien, nous en resterons là ; puis les matrones défilèrent à la barre, chacune brodant leur besogne à leur manière...

— ... Et lorsque la sage-femme dressait l'enfançon devant tout le personnel, vous n'y voyiez que des pendeloches trémousser entre ses jambes ? demanda-t-il à l'une des nombreuses caméristes ayant besogné au service du gynécée.

Cette dernière se sentit prise de saisissements, pivotant sa tête de gauche à droite, la peur se lisant sur son visage défait ; ses traits se figeant à la manière roide d'une cariatide.

— Je ne sais pas, je ne sais plus, Monseigneur, l'âge a eu raison des réminiscences du passé...

Godefrid tourna son chef vers les membres du conseil, sa mine déconfite exprimant le doute, l'amertume se lisant sur sa hure rigoriste de vilain.

— Que dois-je en conclure, s'exclama-t-il à la face de l'ancienne femme de chambre, qu'il faille titiller vos esgourdes pour connaître enfin la vérité ?...

Les Justes continuèrent les auditions, jusqu'à ce qu'ils parvinssent enfin à extirper quelques aveux de la dernière matrone ayant apprêté la reine Hersende :

Elle dressait haut sa blanche *crigne* de *ventrière*, ses bajoues rosacées trahissant la crainte de se retrouver pour le moins dans l'une des geôles de la mairie, et au pire pendue au gibet de Montfaucon. Eberulf, placé à son flanc, lui susurra d'être plus rude avec celle-ci.

— Je vous conseille de nous livrer les déclarations *authentiques* de vos faits et gestes, lorsque vous avez besogné au gynécée pour la dernière reine Hersende, si vous ne voulez pas vous retrouver au pilori durant un mois, devant la face sardonique des villageois...

Elle entama devant les Justes les dires sur son travail, ses longues journées à nettoyer, apprêter et prendre soin de la reine. Puis le jour de la délivrance, enfilant sa tête sous les énormes gambilles de la reine, et coulant son ample croupe sous la chaise obstétricale à la recherche du nourrisson. Enfin elle arriva au point essentiel où elle tenailla le corps du bambin devant le prêtre, le maire, la camériste et les domestiques.

—... Je dressai le nouveau-né encore trempé du liquide amniotique à la face du curaillon, de l'échevin Agylus, de la camériste et des domestiques, annonçant que l'enfançon était un garçon, même s'il advenait qu'il fût plutôt une *mignarde*, car si le cas se révélait authentique, le prêtre m'arrachait d'emblée des mains le nourrisson, l'emportant je ne sais où... devant le regard empli de frayeur de sa mère, souligna-t-elle d'un air d'effroi. De toute façon, que cela soit un *garçoncel* ou une *mignarde*, c'était du pareil au même : mon daron défroqué les emmenait dans sa sombre robe de bure, pour l'un le mettre aux travaux des champs, et pour l'autre l'emportant je ne sais où... Car *oi*, je me doutais de la finalité de cette affaire.

29

Le crépuscule tombait comme une chape de plomb, sur cette bourgade isolée de mille lieues de sa plus proche voisine ; les premières étoiles perçaient le ciel empourpré d'un pinceau tremblotant, leur éclat frissonnant dans l'air froid d'où résonnait le hululement de quelque effraie, son corps englouti dans le velours du clair-obscur. Trois agents de la commune engageaient une course-poursuite contre l'approche feutrée de la nuit, à présent creusant la trente-troisième motte de terre, sous la lueur de quelques torches que portaient haut les vilains, afin que l'on puisse émerger des entrailles de Gaïa le reste des reliques des enfants mort-nés ou sacrifiés pour un motif abominable... La *menuaille* était venue en nombre et tenue à distance, parquée sur le pourtour de la clairière derrière des chablis, des ronces et quelques arbustes rabougris par le déficit hydrique, afin de ne pas troubler les agents communaux tout à leur tâche, affouillant la terre spongieuse de leur bêche et de leur binette pour en extraire les preuves ultimes d'infanticides glaçants... Seuls les Justes, Agylus, le diacre, la garde et quelques fonctionnaires nécessaires à la recherche des éléments essentiels à la Cour constellaient la trouée végétale appartenant à Rodéric, les pognes de ce dernier liées par un crin solide, le vil argentier enserré par trois rudes gaillards. L'oncle d'Isabeau avait la mine pâlotte, le port voûté et la *crigne* défaite ; il n'incarnait plus ce *nobilis* magistral que ses pairs admiraient, relevant leur chapel en le croisant dans l'artère principale du village. Un poil grisonnant de trois jours tapissait sa face lugubre, l'œil apathique, ourlé de cernes s'affalant comme des voiles auriques. Il ouvrait une gueule béate, à la recherche d'une brise salvatrice – sa mâchoire ne détenait plus le parangon du raffinement, assurément assujetti à un crédit exorbitant qu'il ne pouvait plus honorer au barbier. Apparemment, la boisson avait fini par annexer toutes les cellules de son corps, qu'il faille l'étayer dans chacun de ses déplacements – un *jovencelin* encore imberbe le chaperonnait dans tous ses affairements… et si ce n'est plus.

L'échine blottie contre un arbrisseau, Isabeau fixait son oncle d'une froide humeur ; des pulsions antagoniques venaient l'assaillir, la submerger pour finalement se télescoper dans son mental farouche, la harcelant comme des belligérants sur le champ de bataille… De temps à autre, elle posait un regard empli de mansuétude pour cet homme qui l'avait pourtant soutirée de l'indigence, mais tantôt une haine ombrageuse rongeait sa psyché, tiraillant son âme en des controverses émotionnelles que de sourds désagréments assaillaient ses *entraignes*. Elle se raillait que jadis il se cuirassait d'une contenance hautaine – fatalement, son esprit retord le faisant choir de l'échelon social, son âme s'étant abandonné à l'âpreté de la luxure, à la récurrence de la pochardise et à la rapacité d'un mercantilisme bien trop débonnaire pour le chaland, que sa piètre mansuétude chavirait vers un déclin inexorable… Marguerin l'observa détaillant le vil argentier :

— Il n'est plus que l'ombre de lui-même, signala-t-elle à son amie.

— Ben qu'il le reste, ce margoulin.

— Tu es bien dure avec une personne de ton sang…

Isabeau pivota sa hure désinvolte vers le profil gracile de la lavandière.

— Si tu avais reçu le quart des infamies que ce goindre m'a causé, je pense que tu ne me parlerais pas comme ça !

— Je suis désolée de t'avoir froissée, mais comment est-ce admissible de violenter le rejeton de ton frère ? alors décédé dans des conditions effroyables. Au point d'en venir à l'escroquer, soutirant profit de sa jouvence...

— C'est dans ta question que demeure le point clé de l'histoire. Émues, elles se regardèrent d'un effet miroir, la peau blafarde et la joue rougeaude baignant dans la froidure du crépuscule doré.

La binette de l'un des deux hommes buta contre les premiers ossements dépassant de la glèbe humide ; le plus proche hocha la tête devant la face sévère des gardes, postés tout près. Ils interrompirent leur labour, puis les agents du guet s'approchèrent devant la trente-troisième excavation, prirent le relais, s'agenouillèrent et se remirent à fouiller la terre consciencieusement devant les regards sidérés de la foule, de Godefrid, du prévôt Agylus et de l'ensemble des Justes postés autour des excavations creusées précédemment par l'application des fonctionnaires – des mottes de terre pas plus grandes que celles d'une vulgaire taupinière. Godefrid, Agylus et la plupart des Justes s'approchèrent de la petite fosse, dont les restes de l'*enfançon* se blottissaient dans son cocon de glèbe. Le garde retira sa dague de son fourreau, puis de la pointe dégagea la cordelette de la minuscule poigne du squelette, et la tendit à Godefrid ; le magistrat accrocha d'un doigt ferme le cordon et reçut le pendentif fangeux dans le creux de l'autre pogne. Il décrassa avec adresse l'avers de la pendeloque, son regard se portant sur le relief du glyphe émergeant lentement de la couche terreuse... Il redressa l'échine, puis hocha une mine chagrine à l'adresse du maire, du diacre, des Justes et des administrés plantés à l'orée de la clairière du domaine foncier appartenant à sieur Rodéric – un lourd mutisme recouvrant de son aile sombre, les mines attristées de la *menuaille*.

« Je n'avais point connaissance de ces délits », réitéra une trente-troisième fois le maire, à la face hirsute de Goderfrid.

— Nous en reparlerons en temps voulu... répliqua le Juste.

Ganelon tourna sa tête vers le profil rogue du rouquin.

« Ben il n'a pas commenté si c'est un con ou un phallus... » parlota-t-il à son acolyte, d'un air troublé.

— Il n'y a que toi, pour n'avoir pas saisi que le dernier macchabée est encore celui d'une *mignarde*, grogna Sigebert, la lippe tiraillée d'un rictus sardonique.

Le temps passa, les bracelets s'amoncelant dans le paneton confectionné en osier... Le valet tenaillait d'une main anxieuse le fragile écrin d'où il pouvait apprécier l'avers des médaillons s'y empiler, étincelant sous la lueur fébrile du brandon que soutenait son collègue : le relief des glyphes du genre féminin s'y dévoilait par instants fugaces, émergeant brièvement à la vue du *jouvencel* par la grâce d'un contraste saisissant. L'atrocité des actes barbares hantait les âmes de la *menuaille*, que plusieurs femmes se sentirent au plus mal face à la sombre réalité d'une affaire, s'étendant sur plusieurs générations... Les deux fonctionnaires suivirent les agents du guet dégageant les dernières mottes de glaise recouvrant les restes d'une autre petiote.

Godefrid coula son éminente stature jusqu'à la silhouette affaissée de Roderic, le torse ployant vers une glèbe souillée par toutes les infamies que le mal s'évertue à vomir de son sein. Le prêteur sur gage n'avait plus la poigne de braver le regard austère du Juste, tant sa vigueur d'antan lui fit défaut ; ses yeux balayaient d'une lourde humeur la terre engourdie de tous ses sombres méfaits, que chaque fosse qu'il avait creusée possédait dès à présent une part de son âme, à jamais séquestrée dans les abysses de Tartare...

— Sieur Rodéric, je suis tellement horrifié à la vue de ce charnier, que je n'ai qu'une envie : aller rendre tripes et boyaux sur le lit du *maresche* ! lui annonça-t-il, la face aigrie par le tableau abject qui s'étalait sous ses yeux. Nous reprendrons audience en temps voulu... Pour l'instant, dites-moi au moins, à quelle date vous avez entamé cette atrocité ?...

Le faciès défait de Rodéric incarnait toutes les vicissitudes d'un destin tourmenté, soumis aux afflictions d'une enfance malheureuse ; par la grâce d'une circonstance fortuite, un riche négociant le prit sous son aile, l'initiant aux sombres arcanes du négoce et des fructueux investissements de biens fonciers... Le philanthrope décéda quelques années plus tard, laissant au jeune Rodéric un confortable pécule et quelques biens fonciers faisant du futur gentilhomme, un *nobilis* attirant le respect de ses pairs.

— Il y a fort longtemps, je n'avais qu'une vingtaine de printemps, j'acquis ce bien foncier pour une bouchée de pain lorsque notre curaillon vint toquer à l'huis de ma demeure afin de nouer une transaction entre les deux parties. Il ne cessa de me solliciter afin d'exploiter la trouée, pour y pratiquer des sacrifices hiératiques à *Ari Hécatombaios*. Il m'expliqua que ce rituel était d'une importance cruciale pour la cité, et que si je cédais à ses instances, mon destin se parerait d'heureux auspices, puis il débrida *derechef* son aumônière et déversa quelques écus dans ma pogne, n'ayant même pas eu l'occasion d'approfondir le pacte qu'il me proposait, dans l'agitation de mon âme ; l'appât du gain éblouit ma raison, les pièces d'argent et d'or scintillant dans le creux de ma pogne. Alors j'accueillis sa proposition, sans me douter que le prêtre m'incombât d'apporter ma contribution aux règles cérémoniales... (alors qu'il discutaillait avec le juge, d'autres fonctionnaires continuaient d'excaver le chapelet d'ossuaires capitonnant la clairière...) Il redressa l'échine, ses yeux de chien battu sourdant d'une lourde mélancolie. Puis il continua son récit, entouré des chefs de Godefrid, de Eberulf, du diacre, de Gocelin, de Héraclius et de Ainmard, alors que Agylus fut écarté de cette lugubre causerie... Je rejetai sa demande lorsque je compris la monstruosité de son entreprise, ensuite il écarquilla ses yeux de soufre, lançant à ma face une litanie de maléfices si je refusais de m'investir. Pris sous les tenailles de ce sorcier, je n'avais que le choix d'acquiescer à ses démarches pressantes afin d'accomplir des actes les plus vils, qu'il me fût obligé d'exécuter par la suite...

— Comment se fait-il que les petites portent à leur jointure des cordelettes au glyphe de Vénus, alors que l'édile et le curaillon cachaient leur genre aux faces de nos semblables, et cela dès leur naissance ?

— Malgré mes œuvres démoniaques, je ressentais un fort malaise brouiller et éprouver ma conscience à chaque fois que j'ôtais la vie aux *mignardes* ; alors à chaque méfait, j'attachais une cordelette à l'insigne féminin à leur petite jointure, déclara-t-il, en baissant le chef comme une vieille bête de somme à l'agonie .

— Comment les achevais-tu ?

— Dès la délivrance, je les emportais et je les étouffais dans la trouée, tout simplement. Et après avoir creusé un trou, j'attachais à leur délicate menotte une cordelette, puis je recouvrais le corps de chaque *enfançonne* d'une motte de terre. Quelques heures après, je rendais compte de mes infamies à Drogon, afin qu'il me verse la somme promise dans ma pogne maculée de mes sordides méfaits...

Une sidération pesante s'abattit sur les édiles du Chapitre, comme un rapace se précipitant sur ses proies. Godefrid se retourna de nouveau vers le marchand de biens :

— Qu'en est-il des autres *marmousettes* massacrées antérieurement à ton odieux pacte que tu as conclu avec ce sombre abbé ? Car cet holocauste n'est point le premier du genre, puisque Drogon avait entrepris d'autres génocides bien avant notre temps, argumenta-t-il à la hure défaite de Rodéric.

— Je n'en ai point connaissance ; notre prêtre ne m'a jamais révélé où les précédentes sacrifiées furent ensevelies, et quel individu du cru a commis ses méfaits...

Raband s'approcha du Juste.

— Nous venons d'achever l'ultime ossuaire, annonça-t-il à Godefrid.

Les deux employés accostèrent devant le groupe, le paneton garni des sordides cordelettes.

— Combien d'ossuaires as-tu dénombrés ? tout en balayant du regard la clairière, d'où un chapelet de flambeau éclairait d'une lumière tremblotante le drapé de niches et de monticules de terre recouvrant la majeure partie de la trouée, sous l'éclat frémissant des premiers astres...

— Trente-huit petiotes, Seigneur Godefrid...

Trente-huit martyres, sacrifiées sur l'autel des holocaustes... songea le Juste, tandis que Gocelin dressait une impressionnante poigne de forgeron à l'agioteur, le dévisageant méchamment tant son humeur revêche guettait l'instant propice pour infliger une correction au riche malandrin.

Le faciès mélancolique, Rodéric plia son col vers la terre froide et humide, pendant que le Juste pivota son chef vers les deux jeunes fonctionnaires, dont le plus maigrelet tenaillait des pognes la corbeille, emplie des malheureuses reliques.

— Confie les pièces à conviction à l'adjoint de Raband, afin de les placer sous scellé, ordonna Godefrid. Le second s'approcha du groupe et récupéra l'encombrant panier d'osier. Puis il fit une volte vers le capitaine des gardes. Éloigne de mon visage ce vil gredin, je ne veux voir sa hure maudite jusqu'à nouvel ordre, intima-t-il à Raband, le regard biaisant vers l'abject usurier.

Le garde n'avait pas encore agrippé le filou, qu'une voix tonna en *babillant*[74] à l'adresse de la foule :

— *Baatez*[75] là-haut ! son doigt tremblant pointant vers le velours du ciel.

Sur l'étoffe du firmament, une pluie de météores flamboyants sillonnait l'éther, leur queue scintillante balafrant la vaste voûte dans un déploiement d'éraflures, d'un gris-bleu opalescent… Des éclats de voix crevaient l'aphasie du lieu, devant le ravissement de ce spectacle céleste – surgit de ponant, la nuée traversait l'éther comme un essaim d'abeilles luminescent filant vers le levant, alors que le manteau de la Voie lactée dévoilait sa parure de diamants. Bien des vilains se prosternèrent devant cette apparition soudaine et surnaturelle. L'heure était au recueillement, des prières dédiées à la Mère des dieux, l'Immaculée Aria, s'envolaient vers les étoiles ; tel le miséreux s'agenouillant d'une ferveur de bigot, ou la *nobilis* (apprêtée comme une

---

74 Parler de manière volubile, bégayer.
75 Regarder avec curiosité, être curieux.

chaste déesse) susurrant à l'oreille de la Dame-aux-entrailles-généreuses de pieuses litanies envers sa prodigue opulence… Des oraisons garnies de piété, s'élevant dans l'air glacial du crépuscule, dont les couleurs chatoyantes fusionnaient avec le bleu sombre des ténèbres ; un Gloria éthéré drapant et enveloppant la clairière de son envolée mystique, consacré à la chaste déesse nourricière…

30

C'était un joli mois de mai – le soleil Ari dardait de flamboyants rayons, comme jamais les hommes en eurent éprouvé sa vigueur.

À présent, les arbres se paraient d'un houppier abondant, et les cours d'eau s'écoulaient dans un plaisant clapotis, dévalant leur lit gonflé d'une ressource hydrique semblant luxuriante. Les champs de céréales ployaient leurs épis d'une inaccoutumée exubérance, alors que l'âtre de ces contrées étincelait d'une luminescence exceptionnelle, et les nuées s'empilaient dorénavant à foison sur le vaste éther de Tartare, que les humains voyaient l'avenir d'un air désormais serein. L'herbe redevenait verte et drue, sous l'amoncellement des averses que l'illustre dame Aria offrit à ce planétoïde noyé dans le vaste éther de la galaxie. L'âge d'or de Chronos revint enchanter les consciences.

Eberulf et Ganelon s'apprêtaient en prévision de la récolte du miel, vêtant d'amples tenues appropriées pour s'abriter de la virulence des abeilles. Puis ils s'engoncèrent dans un camail pourvu d'un chasse-mouches en fibres de lin, qu'ils déployèrent sous l'ardeur de quelques insectes mellifères tournoyant comme de valeureuses guerrières, à l'approche de l'ennemi. D'intrépides essaims s'élançaient sur les phacélies ployant sous leurs crosses en fleurs d'un bleu lavande ; leur bourdonnement résonnait dans les esgourdes des apiculteurs, l'esprit et les pognes préoccupés à rafistoler l'entrée d'une ruche-tronc, endommagée suite à des coups de vent particulièrement virulents. Ils profitèrent de ce temps clément pour jeter un œil furtif sur le rucher.

Quelques heures plus tard ils terminèrent la réfection des croisillons, situés à l'intérieur du tronc déserté de ses vigoureuses occupantes. Ganelon récupéra les gouges et quelques pièces en bois ayant permis la restauration de cette antique ruche en châtaigner, puis les deux hommes prirent le chemin du retour, le regard ébloui par l'astre irradiant sur le planétoïde Tartare...

Au détour de la parcelle de phacélies, le duo emprunta une piste sillonnant le coteau d'une éminence particulièrement escarpée. Une centaine de pas plus tard, ils aperçurent une silhouette aux rondeurs affirmées émergeant de l'huis d'une modeste masure, accrochée au-dessus de l'éminence ; une femme était postée sur le perron, semblant s'attarder au retour imminent de son homme. Sous l'éclat aveuglant du soleil Ari, Isabeau positionna sa pogne en pare-soleil. Elle observait la carrure de Eberulf et la stature élancée de son époux progresser vers la chaumine. Arrivé à bon port devant le pas-de-porte de sa demeure, Ganelon cajola la mine enjouée de son épouse, puis glissa une main baladeuse sur les *entraignes* comblées d'une nouvelle graine : un *mignard* allait sous peu révéler sa face au monde.

« Que nenni, gros cochon. On ne touche pas à une femme qui va enfanter... »

— Ha, que j'aime *mignoter* la bedaine de mon épouse, à savoir qu'elle porte dans ses *entraignes* le fruit de notre amour !...

Il étira une lippe espiègle puis franchit le seuil, Eberulf pénétrant à sa suite dans la maisonnée d'une mine enjouée, en rapport aux facéties du trublion marchand de sabots et de galoches.

Quelques jours plus tard :

Ganelon faisait les cent pas à l'extérieur de la chaumine, que Sigebert finit par le houspiller d'un ton virulent :
— Cornes de bouc ! Arrête de t'*estriquer* comme une girouette, sinon tu vas finir par me faire rendre mon dernier repas !
Quelques heures plus tard, il perçut le criaillement d'un bébé. Après plusieurs minutes – lui paraissant une éternité –, la ventrière émergea de l'huis, la face rougeaude luisant d'une grande suée. Elle portait une mine rayonnante, tout en s'approchant du nouveau daron.
— Toutes mes félicitations, tu viens d'être papa d'une petite marmousette…

C'était l'heure des *vêpres* – au pied du mamelon les plantations de phacélies ondulaient sous une brise taquine, leurs crosses efflorescentes courbant l'échine comme les crêtes des vagues, coiffées d'une écume bleu argentée. Isabeau sortit sur le perron, suivit par Sigebert tenaillant dans ses bras sa *mignarde* ; leur *crigne* s'ébouriffait sous le souffle revigorant du vent. Soudain la brise se tut, laissant présager une proche accalmie. La lavandière tendit son bras en direction des champs de culture : on devinait les essaims des mouches mellifères chalouper autour des crosses en fleurs, dans la chaleur moite d'un crépuscule bleuté.

L'aboutissant de ce périple n'était qu'un piètre hameau, perdu et cramponné sur les flancs rocailleux de la montagne, les toits des masures *amignotés*[76] par des lambeaux de brumaille lactescent. La sombre robe de bure détonnait face au drapé neigeux de la contrée revêtant son blanc-manteau situé sur le versant nord du massif, alors que la face du prêtre s'abritait du froid vigoureux, sa hure chafouine s'enfouissant dans le profond capuchon de la gonelle. Au détour d'un lacet, Drogon aperçut les premières maisons de pierre, situées à l'entrée du maigre bourg ; il hâta le pas, en remarquant le trio de pauvres diables accourant à l'apparition de l'anachorète, leurs pas souillant une neige pure, dont quelques rafales fouaillaient le manteau neigeux en ondulantes fumerolles blanchâtres. Le curaillon émit un rictus sardonique à la vue de ses nouvelles ouailles. Empreint d'une haleine saccadée, le plus jeune des trois jouvenceaux s'approcha du vénérable ratichon :

— Mon père, vous devez être fort éreinté d'avoir escaladé le flanc de notre montagne, par ces températures si roides. Venez donc réchauffer vos pognes et vos pauvres gambilles dans notre modeste bourgade...

— Nous ne vous attendions pas de sitôt, affirma le second. Alors que le troisième margoulin, fort comme un taureau, voulait prendre le maigrelet vicaire dans ses bras robustes, afin de préserver ses paturons des derniers pas à fournir.

— Ah mes enfants, vous êtes si charitables que je prierai Notre bon Ari de vous offrir une place de choix dans le Jardin des Délices...

---

76 Caressés.

BIBLIOGRAPHIE

– Site DicFro : Dictionnaires français, anglais et latin. Dictionnaire de l'ancienne langue française et de tous ses dialectes du IXe au XVe siècle, Frédéric Godefroy, 1880-1895. Ce dictionnaire a été numérisé sous la direction de Hitoshi Ogurisu de l'université de Wakayama.

– *In* Al open science : thèse de Ameline Lehébel-Péron. L'abeille noire et la ruche-tronc : approche pluridisciplinaire de l'apiculture traditionnelle cévenole : histoire, diversité et enjeux conservatoires. Science des productions animales. Université Montpellier II – Sciences et Techniques du Languedoc, 2014.

– Site de l'ATILF – Université de Lorraine | Analyse et traitement informatique de la langue française.

– Freelang – Dictionnaire en ligne français, ancien-Français-Français ancien.

– Paul Marion (1861-) 1911, choix de chansons Galantes d'Autrefois. Avec une introduction et des notes ouvragées ornées de deux planches gravées. Un document produit en version numérique par Gustave Swaelens, bénévole, journaliste à la retraite, Suisse. Une collection développée en collaboration avec la Bibliothèque Paul-Émile Boulet de l'Université du Québec à Chicoutimi.

– Le portail Persée. Cahiers de civilisation médiévale, Nicole Gonthier. – Le châtiment du crime au Moyen Âge (XIIe – XVIe siècles). Rennes, Presses Universitaires, 1998 (Collection Histoire) Thomas Gerge.

– PDF, L'histoire des maires – Eric Landot – Docteur en Droit – diplômé de science Politique, Paris, Avocat.– Le site « espritdepays.com », pour les recherches sur les lessives d'autrefois.

– Archive ouverte pluridisciplinaire HAL. Vincent Lamouille. Histoire de la prise en charge de la douleur et de pensée médicale et sociale. Sciences du Vivant [q-bio]. 2001. hal-01738872.

– Le portail Persée. Moreau Thérèse – Sang sur : Michelet et le sang féminin. *In* : Romantisme, 1981, n°31.

– OpenEdition. Les marchés médiévaux (XXIe siècle) : entre institution, économie et société.

– OpenEdition. Céline Ménager. Dans la chambre de l'accouchée : quelques éclairages sur le déroulement d'une naissance au Moyen Âge.

– PDF. Bulletin Académique Nationale de Chirurgie Dentaire, *2007, 50,* Histoire de l'art dentaire de l'antiquité à l'époque contemporaine.

– PDF. Perrine Mane, Abeilles et apiculture dans l'iconographie médiévale.

– OpenEdition. Michel Salvat, L'accouchement dans la littérature scientifique médiévale.